한 아웃사이더의 세상읽기

한국사회의 속살

한 아웃사이더의 세상읽기

한국사회의 속살

이 태 경   지음

 한국학술정보㈜

저에게 의로운 마음과 분별력을 주신 부모님께 이 책을 바칩니다.

지난 글들을 엮고 보니 남루하고 어지럽기만 하다. 가뜩이나 안팎으로 복잡한 세상에 나마저 어지러움을 더한 듯해 마음이 무겁다.

본디 내가 이 책에 묶인 글들을 쓸 당시의 포부는 난마(亂麻)처럼 얽힌 세상사의 이면에 놓인 본질을 사람들에게 밝혀 보이는 것이었다. 그러나 정작 글들을 모아 보니 내 욕심이 과했음을 절감한다. 내 모자란 재주와 게으름의 흔적들은 글 곳곳에 머리를 내밀어 원고를 정리하는 내내 나를 곤혹스럽게 했다. 결국 나는 뜻만 장했던 셈이다.

그럼에도 불구하고 나는 세상을 향한 글쓰기를 멈추지 않을 생각이다. 시인의 혼(魂)과 화가의 눈을 가진 칼럼니스트가 되기 위해 애쓸 작정이다. 적어도 '평등한 자유'가 실현되는 그날까지는 말이다. 봄이 멀지 않았다.

임해 겨울에 만리재 일터에서 이태경이 쓴다.

01 정 치

🌵 독재자였던 어떤 사내의 24년

　여기 한 사내가 있다. 군인신분이었던 그 사내는 권력의 공백상태를 이용하여 쿠데타를 일으킨 후 초헌법적 비상기구를 만들어 국가권력을 한 손에 틀어쥔다. 그는 생각했다. '최고 권력자가 되기 위해서는 더 많은 공포가 필요하다'라고. 국민들을 상대로 더 많은 공포를 안겨줄 방법은 바로 '비상계엄의 전국 확대'였다.

　그런데 마침 광주 일원에서 비상계엄을 철회하라는 일련의 집단적 움직임이 있었고, 그 사내와 그의 추종세력들은 권력획득의 마지막을 장식할 도구로 이를 이용할 것을 결심한다. 광주를 피와 공포와 분노로 얼룩지게 했던 잔혹한 살육을 통하여 그 사내와 그의 추종세력들은 ─ 그들은 이른바 '신군부'라고 불렸다 ─ 소기의 목적을 달성한다. 반도 남단에서 시작된 공포는 바야흐로 한국사회 전역을 휩쓸었고 모든 사람들은 눈을 마주치기조차 두려워했다. 공포는 무섭게 전염되었고 광주로 대표되는 호남은 호남을 제외한 모든 지역민들에게 새로운 적으로 태어났다.

　그 사내의 집권기간은 7년이었다. 그와 그의 추종세력들에게는 결코 길지 않은 통치기간이었을 테지만 그들을 제외한 모든 한국사회 구성원들에게는 백 년보다 긴 고통의 시간이었다. 눈 밝은 시인의 표현처럼 그 시대는 '모두 병들었으나 아무도 아프지 않았던' 시대였다. 고문, 투옥, 의문사, 언론탄압, 정보기관에 의한 공작정치, 극단적인 노동탄압 등이 그의 치세를 대표하는 몇몇 단어들이다. 정의사회를 구현하자고 소리높이 외쳤던 그 사내는 정작 자신과 자신의 친족들에게는 불의를 허용했다. 그 사내와 그의 친족들은 갖가지 명목으로 수천억 원이 넘는 비자금을 거둬들였고 이를 철저히 은닉하였다.

　7년의 통치기간은 그 사내와 추종세력에게는 천국에서 보낸 날들이었겠지만, 그런 날들이 언제나 계속될 수는 없는 법이다. 마침내 그 사내에게도 최후의 날이 다가왔고 그 사내와 그 사내의 아내는 잠시 동안의 유배생활을 함께 했다.

■ 법 집행의 저울추는 애초부터 기울어져 있었다.

　잠시 동안의 유배생활이 끝난 후 속세로 돌아온 그 사내는 유배를 떠나기 전 국민들에게 했던 약속을 어느 것 하나 지키지 않았고, 몇 년 후 정치적 필요에 의해서 투옥 당한다. 그의 투옥과 재판과정이 정치적 필요와 여론에 떠밀린 결과였듯이 그의 사면 역시 정치적 부담을 벗으려는 전, 현직 최고통치자들이 합의한 결과였다. 동서화합을 위해서라는 명분과는 달리 그의 사면이 한국사회의 고질병 중 하나인 지역주의 해소에 도움이 되었다고 생각한 사람은 대한민국에 아무도 없었다. 대법원에서 내란 수괴죄 등의 혐의로 무기징역이 확정된 그 사내가 일상생활로 복귀하는 데는 2년이면 충분하였다. 잡범과 한때 최고통치권자였던 사내에게 적용되는 법 집행의 저울추는 애초부터 크게 기울어져 있었던 것이다.

그런데 우리와 같은 공기를 호흡하고 우리 주변에서 살고 있는 그 사내에게서는 오래전부터 비자금에 관한 소문이 끊이질 않더니 최근에서야 그 사내의 아들에게서 비자금에 대한 실체가 구체적으로 밝혀지고 있다. 현금 29만 원이 전부라던 그 사내는 골프장과 고급음식점 드나들기를 마치 제집 안방 드나들듯이 했다. 그 사내의 외출은 수많은 수행원들과 경호원들에 둘러싸인 채 이루어져 흡사 왕의 행차를 방불케 할 정도이다. 이제 그와 그의 친족들이 누리는 호사가 어디에서 비롯된 것인지는 어린아이라도 알 수 있는 일이 되었다.

그런데 도저히 용서할 수 없는 대죄를 저지른 그 사내에게 법 집행은 어떠했는가? 적은 벌금형을 선고받고도 이를 납부치 못하는 사람들에게는 추상같던 법 집행은 그 사내의 불법 비자금―그 규모는 아무도 모른다. 다만 천문학적 규모일 것으로 추정될 뿐―을 환수하려는 데에는 놀라울 정도로 소극적이다. 그뿐이 아니다. 더욱 분개할 수밖에 없는 것은 그 사내의 안위를 위해서 많은 경찰병력이 불철주야 경호에 나서고 있다는 점이다.

■ 친일파―군사독재 부역자 득세는 지울 수 없는 정신적 상처

물론 이 경찰병력은 모두 우리들의 세금으로 움직인다. 온갖 불법과 부정을 자행한, 그리고 여전히 한줌의 반성도 하지 않은 채

재직 시 조성한 비자금으로 호의호식하고 있는 전(前) 독재자를
참여정부의 공권력이 보호하고 있는 이 부조리한 현실을 어떻게
설명할 수 있을까! 그 알량한 '전직대통령 예우에 관한 법률'을 들
먹일 생각일랑 아예 말라! 그렇다. 우린 여전히 정의와 불의가 도
착된 시대에 살고 있는 것이다. 독재자는 아직도 그 힘을 완전히
잃지 않았고 한국사회는 아직도 그의 자장(磁場) 안에 있다.

　역사는 일종의 부메랑과도 같다. 역사는 각 사건과 사태를 통해
교훈을 남긴다. 그리고 역사가 주는 교훈을 거울삼아 현재와 미래
를 새롭게 기획하고 조직하는 민족과 국가만이 희망이 있다. 역사
의 교훈을 망각한 민족에게 역사는 분노의 여신의 얼굴을 한 채
복수하곤 한다. 다른 나라의 예를 살필 필요도 없다. 한국사회의
근현대사를 살펴보면 아주 쉽게 얻을 수 있는 결론이다. 친일 민족
반역자들과 군사독재에 부역한 자들을 청산하지 못한 과오가 한국
사회의 정상적인 발전에 얼마나 큰 질곡으로 작용하고 있는가?

　그들의 후예들이 한국사회의 지배블록으로 자리잡은 후 발생한
최대의 폐해는 정의라는 가치의 실종 내지는 정의와 불의의 전도
다. 식민지와 분단, 한국전쟁을 경험한 한국인들에게 친일 민족반
역자들과 군사독재의 부역자들의 득세는 지울 수 없는 정신적 상
처와 가치관의 근본적 변환을 가져왔다. 이제 대부분의 한국사회의
구성원들은 좋고 싫음 혹은 유, 불리를 기준으로 가치를 판단하고
행동한다. 옳고 그름을 기준으로 가치판단을 하고 행동을 결정하는
사람들은 소수에 불과하다.

　누구나 인정하다시피 옳고 그름이 가치판단의 기준이 되지 못하
는 사회, 정의와 불의가 전도된 사회에서 정상적인 발전을 기대할

수는 없는 법이다. 정의를 세우려는 사회적 기획과 실행은 더 이상 미룰 수 없는 절박한 과제이다. 그리고 전직 독재자에 대한 엄정하고 공평한 처리야말로 그 시금석이 될 것이다. 과거의 치명적인 잘못을 언제까지나 되풀이 할 수는 없지 않겠는가!

『*OhmyNews*』 *2004. 2. 24.*

그 장한 기개를 '전두환'에게 보여주었다면

■ 탄핵이라는 이름의 야만

기어코 한나라당과 민주당 소속 의원들이 탄핵을 발의했다. 노무현 대통령이 취임한 이래 입버릇처럼 부르짖던 탄핵을 몸소 관철시킬 기세다. 그 장한 기개를 전두환에게 보여주었더라면 국민들은 열광적인 지지와 격려를 보였을 텐데 참으로 아쉽다. 전두환이 군사쿠데타를 일으켜 헌정을 능욕하고 피로 범벅된 권좌에 앉은 후 그 직무집행에 있어서 헌법과 법률을 밥 먹듯이 위반하였을 때 그들은 탄핵의 '탄'자라도 입에 올린 적이 있던가?

이번에 야당에서 발의한 탄핵소추안을 보면 노무현 대통령에 대한 탄핵소추 원인은 크게 세 가지이다.

이를 요약하면 첫째, 열린우리당에 대한 지지를 유도하고 총선민심에 영향을 미치는 언행을 반복하여 헌법 및 선거법을 위반하였

고, 선거개입을 경고하는 중앙선관위 결정을 정면으로 묵살하여 법
치주의 및 삼권분립을 근간으로 하는 헌법정신을 파괴하는 등 헌
법을 위반한 점, 둘째, 노무현 대통령 자신과 측근들 그리고 참모
들의 권력형 부정부패로 인해 국정을 정상적으로 수행할 수 있는
최소한의 도덕적 법적 정당성을 상실한 점, 셋째, 국민경제와 국정
을 파탄시켜 민생을 도탄에 빠뜨림으로써 국민에게 IMF위기 때보
다 더 극심한 고통과 불행을 안겨주고 있는 점 등이다.

그런데 야당의 주장은 다음과 같은 이유로 전혀 설득력이 없다.

첫째, 대통령이 열린우리당에 대한 지지 의사를 인터뷰 등을 통
해서 밝혔다는 점에서 헌법과 법률을 위반하였다고 볼 근거가 미
약하며, 중앙선거관리위원회의 선거법 위반결정에 대해서 노무현
대통령이 납득하기 어렵다고 하면서도 기본적으로 존중한다는 의
견을 밝힌 것으로도 알 수 있듯이 대통령은 헌법기관인 중앙선거
관리위원회의 결정을 묵살한 사실이 없다. 더 나아가서 헌법과 법
률의 기본정신을 훼손한 사실이 없다. 둘째, 노무현 대통령 자신과
측근들의 권력형 부정부패사건은 현재 특검과 검찰에서 수사가 진
행 중인 상태이다. 또한 아직까지 노무현 대통령 자신과 측근들의
부정부패혐의가 대통령으로서의 '직무집행'과 연관되었다는 증거는
어디에도 없다. 셋째 국민경제를 파탄시켰다는 것은 그 직무집행과
관련하여 헌법과 법률을 위반하여야 하는 헌법상의 탄핵사유에 해
당하지도 않는다.

야당이 전가의 보도처럼 사용하고 있는 헌법은 야당의 표현대로
법치주의와 삼권분립을 근간으로 하고 있음은 주지의 사실이다. 대
한민국 헌법은, 입법기관인 국회에 행정부를 견제할 최후의 수단으

로 대통령 등에 대해서 그 직무집행에 있어서 헌법이나 법률을 위반하였을 때 탄핵소추를 할 수 있도록 규정하고 있다. 따라서 대통령에 대한 탄핵사유는, 대통령이 헌법이나 법률을 심각하게 위반하는 행위를 하는 등 '중대하고 명백한' 위법행위를 하였을 때로 한정해서 엄격하게 해석되어야 할 것임은 당연하다.

사정이 이와 같음에도 불구하고 탄핵을 발의한 한나라당 및 민주당 소속 국회의원 159명의 무모함과 대담성(?)은 가히 경악스러운 수준이다. 누가 봐도 그들의 저의는 이번 4·15총선에서 의회권력을 송두리째 박탈당할지 모른다는 데 대한 공포와 의회권력을 잃지 않으려는 천박한 욕망에서 기인한 것이 분명하다. 따라서 이번 탄핵발의는 그 성격상 의회권력에 의한 쿠데타에 다름 아니다. 또한 한편으로는 지난 대선에서의 패배를 아직까지도 인정하지 않으려는 한국사회 주류(main current)들의 집단적 퇴행심리의 발로이기도 할 것이다.

대통령이 언론사와의 인터뷰에서 정신적 여당의 승리를 바란다는 희망을 피력한 발언이 헌법상의 탄핵사유라고 한다면, 국세청을 동원하여 기업들로부터 선거자금을 불법모금하고 기업들을 협박해 차떼기, 책떼기 등을 자행한 정당은 민주적 기본질서를 송두리째 위반하였으니 헌법에 명시된 정당 해산심판을 받아야 마땅한 것이 아닐까? 민주정당이라는 법통은 헌신짝 버리듯 내던지고 오직 노무현 대통령에 대한 적개심으로 민정당의 후신(後身)인 한나라당과 동거하고 있는 민주당에 대해서는 달리 언급할 가치도 느끼지 못하겠다. 이성을 잃은 그들의 행동은 마치 상처 입은 짐승이 마지막 내지르는 단말마의 비명을 연상케 한다.

■ 이제 국민들에게 공이 넘어왔다

 생각해 보면, 이 혼란과 진통은 대한민국의 민주주의가 성숙하기 위해서 반드시 겪어야 하는 통과의례이며 '성장통'이라고 할 수 있다. 권위주의 시대에 대통령은 대한민국 권력의 정점이자 거의 전부였다. 3권 분립이라는 헌법의 기본정신은 헌법교과서에서나 발견할 수 있었고 모든 헌법기관과 국가기관은 대통령을 위해서 존재했으며, 대통령의 지시와 명령은 헌법과 법률보다 위에 있었다. 박정희가 남발한 긴급조치들을 한번 생각해보라! 사정이 이러할진대 국민의 기본권인들 제대로 보장되었을 리가 없다.

 이제야 수많은 사람들의 헌신과 희생으로, 그리고 고귀한 피와 눈물과 땀으로 대한민국이 민주공화국으로서 새 출발할 출발선 위에 서 있다고 생각한다. 헌법기관인 선거관리위원회가 대통령의 발언에 대해서 선거법 위반결정을 내릴 수 있다는 사실과 검찰이 대통령의 측근을 위시한 정치권에 대해서 법률과 원칙에 입각한 수사를 하고 있는 사실이 이를 증명한다.

 바야흐로 헌법과 법률이 제대로 작동하는 사회가 그리 멀지 않은 것이다. 이제 공은 우리 국민들에게 넘어왔다. 대한민국을 진정한 의미의 민주공화국으로 탈바꿈시킬 수 있는 힘은 바로 우리 국민들에게서 나오는 것이다. 그리고 그 시작은 곧 치르게 될 4·15총선에서의 투표행위가 될 것이다. 대한민국이 진정한 의미의 민주공화국으로 성장할 수 있을지 아니면 일부 기득권층의 특권이 버젓이 용인되는 봉건사회로 남을지는 전적으로 우리 국민들의 선택에 달려 있다.

『OhmyNews』 2004. 3. 10.

민노당이 원내 1당이 되기 위한 지름길

■ 국가는 어떻게 시장에 개입할 것인가?

4·15총선은 한국사회 정치 지형에 상당한 변화를 가져올 것이다. 한국전쟁 이후 한국사회의 정치와 선거의 장에서 가장 큰 위력을 발휘했던 담론은 독재 대 반독재, 민주와 반민주라고 할 수 있을 것이다. 여기에 색깔론으로 상징되는 냉전의식과 영남패권주의의 다른 말인 지역주의가 기승을 부려왔다. 물론 금권선거와 관권선거도 빼놓을 수 없는 변수였다.

그런데 적어도 국민의 정부와 참여정부에 들어서는 금권과 관권을 이용한 선거 개입은 확실히 퇴장했다고 보이고 색깔론도 이전의 위용은 찾을 길이 없다. 다만 영남패권주의—왜 영남패권주의를 지역주의라고 호도하는 것인지 모르겠다—가 여전히 가공할 위력을 유감없이 발휘하였지만 언제까지나 그런 반봉건적인 요소가 맹위를 떨칠 수는 없는 노릇이다.

민주노동당의 원내 3당 진입이 말해주듯 이제 한국사회의 정치와 선거의 장에서도 사회 각 영역에 대한 정책과 대안을 놓고 각 정당들이 경쟁을 벌일 시기가 바야흐로 도래하고 있는 것이다. 최근에 열린우리당과 한나라당 내부에서 당의 정체성과 지향을 둘러싸고 격렬한 논쟁이 벌어진 사실은 이를 방증한다. 실용주의에서 개혁적 보수, 중도좌파 등등 각종 이념적 지향들이 난무하여 마치 춘추전국시대의 백가쟁명을 연상케 할 지경이다. 그런데 좌와 우로 폭넓게 포진한 이념적 스펙트럼에 좌표를 설정하고 있는 열린우리당과 한나라당 소속 당선자들은 정작 자신들의 이념적 포지셔닝이 어떤 의미인지를 정확히 알고 있는 것일까?

진보와 보수를 나누는 이념적, 정책적 잣대는 다양할 것이지만 무엇보다 경제정책이 진보와 보수를 가르는 중요한 기준이 아닐까 싶다. 경제정책은 국가가 시장의 어떤 부면에 어떤 방식으로 개입할 것인가를 정하는 것이라고 정의할 수 있다. 흔히 알려진 대로 우파는 시장에 대한 국가의 불간섭을 강조하고, 좌파는 시장에 대한 국가의 적극적인 개입을 주장한다.

좌파와 우파 간에 이렇게 결정적인 차이가 나타나는 것은 시장에 대한 이해가 상반되기 때문이다. 즉 좌파는 시장을 기본적으로 불신하며 시장을 그대로 둘 경우 실업이 양산되고 빈부 간의 소득 불균형이 극심해질 뿐만 아니라 주기적 불황과 파국적인 공황을 맞을 것으로 본다. 반면 우파는 시장은 '보이지 않는 손'에 의해서 작동되기에 그대로 둘 때에 가장 조화롭고 효율적으로 작동된다는 입장을 견지한다. 우파는 시장에 대한 국가의 개입이 비용은 많이

들지만 효과는 극히 미미한 것이고 따라서 국가는 '야경국가'의 역할에만 머물면 된다는 입장을 고수한다.

그런데 과문한 탓인지 열린우리당과 한나라당이 위에서 언급한 것처럼 시장에 대한 국가의 개입 부면과 방법을 둘러싸고 치열한 논쟁을 벌이고 있다는 소식을 들어본 기억이 없다. 기본적으로 보수정당인 열린우리당과 한나라당이 입버릇처럼 되뇌는 것은 기업하기 좋은 사회건설이며, 그 구체적인 방법론은 각종 규제완화와 외국자본 유치 활성화를 위한 조건 마련이다. 이는 정치, 사회 부문에 대한 입장 차이와는 달리 열린우리당과 한나라당의 경제정책 사이의 거리가 그리 멀지 않음을 보여주는 증거이다. 그렇다면 한국사회에 대한 총체적인 개혁을 주장하면서 경제정책에서도 기존 보수정당과는 차별화를 시도하고 있는 민주노동당에게 한 가닥 기대를 걸 수 있을까?

최근에 한나라당과 민주노동당 사이에 벌어지고 있는 논쟁은 성장이 먼저냐, 분배가 먼저냐 하는 것인데 이 논쟁은 경기가 좋을 때도 혹은 경기가 나쁠 때도 항상 첨예한 논쟁거리였다. 한나라당으로 대표되는 성장론자들은 파이가 더 커져야 나눌 것이 있지 않겠느냐는 생각을 가지고 있고, 민주노동당으로 상징되는 진보진영은 이미 커진 파이를 공정하게 나누어야 파이를 더 키울 수 있다는 주장을 하고 있다.

그렇다면 과연 성장과 분배 사이에는 평화와 공존이 불가능한 것인가? 보수와 진보 혹은 좌파와 우파의, 국가와 시장의 역할 및 기능에 대한 이해와 해법은 문제가 없는가?

우파의 가장 큰 문제점은 현실을 있는 그대로 인정하지 않으려고 한다는 점이다. 그들은 우리가 흔히 경험하는 실업, 빈부 격차, 주기적 불황 등을 잘 인정하려 들지 않는다. 설사 인정한다 해도 큰 문제가 아니라고 말한다. 실업문제가 발생하는 것은 그들의 언어로 말하자면 노동자가 노동한 것보다 더 많은 임금을 받으려 하기 때문이다. 그러므로 실업문제가 해소되려면 임금을 내려야 한다. 치솟는 아파트 가격을 잡으려면 공급을 늘려야 하므로 집을 더 지어야 한다. 한 채에 3억을 호가하는 아파트를 평범한 샐러리맨이 어떻게 마련할 수 있는지에 대한 대답은 그들에게 준비되어 있지 않다. 현실을 냉정히 직시하지 못하고 내리는 우파의 진단과 처방은 그렇기 때문에 현실의 문제를 해결하지 못하고 기득권 세력의 이데올로기로 이용되곤 한다. 스티글리츠의 표현을 빌리면 "발가벗은 임금님의 동화에서 임금님의 옷이 보이지 않는 것은 옷이 없기 때문인 것과 마찬가지로, '보이지 않는 손'에서 손이 보이지 않는 것은 손이 없기 때문이다."

좌파의 경제정책도 현실에서 봉착하고 있는 여러 경제적 어려움을 해결하는 데는 이미 한계를 보이고 있다. 좌파는 광범위한 재분배를 통해 소득이 낮은 계층의 구매력을 높이면 수요가 높아져 투자가 증가한다고 설명한다. 그러나 분명한 점은 재분배를 통한 투자 증가가 발생하기 이전에, 구매력 이전 정책으로 인한 투자기피 현상이 먼저 발생한다는 것이다. 다시 말해 재분배를 통한 구매력 이전 정책과 투자 증대 전략이 상충한다는 것이다. 이것은 그들이 원치 않는 실업이라는 결과를 초래한다. 2차대전 이후 서구 복지국가의 경험이 바로 이런 것이었다. 수많은 논쟁이 있었지만 영국 블레어 총리의 '제3의 길', '생산적 복지'와 같은 주장은 바로 이런 재분배 사회에서 탈출하겠다는 주장의 완곡한 표현에 지나지 않는다. 결국 좌파가 사회에 적용하려는 경제정책은 이미 역사 속에서 효율적이지 못하다고 결론 내려진 것이라는 점을 지적하지 않을 수 없다.

■ 부유세는 효율과 형평의 두 마리 토끼를 잡을 수 있는가?

민주노동당이 한국사회 각 부면에 대해서 그리고 있는 청사진은 개혁을 갈망하는 한국사회 구성원들이라면 대부분 동의하거나 공감할 수 있는 내용들로 채워져 있다. 민주노동당의 총선 공약을 보면 국가가 시장에 개입하는 중요한 수단 가운데 하나인 세제(稅制)와 관련해서도 전면적인 개혁을 그리고 있음을 알 수 있다.

민주노동당이 구상하고 있는 세제개혁 5개년 로드맵을 살펴보면, 소득세와 관련해서 각종 탈루 소득을 파악하여 과세하고 소득세 감면 폭을 줄이는 방안, 법인세와 관련해서 법인세율을 인상하고 법인세에 대한 각종 감면대상을 축소하는 방안, 부가가치세와 관련해서 탈루세액을 찾아내서 이를 징수하는 방안, 종합토지세 과표를 인상하고 부유세를 신설하는 방안 등이 망라되어 있다. 이렇게 해서 마련될 세수 증가액은 대략 65조 원에 이르는 것으로 나타나고 있다. 민주노동당의 세제개혁은 열린우리당과 한나라당의 그것과는 확연히 구별된다. 민주노동당이 구상하고 있는 세제개혁안 중 각종 탈루세원을 파악하여 과세하겠다는 아이디어에 대해서 반대할 사람은 그리 많지 않을 것이다. 문제가 되는 것은 부유세 신설과 법인세율 인상 및 법인세 감면 대상 축소가 아닐까 싶다.

논란이 되고 있는 부유세는 재산의 정확한 가치 평가의 어려움과 정당하게 부를 축적하려는 의지를 훼손할 가능성 등의 이유로 온당하지 않다고 생각된다. 법인세율 인상과 법인세 감면대상 축소도 기업들의 투자의욕을 저하시킬 가능성을 감안해야 할 것이다. 물론 부유세는 도덕적인 차원에서는 설명이 가능하고 한국사회 구성원 대부분의 심정적 동의를 이끌어낼 수도 있을 것이다. 하지만 경제학적으로 부유세 신설이 타당한 것인가는 다른 차원의 문제이다. 부유세의 효율성과 형평성이 의문시되기에 이미 서구에서도 부유세에 대해서는 회의적인 시선이 늘고 있는 것은 아닌지?

법인세에 대한 민주노동당의 정책은 '자본과 노동의 적대적인 모순'이라는 인식에 기반을 둔 것은 아닌가 하는 생각을 하게 된다. 여전히 국민국가의 존재는 유효하며 세계 시장에서 개별 기업들의 경쟁력 확보를 무시할 수 없는 현실을 감안할 때, 노동과 자본의 적대적 모순 혹은 노동력만이 잉여가치를 생산한다는 명제에 대한 치열하고 전면적인 재검토가 필요한 시점이 아닌가 한다.

■ 토지보유세가 정답이다

민주노동당의 세제개혁 5개년 로드맵을 보면 알 수 있듯이, 민주노동당도 부동산 자산에 대한 중과세를 천명하고 있으며 이는 매우 환영할 만한 일이다. 민주노동당이 그러한 정책을 보다 강화하고 토지소유자들이 토지소유를 통해서 얻는 지대수익의 대부분을 점진적으로 징수할 필요성은 충분하다고 생각된다.

최근의 기사가 그 필요성을 잘 설명해주고 있다.

　　지난 20여 년간 개발로 발생한 지가차익 중 정부에 환수된 비율은 10%에도 못 미쳐 개발이익 환수 조치가 강화돼야 한다는 주장이 제기됐다. 국토연구원 정희남 연구위원은 27일 '국토균형발전을 위한 토지정책 과제' 보고서에서 "1980년 135조 원 하던 지가가 개발 등으로 2001년에는 1419조 원으로 증가. 21년 동안 1284조 원의 개발차익이 발생했다."고 밝히고 "하지만 환수액은 8.8%인 113조 원에 불과하고 나머지는 사유화됐다."고 말했다.

　　그는 또 "97년 외환위기 극복과정에서 대부분의 개발이익 환수 제도가 폐지 또는 완화된 것도 토지문제를 야기한 주요원인"이라면서 "공영개발사업의 경우 개발이익의 77～97%가 공공에 귀속되나 민간개발사업은 대부분의 개발이익이 건설업체와 주택분양자에게 돌아간다."고 지적했다.

　　　　　　　　　　　　　　남호철기자 〈국민일보〉 4월 28일자

　　정말 놀랍지 않은가? 불과 20년 만에 전국의 지가는 개발 등의 원인으로 10배 상승했고 물경 1000조 원이 넘는 개발이익이 일부 토지소유자들의 호주머니로 흘러들어갔다. 참고로 작년 국내 총생산(GDP)은 720조가 조금 넘는 수준이었다. 그뿐이 아니다. 한국은행 금융통화위원 김태동은 최근 3년간 부동산 가격이 급등하면서 최소 500조 원의 불로소득이 생겼고 그러한 불로소득의 대부분이 50만 명 정도의 주택・땅 소유자에게 집중됐다고 말했다. 즉 상상할 수도 없는 천문학적인 국부가 우리나라의 사유지 중 금액 기준으로 절반 이상-공시지가기준-을 소유한 상위 5%의 호주머니로 끊임없이 흘러들어 가고 있는 것이다.

　　실증적인 통계는 얼마든지 있다. 2001년 전국의 부가가치세 수입은 약 26조 원이고. 지대총액은 약 50조 원으로 추정된다. 즉 지대에 대한 징수만 제대로 하더라도 부가가치세를 완전히 면제하고도 남는다는 결론이 나온다. 거래세인 취득세와 등록세는 연간 13조 원이고 보유세인 종합토지세와 재산세는 2조 5000억 원에 불과한 현실을 보더라도 토지보유세의 실질적인 도입이 얼마나 절실한 것인가를 알 수 있다.

위에 열거한 통계가 실감나지 않는다면 당신 주위에 있는 부자들을 떠올려 보라! 아마 열에 아홉은 땅부자, 아파트 부자, 상가 부자들일 것이다. 또한 한국사회에서 대토지 소유자들은 자본가의 지위를 겸하고 있기도 하다. 사정이 이와 같다면 민주노동당이 취해야 할 경제정책은 명확하다. 토지소유자들이 단지 토지를 소유하고 있다는 이유만으로 수취하고 있는 막대한 부를 조세로 환수하는 것이, 민주노동당의 경제정책 중 핵심이 되어야 하고 이를 실현할 수 있는 최적의 방법이 바로 토지가치공유사상에 기반을 둔 토지보유세의 전면적이고 실질적인 도입이다.

토지가치공유사상에 기반을 둔 토지보유세 제도는 성장과 분배를 동시에 추구한다. 이 세제는 두 가지 중 어느 것이 먼저라고 하지 않는다. 어떤 과정을 통해서 부자가 됐는지 상관없이 광범위한 재분배를 실시하려는 좌파익 사상과는 달리, 대표적인 불로소득인 토지가치를 공동체인 국가가 환수하자고 주장한다. 왜냐면 토지가치는 토지소유자의 노력의 산물이 아니고 공동체의 노력의 결과임이 너무나 분명하기 때문이다. 반면에 노력해서 번 임금소득이나 사업소득은 감세 내지 면세하자고 주장한다.

토지가치를 더 많이 환수하면 할수록 유휴 토지나 저(低)사용되는 토지가 사라지며, 투자가 활성화되어 일자리가 자연스럽게 만들어지고, 개인의 노력에 대한 대가를 그의 것이라고 인정하면 할수록 근로의욕도 더 커지기 때문에 자본생산성과 노동생산성은 증가하게 된다. 이렇게 되면 자연스럽게 중산층과 서민의 구매력이 증가되어 소비가 촉진된다. 또한 시중에 토지투기를 노리고 하이에나처럼 웅크리고 있는 부동(不動)자금 — 한국에서 이 규모는 300조가 넘는다고 한다 — 을 시장으로 끌어내어 생산적인 곳에 투자하게 만든다. 왜냐하면 토지투기를 할 유인이 제거되었기 때문이다.

이렇게 보면 토지가치공유사상에 기반을 둔 토지보유세제는 '새는 좌우의 날개로 난다'와 같은 막연한 이념적 절충이 아니라, 좌파와 우파의 문제점이 무엇인지 드러내고 좌파가 원하는 사회를 우파가 선호하는 자유시장 경제체제를 통해서 이룩하게 해주는, 진정한 의미에 있어서 이념통합이라고 할 수 있다.

진정 민주노동당이 원내 제1당이 되려고 하는가? 진정 민주노동당이 새로운 대안과 패러다임을 통해서 한국사회를 살기 좋은 사회로 만들고자 하는가? 그렇다면 토지보유세제를 조세체계의 근간으로 삼아야 할 것이다.

『*OhmyNews*』 2004. 5. 7.

🌵 대통령이 꿈꾸는 개혁에 서민은 없다

"아파트 분양원가 공개는 개혁이 아니라고 생각한다."

"시장을 인정한다면 원가 공개는 인정할 수 없다."

"이것은 경제계나 건설업계의 압력이 있어서가 아니라 대통령의 소신"이라고 강조하면서 "포괄적으로 주택공사 사업은 결과를 공개하고 철저히 감사받고 기획예산처의 평가도 받는다. 특별하게 부정이 있는 경우가 아니면 가격을 갖고 주택사업에서 돈을 남겼다고 부당하게 쓰지는 않는다. 사업에서 남는 부분을 모두 공개하는 것도 좋지만 적어도 주택공사가 사업자 원리에 따라 움직이는 한 원가공개는 장사의 원리에 맞지 않는다."

"장사하는 것인데 10배 남는 장사도 있고 10배 밑지는 장사도 있고, 결국 벌고 못 벌고 하는 것이 균형을 맞추는 것이지 시장을 인정한다면 원가 공개는 인정할 수 없는 것."

"지금 하고 있는 임대주택사업은 무조건 밑지는 것이다."

"우리당이 내 생각을 모르고 또 내가 정책에 참여하지 않으니까 선거에서 공개를 약속했다. 대통령의 소신을 우리당에서 미처 확인하지 않고 공약했다가 차질이 생겼다."

지난 9일 저녁 청와대에서 노무현 대통령이 민주노동당 김혜경 대표와 의원들을 초청해 만찬을 함께 한 자리에서 한 발언이다. 머리가 멍해지고 가슴이 답답해진다. 기회 있을 때마다 외치던 대통령의 개혁구호가 고작 이렇게 빈곤한 것이었나? 넉넉하고 잘사는 나라를 만들겠다는 거창한 선언이 정녕 건설업체와 대토지소유자 및 다주택소유자들에게만 유효한 것이었나?

아파트 투기가 진행된 지난 2~3년 동안 1천억짜리 아파트 공사를 맡으면 300억~500억 원은 가볍게 번다는 얘기가 공공연한 사실로 확인되고 있고, 아파트 분양가 자율화가 실시된 지 불과 5년 만에 서울지역 아파트 분양가가 2배 이상 심지어 3배 가까이 오르고 있으며, 서울지역 아파트 분양가는 노 대통령이 대통령에 취임한 작년에 무려 30%가 넘는 사상최대의 상승률을 기록하는 기염(?)을 토했다.

오죽하면 일부 지역 시민들이 주공을 상대로 '부당 이득금 반환 청구소송'을 제기할 준비를 하고 있겠는가?

■ *평범한 도시근로자가 내 집 마련하는 길은 로또 복권 당첨뿐*

그뿐이 아니다. 얼마 전, 지난 98년만 해도 서울에서 도시근로자가 25평대 아파트를 내 집으로 마련하는 데 11년 3개월이면 됐으나, 지금은 무려 18년이 걸리고 32평 아파트는 23년 3개월이 소요된다는 발표가 있었다. 참고로 위에서 말하는 아파트는 강북소재 아파트 기준이다. 이제 평범한 도시근로자가 강남소재 아파트를 구입하는 방법은 로또 복권에 당첨되는 길뿐이다.

그렇다면 마치 날개가 달린 것처럼 폭등하고 있는 아파트 가격과 부동산 가격으로 인해 형성된 막대한 부는 누구에게 흘러가는 것일까? 말할 것도 없이 건설업체와 대토지소유자 및 다주택소유자들이다. 서울시만 하더라도 주택 보급률은 이미 100%가 넘지만 자기 소유자의 비율은 아직 절반에도 이르지 못하고 있는 것이 현실이다. 아파트 가격을 비롯한 부동산 가격의 앙등으로 생긴 불로소득의 규모는 상상을 불허한다. 한국은행 김태동 금융통화위원은 최근 3년간 부동산 가격이 급등하면서 최소 500조 원의 불로소득이 생겼고 그러한 불로소득의 대부분이 50만 명 정도에 불과한 주택·땅 소유자에게 집중됐다고 말했다.

머릿속에 그림을 그려보자! 주공과 토공은 택지를 개발하면서 엄청난 이익을 얻는다. 택지를 불하받은 민간업체는 거기에 엄청난 차익을 얹어서 매도하거나 직접 아파트를 분양하여 막대한 이익을 얻는다. 분양가는 원가를 기준으로 책정하지 않고 주변 시세에 따라 책정하며 높은 분양가는 주변 시세도 끌어올리는 효과를 발휘한다. 물론 몇 단계에 걸쳐서 형성된 거품을 보전해 주는 것은 전적으로 아파트 구입자들의 몫이다. 이런 와중에 넘쳐나는 자금을 주체 못하는 투기세력들은 미리 아파트를 여러 채 구입하고 가격이 오를 만큼 오른 후 이를 매도하여 손쉽게 불로소득을 거둬들인다. 투기세력이라고 해서 뿔 달린 괴물이 아니다. 그들은 고위관료, 전문직 종사자, 사업가 등등의 얼굴을 하고 있다.

부동산 투기는 심하게 표현해서 합법의 탈을 쓴 절도다. 대다수 서민들이 피땀 흘려 축적한 부가 끊임없이 일부 건설업체와 대토지소유자 및 다주택소유자들에게 이전된다는 점에서 절도이고, 이러한 폭리 및 투기행위가 법률적으로 보호받고 있다는 점에서 합법이다. 세상에서 가장 규모가 크고 파렴치하며 극악한 절도행위인데도 그 수혜자들은 만고에 떳떳하다.

실상이 이러한데도 이 문제를 대하는 노 대통령의 진단과 처방은 너무나 실망스럽다. 아마도 노 대통령은 재경부와 건교부 등에 포진한 보수 관료들의 논리를 여과 없이 받아들이고 있는 것이 아닌가 하는 우려가 생긴다. 보수 관료들은 여전히 부동산가격은 시장에 맡겨야 하고 집값이 오르는 것은 집이 부족해서 그러하며, 아파트 분양원가를 공개하면 아파트 가격이 급락하고 이는 경제위기를 초래할 것이라는 허황된 논리를 줄기차게 유포하고 있다.

■ 공공재산적 성격이 강한 아파트와 다른 장사는 달라

그러나 보수 관료들이 말하는 시장은 경제학 교과서에나 등장하는 개념이며 집값이 오르는 것은 집이 부족해서가 아니라 소수 사람들이 너무 많은 집을 투기 목적으로 소유하고 있기 때문이다. 아파트 분양원가를 공개하고 종합부동산세제 등을 내실 있게 추진하면 아파트 가격이 떨어지고 버블 붕괴에 따른 부작용이 발생할 수도 있겠지만. 이런 부작용이 무섭다고 해야 할 일을 하지 않을 수는 없는 일이다.

노 대통령은 분양원가 공개를 반대하면서 이를 장사에 비견하였다. 그런데 과문한 탓인지 10배 남는 장사가 있다는 이야기는 들어본 적이 별로 없고 설령 그런 경우가 있다 하더라도 공공재산적 성격이 매우 강한 아파트에 이를 적용하는 것은 부당하다. 프라다, 구치, 아르마니 같은 명품들은 원가의 10배 이상 심지어 100배 가까운 가격에 팔리기도 하고 이를 소비하는 사람들도 많다. 그러나 이러한 현상을 비판하는 사람들은 그리 많지 않다. 명품이 우리생활에 꼭 필요한 것이 아니기에 구입하지 않으면 그만이라고 생각하기 때문이다. 그렇지만 집 없이 살 수 있는 사람은 아무도 없기에 토지와 주택 등을 다른 상품과 대등하게 취급하는 것은 대통령의 식견이 얕음을 보여주는 증거일 따름이다.

노 대통령의 발언 직후 청와대 게시판은 분노한 시민들의 절규로 가득하다. 무릇 개혁이란 한국사회 구성원 중 대다수를 이루고 있는 서민들의 살림살이를 살피고 이를 개선하는 것이 요체이다. 서민들의 살림살이를 주름지게 하고 있는 가장 큰 원인이 주택과 사교육비 부담임은 삼척동자도 아는 일이건만 정작 노 대통령은 그 절박함을 느끼지 못하는 듯해 매우 안타깝다. 덜 배우고 가진 것 없는 서민들이 비주류 정치인이었던 노무현을 대한민국의 대통령으로 선택하고, 의석수가 불과 40여 석에 불과하던 소수 정당을 원내 과반수 정당으로 만든 것은, 서민들의 삶을 적어도 지금보다는 향상시킬 것이라는 기대를 노 대통령과 열린우리당에 걸었기 때문이다.

그런데 그 아파트 분양원가 공개도 못하겠다는 말인가? 부동산 종합세제와 재건축아파트 개발이익 환수제마저 대폭 후퇴조짐을 보이는 지금 노 대통령이 말하는 개혁은 누구를 위한 것인가?

■ *진정한 개혁의 방향과 내용은 무엇인가?*

　식민지 시대와 분단, 한국전쟁, 군부독재시대를 거쳐 참여정부에 이르기까지 한국사회 구성원들은 더 많은 정치적 자유와 경제적 번영을 위해 부단히 노력해왔다. 그 결과 주변부 국가 중에서 괄목할 만한 절차적 민주주의를 구현하였고 세계 12위에 해당하는 경제대국의 자리에까지 올라서게 되었다.

　그러나 한국사회 구성원 대부분의 삶이 만족할 만한 수준으로 향상되었는지 질문해보면 그 대답은 매우 회의적이라 할 것이다. 정당구조와 운영이 민주적이고 자발적으로 바뀐다고 해서, 권력기관들이 헌법과 법률에 명시된 역할을 정확히 수행한다고 해서, 제대로 지방분권을 이룬다 해서, 지역대결구도가 완화된다고 해서 한국사회 구성원들의 삶의 질이 근본적으로 개선될 수는 없는 것이다.

　몇 년만 열심히 일해 저축하면 누구나 좋은 집을 장만할 수 있고, 저렴한 재화와 용역을 이용할 수 있고, 충분한 소득으로 만족할 만한 소비를 하며, 양질의 공공서비스 - 교육, 의료, 노후 등 - 를 받으며 실업 공포가 없는 사회, 바로 그런 사회를 만들기 위한 개혁이라야 진정한 개혁이라고 할 수 있지 않겠는가?

　노 대통령과 열린우리당은 지금 중대한 기로에 서 있다. 노 대통령과 열린우리당이 지금이라도 개혁의 방향과 내용에 대한 근본적 검토와 반성을 하지 않는다면 그들을 기다리고 있는 것은 참혹한 정치적 실패일 것이고, 구체적으로는 2006년 지방선거의 패배로 나타날 것이다.

『*OhmyNews*』 2004. 6. 10.

■ 후기

필자의 예측이 적중했음일까? 2006. 5. 31. 지방선거에서 여당은 헌정사상 집권당으로서는 최악의 패배를 당했다. 광역자치단체장 선거에서 여당이 승리한 곳은 오직 전라북도뿐이었다. 비록 박근혜 한나라당 대표에 대한 사회부적응자의 공격이 여당을 한층 곤경으로 몰아넣은 건 사실이지만, 불량 개혁(?)에 몰두해 온 여당의 참패는 이미 선거 전에 정해진 것이나 다름없었다.

행정수도 이전의 배후에 도사리고 있는 괴물

■ 행정수도 이전에 웃고 우는 사람들

행정수도 이전을 둘러싼 논쟁과 공방으로 연일 소란하다. 최근에는 청와대와 정부, 여당이 한나라당 및 수구언론과 정면 격돌하는 양상마저 목격된다. 이미 특별법으로 제정하여 집행만 남겨둔 행정수도 이전을 반대하는 한나라당과 수구언론의 반대논거는 대체로 다음과 같은 것으로 보인다.

1. 천도(遷都)라는 국가중대사를 국민의 공감대 – 예컨대 국민투표 – 없이 추진해선 안 된다.
2. 천문학적인 비용이 소요된다.
3. 통일 후를 생각하면 지금 천도하는 것이 적절치 않다.

먼저 용어부터 정확히 사용할 필요가 있다. 지난 대선 당시 노무현 후보가 공약했던 것은 행정수도 이전이었고 최근에 입안된 특별법의 명칭이 '신행정수도의 건설을 위한 특별조치법'임을 보아도 알 수 있듯이 참여정부에서 추진하고 있는 것은 행정수도 이전이지 한나라당이나 수구언론이 말하는 천도가 아니다. 또한 지난 대선 당시 노무현 후보가 행정수도 이전을 공약으로 내걸어 당선된 것으로 알 수 있듯이 행정수도 이전에 대한 국민적 합의 및 동의는 이미 이루어졌다고 보아야 할 것이다. 하물며 이미 의회에서 행정수도 이전과 관련한 특별조치법을 제정하고 공포한 마당에 국민투표 운운하는 주장은 설득력이 없다.

행정수도 건설과 이전에 소요되는 비용을 둘러싸고도 이견이 분분한데 정부 측에서 주장하고 있는 것처럼 34조는 민간 투자부분이고, 국민세금은 11조가 드는데 이 역시 12~13년에 걸쳐서 이루어지기 때문에 1년에 1조 남짓이 들어간다고 보면 그리 과중한 부담은 아닐 것이다. 설령 행정수도 이전에 따른 비용이 예상을 상회하여 소요된다고 하더라도, 행정수도 이전이 한국사회의 균형발전을 이루고 더 나아가 사회 구성원들의 삶을 풍요롭게 한다면 이를 감내하는 것이 마땅할 것이다.

이전 시기가 적절하지 않다는 주장도 이미 서울과 수도권의 과밀화가 한계에 봉착했고 따라서 행정수도 이전은 더 이상 미룰 수 없는 긴급한 과제라는 사실 앞에서는 그 힘을 잃는다. 만약 행정수도 이전 후 통일이 성취된다면 행정수도는 그 기능을 그대로 유지하고 서울을 경제수도로, 평양이나 그 밖의 대도시들을 각 기능에 맞게 재구성하면 될 것이다.

위에서 살핀 바와 같이 한나라당과 수구언론이 행정수도 이전에 반대하는 논거는 최소한의 합리성과 객관성도 결여한 주장이라 일고의 가치도 없다. 더욱이 참여정부 출범 이전까지 수도권 과밀화 해소 및 국토의 균형발전을 위해서는 행정수도 이전이 최선이라고 소리높이 부르짖던 수구언론의 변신은 차라리 연민을 불러일으킨다. 기실 한나라당과 수구언론으로 대표되는 기득권층이 행정수도 이전에 극력 반대하는 이유는, 서울을 정점으로 해서 구축된 중앙집권적 질서와 가치체계가 해체되는 것에 대한 두려움과 반감 때문—이들이 이 체제의 최대 수혜자였음은 공지의 사실이다—이라고 할 수 있을 것이다. 물론 보다 솔직한 기득권층의 속내는 자신들이 보유하고 있는 부동산 가격이 하락하는 것이 싫은 때문이라고 해야 할 것이다. 주지하다시피 기득권층의 대부분은 서울과 수도권에 엄청난 규모의 토지와 셀 수 없을 만큼 많은 아파트·오피스텔·상가 등을 소유하고 있다. 한마디로 부동산, 더 엄밀히 말해서 수도권의 터무니없이 높은 부동산 가격이야말로 기득권층의 경제적 기반일 뿐만 아니라 지속적으로 기득권층의 부를 키워주는 역할을 하는 '황금알을 낳는 거위'에 다름 아니다. 그런 측면에서 보자면 이들의 저항과 반대는 당연한 일이다. 그런데 지금의 상황은 행정수도 이전에 반대하는 여론이 과반수를 상회할 만큼 높다는 사실이 증명하는 것처럼 그리 간단하지 않다. 행정수도 이전에 반대하는 사람들 가운데 상당수가 겨우 집 한 채 가지고 있는 수도권 서민들인데 이들은 전 재산—조금의 과장도 없는 표현이다—이나 마찬가지인 집값이 행정수도 이전이라는 악재로 인해 하락할 것이라는 두려움 때문에 행정수도 이전에 대해 정서적 반감을 가지고 있다.

행정수도 이전에 찬성하고 있는 많은 사람들, 특히 행정수도가 이전될 충청도에 거주하고 있거나 부동산을 소유하고 있는 많은 사람들이 행정수도 이전에 대해 쌍수를 들고 환영하는 이유는 행정수도 이전에 반대하는 사람들이 정작 행정수도 이전에 반대하는 속내와 정확히 반대되는 이유에서이다. 쉽게 말해서 행정수도 이전에 찬성하는 사람들은 행정수도 이전으로 인해서 자신들이 소유하고 있는 토지와 건물의 가격이 폭등할 것을 간절히 원하기에 행정수도 이전에 찬성하는 셈이다. 이들의 이런 바람은 헛되지 않아서 이미 작년부터 충청도의 많은 토지와 건물 가격이 앙등을 거듭하고 있다. 물론 이들은 이러한 속내를 공공연히 드러낼 수는 없기에 짐짓 '국토의 균형발전과 내실 있는 분권화의 실행'이라는 명분을 내세운다.

결국 행정수도 이전을 둘러싼 무수한 논의와 찬반양론의 근저에는 부동산 가격의 하락과 상승이라는 문제가 도사리고 있는 것이다. 현재 행정수도 이전을 놓고 벌이는 갑론을박이 방향을 잃고 표류하는 까닭도 바로 이 같은 본질을 외면하고 있기 때문이다.

■ 부동산 소유로 돈 버는 시대의 종언을 위하여

행정수도 이전은 모든 사회 구성원들의 축복 속에 이루어져야 하는 사업이다. 그런데 지금의 부동산 시장을 그대로 둔다면 필연적으로 손해를 보는 사람과 이익을 얻는 사람이 생기게 마련이다. 또한 현재 위기에 처한 한국경제는 내수(內需)가 극도로 위축된 데 기인하는 바가 크며 이는 구매력이 있는 중산층이 주택구입에 수입의 대부분을 쏟아 부을 수밖에 없을 만큼 집값이 높기 때문이다. 거품이 잔뜩 형성된 부동산 가격으로 수혜를 입고 있는 사람들은 건설회사와 대토지 소유자, 다주택소유자들이다. 근년 들어 이들이 아파트 가격을 비롯한 부동산 가격의 앙등으로 인해 벌어들인 불로소득의 규모는 상상을 초월한다.

행정수도 이전을 성공적으로 이루어내기 위해서는 국민들에 대한 설득과 동의가 필수적이다. 달랑 집 한 칸을 가지고 있을 뿐인 서민들이나 그마저도 없는 서민들이 대다수인 한국사회의 현실을 감안할 때 이들을 효과적으로 설득하지 않고는 행정수도 이전이 쉽사리 현실화되기 어렵다. 또한 극도의 내수침체로 말미암아 위기에 봉착한 한국경제도 돌파구를 찾아야만 한다. 현재 직면한 경제위기를 타개할 수 있는 가장 효과적인 방법은 부작용이 없거나 적은 '내수의 진작'일 것이다. 지난 국민의 정부가 시도한 인위적인 경기부양책은 부동산과 신용카드를 이용한 것이었는데 이러한 경기부양책은 부동산투기만연과 그에 따른 부동산가격폭등 그리고 플라스틱 버블로 불리는 신용불량자들의 대량 양산이라는 참담한 결과를 낳은 바 있다.

그렇다면 행정수도 이전과 후유증 없는 내수 진작이라는 두 마리 토끼를 잡을 수 있는 묘방은 없는 것일까? 바로 강력한 부동산 보유세의 도입이 그 묘방이 아닐까 한다. 강력한 부동산 보유세의 도입은 부동산 투기를 근절시킬 것이고 부동산 가격의 하락·안정을 가져올 것이다. 또한 높은 수익을 노리고 시중에 떠돌고 있는 수백조에 달하는 부동자금을 생산부분에 대한 투자로 돌리게 할 수 있을 것이고, 주택가격을 낮추어 실질임금을 상승시킬 것이며 이는 자연스럽게 구매력을 신장시켜 소비를 진작시킬 것이다. 또한 부동산 보유세의 비율이 높아지는 만큼 각종 재화나 서비스에 부과되는 간접세의 부담이 줄어들 것이고 이는 상품과 용역가격의 하락으로 이어질 것이다. 2001년도의 지대총액만 약 50조 원으로 추정되는 만큼 강력한 부동산 보유세가 도입된다면 개인과 법인들의 소득 등에 대해서 감세조치를 할 여력이 생긴다.

위에서 살핀 바와 같이 강력한 부동산 보유세의 도입은 행정수도 이전으로 전전긍긍하고 있는 수도권 서민들을 설득하고 꽁꽁 얼어붙은 내수를 진작시킬 수 있는 가장 효과적인 방법이다. 강력한 부동산 보유세의 도입이야말로 행정수도 이전과 위기에 빠진 한국경제를 구원할 해결사임을 알아야 할 것이다.

언제나 문제는 경제다! 그리고 난마처럼 얽힌 경제문제를 푸는 실마리는 토지에서 찾아야 한다. 강력한 부동산 보유세의 도입으로 손해를 입을 사람들은 대토지소유자와 다주택소유자들이고 이익을 얻을 사람들은 그들을 제외한 사회 구성원 전체이다.

『*OhmyNews*』 2004. 7. 15.

이헌재 부총리를 계속 믿어야 할 것인가?

■ 도대체 그가 꿈꾸는 시장은 어떤 모습일까?

마침내 이헌재 부총리 겸 재정경제부 장관이 입을 열었다. 그의 주장은 최근 불거진 국민은행 자문료 파문에 대해 결백하다는 것과 아파트 분양원가 공개, 이라크 추가파병 반대, 공직자 주식백지 신탁 등 당면 현안을 둘러싼 일련의 논쟁을 반(反)시장적이라고 규정하는 것으로 크게 요약할 수 있을 듯싶다.

그의 발언 가운데 특히 주목할 것은 현재 첨예한 논란이 되고 있는 아파트 분양원가 공개, 이라크 추가파병 반대, 공직자 주식백지신탁 등에 대해서 반시장적이라고 규정한 대목이다. 그가 실현되길 염원하는 '진짜 시장경제'가 무엇인지 알 길은 없지만, 대한민국의 경제수장으로서 이헌재 부총리가 한국사회와 한국경제에 대해 가지고 있는 현실 인식은 절망적인 수준이다. 이 부총리는 지난 19일 밤 기자들과 만난 자리에서 아파트 분양원가공개와 관련해 "해프닝"이라고 일축하면서 "말이 되느냐? 온 나라가 이 문제에 국력을 쏟아 붓고 국가 지도자들이 진이 빠지도록 매달리고 있다. 왜 그렇게 중요한 문제인가"라고 반문했다고 한다.

혹시 이 부총리는 대한민국이 아니라 달나라에서 살다 온 것인가? 아니면 세상사를 전혀 알길 없는 무인도에 유배되었던 것일까? 아파트 투기가 진행된 지난 2~3년 동안 1천억짜리 아파트 공사를 맡으면 300억~500억 원은 가볍게 번다는 얘기가 공공연한 사실로 확인되었고, 신도시 건설을 위한 택지 조성을 통해 적어도 수천억 원의 천문학적인 불로소득이 건설업체 등에게로 흘러 들어간 사실이 밝혀지고 있는데 이 부총리만 이를 모르는 것인가!

그뿐 아니다. 아파트 분양가 자율화가 실시된 지 불과 5년 여 만에 서울지역 아파트 분양가가 2배 이상 심지어 3배 가까이 오르고 있으며, 서울 강북에서 도시근로자가 32평 아파트를 마련하는데 평균 23년 3개월이 소요되는 것이 작금의 상황이다. 폭등을 거듭하고 있는 부동산 가격으로 말미암아 내수의 실질적인 주체인 중산층은 자신들의 소득을 전부 집값 마련에 소진하고 있으며, 그마저도 할 수 없는 서민들은 절망감에 사로잡힌 채 전·월세를 전전하고 있는 실정이다.

부동산 가격 앙등의 폐해는 여기서 멈추지 않는다. 거품이 잔뜩 형성된 부동산 가격은 소수의 건설회사와 대토지소유자, 다주택소유자들에게 수백조에 달하는 막대한 불로소득을 안겨주었고 그 외의 사회 구성원들에게는 실질소득의 감소를 불러왔다. 이는 극심한 소득양극화와 계급 간 갈등을 심화시키고 있을 뿐만 아니라 내수를 붕괴시키는 주요한 원인이기도 하다. 부동산 투기 등을 통해 불로소득을 얻는 사람들은 그 소득을 또 다른 부동산 매수와 해외 명품 구입, 자녀 유학 등으로 소비하기 때문에 내수 진작에는 전혀 도움이 되지 못한다. 예나 지금이나 내수를 지탱하는 기둥은 중산층과 서민들이다. 또한 부동산 가격 폭등은 부동자금의 물꼬를 생산설비 등의 건전한 투자가 아니라 토지와 아파트로 돌려놓았으며 한국사회 구성원들의 관심과 열정도 온통 토지와 집으로 향하게 만들었다.

생각해 보라! 돈 될 만한 토지와 건물에 투자하면 엄청난 불로소득이 생기는데 누가 공장 짓고 설비 증설하고 대출 받으러 이리저리 힘들게 뛰어다니겠는가! 가만히 있어도 집값이 천정부지로 뛰니 앉아서 손해를 보지 않기 위해서라도 덩달아 투기대열에 합류할 수밖에 없지 않겠는가! 사회적 자원과 관심이 부동산으로만 쏠리는 심각한 왜곡이 만연하고 있는 상황에서 어떻게 정상적인 경제발전이 가능할 것인가!

바야흐로 지금 한국사회는 국민의 정부 출범 얼마 후부터 본격화된 부동산 활성화 대책의 폐해가 극명하게 나타나고 있는 중이다. 이 부총리 역시 국민의 정부시기에 경제수장을 역임했기에 현재 한국경제가 봉착한 어려움과 관련해서 온전히 자유로울 수 없다 할 것이다. 사정이 이러함에도 불구하고 현금의 부동산 시장이 한국경제에 미칠 영향에 대한 그의 인식은 위의 발언에서 알 수 있듯이 태평스럽기 그지없다.

너무나 기형적이고 왜곡되어 있는 부동산 시장, 그중에서도 주거와 직결된 아파트 가격 폭등을 진정시키기 위한 최소한의 대책으로 제시된 원가공개를 이 부총리는 해프닝이라고 일축했다. 현재 천정부지로 치솟은 아파트 분양가격이 기실은 건설업체의 반시장적 담합과 폭리에서 기인한 것임은 모두가 다 아는 일이다. 이런 반시장적 질서를 바로잡고 정상적 시장경제에 걸맞은 수급 체제를 갖추기 위한 아파트 분양원가 공개 요구를 폄하한 이 부총리의 발언은 그가 그토록 염원하는 "진짜 시장경제"의 정체가 무엇인지 의심케 하기에 충분하다.

또한 그는 이라크 파병과 관련해서 "이라크 파병 문제를 봐. 우리는 어려울 때 월남전을 자원해 돈을 벌어왔는데 지금은 이라크 파병을 매도하고 있어. 나는 보수나 극우는 아니지만 국가는 국가다워야 해."라고 기염을 토했다고 한다.

이미 이라크 전쟁의 성격과 본질은 백일하에 드러났다. 그것을 한마디로 요약하자면 부시 행정부의 가장 강력한 지지기반인 군산복합체와 에너지 자본의 이윤을 보장하고, 이라크에 매장된 막대한 양의 석유자원을 독식하며, 전략적 요충인 이라크에 친미정권을 수립하여 이른바 '부시벨트'를 공고히 하는 것이라고 할 것이다. 애초 미국이 이라크를 침략할 때 내세웠던 9·11테러의 배후, 대량 살상무기의 개발 및 보유 등의 숱한 명분들은 이미 형체도 없이 사라졌다. 이라크에서 독재자를 축출하고 민주주의를 건설하겠다는 미국의 다른 명분 또한 미국이 자행하고 있는 학살과 고문, 인권유린의 홍수 속에서 익사한 지 오래다. 지금 미국이 저지르고 있는 이라크 전쟁은 전쟁의 비도덕성과 불의라는 측면에서 과거 영국이 노쇠한 청나라를 상대로 일으켰던 아편전쟁에 비견된다 할 것이다.

사정이 이러함에도 한 나라의 경제수장이라는 이 부총리의 현실

인식 및 역사인식은 참으로 우려되는 수준이다. 이라크 전쟁을 월남전과 비교하면서 돈벌이 수단으로 인식하는 듯한 이 부총리의 발언을 접하면 벌린 입이 다물어지지 않는다. 설령 백보를 양보해서 이라크 전쟁이 경제적 실리를 챙길 수 있는 장(場)이라고 해도 대한민국에게 떨어질 떡고물은 어디에도 없을 것이다. 결국 이라크 전쟁에 추가파병을 하겠다는 것은 아무런 명분도, 경제적 이익도 없는 전쟁에 자비(自費)를 들여 죽으러 가는 것과 다름없는 일이다. 한국과 다른 나라에 남아 있는 한국인들의 목숨도 안전하지 않음은 물론이다.

■ 열심히 일한 당신, 떠나라!

이헌재 부총리는 한국사회를 대표할 만한 관료로서 광휘로 가득 찬 이력을 가지고 있다. IMF외환위기 당시 금융감독 위원장으로서 이 부총리는 산업·금융 부문에 대한 구조조정과 대규모 감원을 단행하여 IMF에 깊은 인상을 심어준 바 있다.

그러나 위에서 이미 살핀 바와 같이 그가 꿈꾸는 "진짜 시장주의"는 공허하기 그지없는 개념이다. 이는 최근 이 부총리가 연초 약속을 깨고 민간금융기관들에 대해 LG카드에 사실상 무한대의 추가지원을 하도록 압박을 가하고 있는 것만 보아도 알 수 있다. 또한 최근 이 부총리는 인허가 신청 대기 중인 골프장 230여 곳에 대해 앞으로 넉 달 내에 신속히 허가 여부를 결정하겠다고 말한 바 있다. 물론 자신의 발언이 규제완화 차원임을 차후에 설명하였지만 이 부총리가 의도하는 것이 골프장 건설을 통한 경기부양임은 명백하다. 골프장이 생태계에 미치는 해악과 의심스러운 경제적 가치 창출 효과 등을 감안할 때 이 부총리의 구상이 얼마나 비과학적이고 위험하기조차 한 것인지 새삼 지적하지 않을 수 없다.

이미 곳곳에서 드러나고 있는 것처럼 한국경제에 대한 이 부총리의 진단과 처방은 그 약효를 다한 것으로 보인다. 이제 더 이상 한국경제가 노동자들의 일방적 희생을 담보로 하는 대규모 구조조정과 감원 그리고 후유증만 크고 효과는 미미한 단기부양책에 기댈 수는 없는 일이다.

바야흐로 이 부총리의 시대는 그가 가진 패러다임과 더불어 저물어가고 있는 중이다. 이제 한국경제는 새로운 패러다임을 갖춘 경제수장과 관료들을 원하고 있다.

『OhmyNews』 2004. 7. 26.

보수들은 경제개혁을 가장 두려워한다

■ 항우(項羽)의 실패에서 배우자

많은 사람들이 초한지를 읽어 보았을 것이다. 항우와 유방이 천하의 패권을 쥐기 위해 벌이는 사투를 중심축으로 하는 이 이야기는 그 규모의 웅장함과 극적 요소로 인하여 허다한 사람들에게 사랑을 받고 있다.

역발산 기개세(力拔山 氣蓋世)라는 말이 항우에게서 유래된 것을 보면 알 수 있듯이 항우는 그 용맹이나 지략 면에서 천하에 대적할 상대가 없는 호걸이었다. 또한 그에게는 범증(范增)이라는 일급의 참모와 용맹하기 이를 데 없는 장수들이 있었고, 천하제일의 강군(强軍)이 있었다. 이런 외적인 조건만을 놓고 본다면 진나라 멸망 이후 항우가 천하의 패자로 군림하는 것이 당연해 보였지만 항우는 유방과의 싸움에서 패배하고 젊은 나이에 자살하고 만다.

전력이 월등함에도 불구하고 항우가 유방과의 싸움에서 패배한 원인에 대해서는 후세의 사가들이 다양하게 분석하고 있다. 그 원인들을 보면 부하들에 대한 논공행상(論功行賞)에 인색했다는 점, 자신의 능력을 지나치게 과신했다는 점 등이 꼽힌다. 특기할 점은 항우가 패전한 이유 가운데 양도(糧道)확보에 실패한 점을 주요 원인으로 분석하는 사가들이 많다는 사실이다. 예나 지금이나 전쟁을 차질 없이 수행하기 위해서는 무엇보다 안정적인 병참선의 확보와 군수품의 보급이 필수적이다. 항우와 유방이 쟁패하던 시절에는 보급품 수송의 방법이 지금보다 훨씬 제한적이었던 만큼 육로를 통한 병참선의 확보는 가히 사활이 걸린 일이었을 것이다.

유방이 항우와의 전투에서 패배를 거듭하면서도 지속적으로 재기할 수 있었던 까닭은 곡창지대인 관중(關中)을 지배하에 두고 그곳에서 생산되는 식량을 군량미로 사용할 수 있었기 때문이다. 군량미가 있는 한 군사를 모집하기란 난세(亂世)에 그리 어려운 일이 아니었을 것이다. 그러나 항우의 보급선은 끊임없이 팽월에게 공략당하여 보급이 두절되기 일쑤였다. 배고픈 병사들의 사기가 땅에 떨어지고 탈영병이 속출하는 것은 정한 이치일 것이고 이런 병사들을 데리고 전쟁에서 승리할 수는 없는 노릇이었다. 불행히도 항우는 보급과 병참의 중요성을 명확히 이해하지 못하였고 그 결과 천하의 패자(覇者)가 되지 못한 채 쓸쓸히 역사의 패자(敗者)로 기록된 것이다.

유방이 곡창지대인 형양(衡陽)과 성고(成皐)에서 농성하고 빠져나가기를 거듭할 때 항우의 모사(謀士)였던 범증은 항우에게 간곡히 충고한다. 유방을 직접 잡을 생각을 하지 말고 형양성과 성고성

을 봉쇄하여 유방의 군대를 굶겨 죽이라고 말이다. 그러나 항우는
범증의 충언을 무시하고 유방을 직접 잡는 길을 선택한다. 그 결과
는 유방의 승리와 한(漢)제국의 성립이었다. 항우가 튼실한 병참기
지와 안정적인 보급선의 중요성을 간파하였더라면 역사에 등장한
것은 한제국이 아니라 초(楚)제국이었을지도 모르는 일이었다.

■ 보수들은 경제개혁을 가장 두려워한다

국보법 폐지와 관련한 논쟁으로 정국이 혼미한 지금 뜬금없이
무슨 항우와 유방의 고사(故事)를 꺼내느냐고 의아해할 수도 있다.
그러나 들뜬 가슴을 진정시키고 냉정히 생각해보면 유방의 성공과
항우의 실패는 우리에게 많은 교훈을 주고 있음을 알 수 있다. 항
우와 유방의 쟁패에서 승부를 가른 결정적 요인은 앞서 설명한 바
와 같이 튼실한 병참기지와 안정적인 보급선의 확보 유무였으며
이런 원리는 비단 전쟁에만 적용되는 것이 아니라 정치에도 그대
로 적용된다 할 것이다.

국보법이 폐지되면 마치 나라가 결딴날 것처럼 시민들을 선동하
고 있는 극우보수진영과 국보법 폐지를 위해 총력을 경주하고 있
는 진보진영을 보고 있노라면, 국보법의 존폐 여부가 한국사회의
질적 발전을 가늠할 수 있는 시금석(試金石)인 듯이 느껴진다. 물
론 국보법은 법 제정 이후 숱하게 자행된 인권유린의 사례에 비추
어 보아도 그렇고 법률의 모호성·자의성 등의 이유로도 폐지되어
야 마땅하다. 또한 대체입법이나 형법보완 등의 논의는 국보법 폐
지의 의미를 심각하게 훼손하는 것이므로 지양되어야 할 것이다.

그러나 작금에 논의되고 있는 국보법 개폐논란은 다분히 이데올

로기적 성격이 강하다는 데 그 한계가 있다. 사실 대부분의 시민들은 국보법 개폐 논란에 대해 별 관심이 없다. 대부분의 샐러리맨들과 서민들은 오르는 집값과 줄어드는 일자리를 걱정하고 아이들의 사교육비 마련에 밤잠을 설치기 일쑤다. 고금을 막론하고 서민들의 가장 큰 관심사는 역시 먹고사는 일의 해결인 것이다. 같은 맥락에서 자칭 보수주의자들 – 기실은 수구주의자들 – 도 먹고사는 일에 절대적인 관심을 가지고 있다. 단지 먹고산다는 일의 수준과 층위가 서민들과 질적으로 차별화될 뿐이다. 그들은 자신들이 가지고 있는 주체할 수 없이 많은 부를 어떻게 하면 더 불리고 자식들에게 물려줄 수 있을지에 온 신경을 쏟고 있다.

기실 한나라당과 조·중·동으로 대표되는 한국사회의 보수주의자들이 수호하려는 것은 그들이 입버릇처럼 말하곤 하는 국가안보나 자유민주주의가 결코 아니다. 그들이 지키려고 하는 것은 자신들이 가지고 있는 부와 권력이다. 이제는 스스로도 국보법이 국가안보와는 별 상관이 없음을 잘 알고 있음에도 불구하고 그들이 국보법 폐지에 경기(驚氣)를 일으키는 이유는, 국보법 폐지를 자신들의 지배질서가 몰락하는 신호(信號)라고 해석하기 때문이 아닐까 싶다

그러니 국보법 폐지에 과도한 의미를 부여하지는 말자! 여전히 보다 중요한 것은 모든 것의 출발이며 토대인 경제부문에 대한 근본적이고 철저한 개혁이다. 이데올로기 투쟁도 중요하고 '역사 바로 세우기'도 중요하다. 언론개혁도 긴요하고 교육개혁도 필수적이다. 그렇지만 이런 싸움에서 승리한다고 해도 경제개혁에 실패하면 한국사회의 총체적 개혁은 무산되기 쉽다. 이는 마치 전투에서는

이기고 전쟁에서는 패하는 격과 같다. 한국사회의 보수주의자들이 진정으로 두려워하는 것은 국보법 폐지가 아니다. 한국사회의 보수주의자들은 근본적이고 총체적인 경제개혁을 통해 열심히 일하는 사람들이 정당한 보상을 받고 부동산 등을 통한 불로소득이 근절되는 것을 가장 두려워한다.

다시 한번 항우와 유방의 고사를 언급하고 마무리하겠다. 유방이 거듭된 패전에도 불구하고 재기하여 결국에는 천하의 패자가 된 까닭은 무엇보다 양호한 병참기지와 안정적인 보급로를 확보하고 있었기 때문이다. 충분한 군량과 넉넉한 예비 병력이 있는 한 설사 전투에서 여러 번 패배한다 해도 결국 전쟁에서는 승리하게 마련이다. 유방이 가지고 있었던 병참기지와 보급로는 정확히 물적 토대와 조응한다.

같은 이치로 한국사회의 보수주의자들이 막대한 부를 계속 가지고 있는 한 그들은 끊임없이 이데올로기 싸움을 벌일 것이고 여러 전투에서 패배하더라도 종국에는 전쟁의 승리자가 될 것이다. 참여정부와 여당은 이처럼 자명한 원리를 깨달아 국보법 폐지와 경제개혁을 병행해서 추진해 나가야 할 것이다.

『*OhmyNews*』 2004. 9. 22.

🌵 과연 대한민국에 헌법재판소가 필요한가?

헌법재판소가 '신행정수도건설을 위한 특별조치법(2004. 1. 16. 법률 제7062호)'에 대해 위헌결정을 내렸다.

헌법재판소는 결정요지를 통해, "이 사건 법률에 의한 신행정수도 이전은 곧 우리나라 수도의 이전을 의미한다"고 전제한 뒤 "서울이 수도라는 명문화된 헌법 규정은 없지만, 조선시대 한양을 도읍으로 결정한 이후 건국 이후에도 모든 국민이 수도라고 의심의 여지없이 확신해온 것으로 관습헌법으로 볼 수 있다"며 따라서 "우리나라의 수도가 서울이라는 점에 대한 관습헌법을 폐지하기 위해서는 헌법이 정한 절차에 따른 헌법개정이 이뤄져야만 한다"고 결론을 내리고 있다. 또한 헌법재판소는 "수도 이전을 확정함과 아울러 그 이전 절차를 정하는 이 사건 법률은 우리나라 수도가 서울이라는 불문의 관습헌법사항을 헌법개정 절차를 이행하지 않은 채 법률의 방식으로 변경, 국민의 헌법개정 국민투표권을 침해

했으므로 헌법에 위반된다"라고 결정 이유를 밝혔다.

헌법재판소의 이번 결정은 대법원과 함께 대한민국 최고의 사법기관에서 나온 결정이라고는 믿기 어려울 만큼 부정확한 개념 정의와 논리적 비약으로 가득하다. 고도로 숙련된 법률전문가들이 머리를 맞대고 만들어 낸 결정문이라기보다는 차라리 소설가의 문학적 상상력이 빚어낸 문학 작품에 가깝다면, 지나친 과장일까?

헌법재판소가 내린 이번 결정 가운데, 대표적인 논리적·법리적 오류를 짚어본다. 먼저, 헌법재판관들은 이번 행정수도 이전 법안을 단순히 '행정기관'의 이전이 아니라, 우리나라의 '수도'를 이전하는 법률로 정의하는 과감함을 보이고 있다. 한마디로 천도(遷都)라는 것이다. 무슨 근거로 그렇게 단호한(?) 정의를 내릴 수 있는지 참으로 궁금하다. 또한 헌법재판관들은 서울이 우리나라의 수도라는 것은, 오랜 역사를 통해 국민들의 의식 속에 확립된 관습헌법에 해당하는 것임을 입증하기 위해, 멀리 고려시대와 조선시대의 역사를 일일이 뒤지는 수고로움도 마다하지 않았다. 도대체 까마득한 조선왕조의 한양이 갖는 역사적 의미가 민주공화국인 대한민국의 서울에 계승돼야 한다는 사고가 어떻게 가능한 것일까? 모쪼록 헌법재판관들은 결정을 하기 전에 헌법 전문을 먼저 읽어볼 일이다.

헌법재판소가 내린 이번 결정의 논리적 허점 가운데 백미(白眉)는 단연 '관습헌법'을 아무런 논리적·합리적 근거 없이 성문헌법과 동등하게 취급하고 있다는 점이다. 주지하다시피 우리나라 헌법은 1948년 제정 이후 일관되게 성문·경성헌법의 역사를 지녀왔다. 쉽게 말해서 대한민국 헌법은 명문(明文)의 형식을 갖고, 엄격한 절차에 따라서만 개정이 가능한 헌법으로서 관습법을 논할 여지가

없는 것이다. 물론 성문헌법을 채택하고 있는 나라라고 해서 이른
바 불문(不文)적인 헌법관습법의 존재를 완전히 배척하는 것은 아
니지만, 이는 어디까지나 성문헌법 체제에서 성문헌법에 대한 보완
적 효력만을 가진다고 해석해야 할 것이다.

이와 관련해 소수의견을 낸 전효숙 재판관의 의견은 경청할 만
하다.

"성문헌법이 존재하는 한, 관습헌법은 성문헌법으로부터 동떨
어져 성립하거나 존속할 수 없고, 항상 성문헌법의 여러 원리와
조화를 이룸으로써만 성립하고 존속할 수 있다. 그렇지 않다면
헌법적 관행에 의해서 성문헌법이 변질될 수 있게 되고, 성문헌
법전보다 불문적인 헌법의 관행예가 우선하고 국가생활을 지배
하는 결과가 된다."

마지막으로, 헌법재판소는 헌법개정 사안을 국민투표 등의 헌법
적 절차를 거치지 않고 국회에서의 입법 절차를 거쳤기 때문에 위
헌이라고 주장하고 있다. 그러나 이미 국민의 대표기관인 국회에
서, 그것도 투표의원 194인 중 찬성 167인으로, 재적과반수와 출석
3분의 2 이상의 압도적 다수로 통과된 법률에 대해 국민투표를 기
치라는 결정은 자칫 대의민주주의의 근간을 뒤흔드는 결과를 초래
할 수도 있다. 이는 사법적극주의의 극단적인 예라고 할 것이고,
헌법재판소가 스스로 권력분립의 원칙을 심각하게 훼손한 것이라
고밖에 말할 수 없다. 다시 전효숙 재판관의 의견을 들어보자!

"'서울이 수도'라는 관습헌법의 변경을 헌법개정에 의해야 한
다면, 이는 관습헌법이 헌법이 부여한 국회의 입법권을 변경시

키는 것이다. 그것은 관습헌법에 대하여 국회의 입법권보다 우월적인 힘을 인정하는 것이 된다. 헌법은 '입법권은 국회에 속한다'(제40조)고 규정하며, 헌법에 달리 규정이 없는 한 국회의 입법권은 포괄적 대상을 지닌다. 입법권의 주체는 다름 아닌 국민에 의하여 직접 선출된 대의기관이며 헌법은 국민주권과 자유민주주의를 실현하는 방법으로 대의제를 기본형태로 채택하고, 국민으로부터 민주적 정당성을 부여받은 대표기관이 입법 작용을 통하여 그 이념을 수행하도록 하고 있다."

예민한 사안에 대해서는 통치행위라면서 피해가던 헌법재판소가 위와 같이 이례적으로 신속하고 과감한 결정을 내려 대한민국을 혼비백산케 하고 있다. 아, 헌법재판소가 결연하고 비장하며 신속하게 내린 결정이 또 있긴 하다. 바로 국가보안법은 합헌이라는 결정이다.

누구나 알다시피 헌법재판소는 87년 6월 항쟁의 산물이었다. 독재자들이 전제군주를 능가하는 권력을 행사하여 헌법과 삼권분립을 헌신짝처럼 취급하던 때, 헌법재판소라는 헌법기관은 아예 존재하지도 않았다. 그런데 국민들의 피와 땀으로 민주주의가 본 궤도에 오른 지금은 독재자의 시녀 노릇을 하던 사법부에 의한 사법독재가 심히 우려되는 지경에 이르렀다. 상황이 더 나쁜 것은, 행정권력과 입법권력은 선거를 통해서 교체가 가능하지만 사법권력은 그렇지 못하다는 데 있다.

이번 헌재의 결정이 우리들에게 주는 교훈은 크게 두 가지이다. 첫째는 이제 겨우 행정권력과 입법권력의 교체가 시작됐을 뿐 건국 이후 한국사회의 전 부문을 장악해 온 수구기득권 세력의 힘은 여전히 공고하다는 사실이고, 둘째는 대한민국이 진정한 민주공화국으로 거듭나기 위해서는 정치·관료·사법·군·경찰·언론·학계·교육·종교·경제·문화 등의 사회 전 부문에 대한 근본적이고 쉼 없는 개혁이 필수적이라는 사실이다. 사회를 구성하는 다양한 영역에서의 근본적 개혁과 미시권력의 주체 및 작동방식이 민주화되지 않는 한, 대한민국은 허울뿐인 민주공화국에 지나지 않을 것이다. 그런 의미에서 보면 지금의 대한민국은 민주공화국의 문턱에 서 있을 따름이다.

『*OhmyNews*』 2004. 10. 22.

과연 좌파는 사라져야 할 악인가?

미국의 작가 호손이 쓴 장편소설 〈주홍글씨〉(The Scarlet Letter)를 보면, 주인공 헤스터 프린이 간통해 아이를 낳은 후 간통한 벌로 공개된 장소에서 'A(adultery)'자를 가슴에 달고 일생을 살라는 형을 선고 받는 대목이 나온다. 헤스터 프린이 공개된 장소라면 어디서나 가슴에 새기고 다녀야 했던 주홍글씨는 일종의 사회적 낙인으로 그녀가 간통한 사람임을 나타낸다. 헤스터 프린의 가슴에 새겨진 주홍글씨는 그녀를 처음 만난 사람조차 그녀에 대해 선입관을 갖도록 하는 엄청난 위력을 발휘한다. 그런데 청교도 시절에 맹위를 떨쳤던 주홍글씨라는 낙인이 새롭게 변형된 형태로 2004년 한국사회에서 기승을 부리고 있다. 그 변형된 주홍글씨는 이른바 '좌파'라고 불린다.

■ '좌파'는 주는 것 없이 미운 놈?

한나라당과 조·중·동으로 대표되는 수구언론은 연일 현 정권을 좌파 정권으로 매도하며 몰아세우기에 급급하다. 또한 사립학교법 개정을 결사반대하는 사학재단의 이사장들과 국가보안법 사수에 목숨을 걸고 있는 보수인사들도 '참여 정부는 좌파다'라는 합창에 성심을 다해 동참하고 있다. 더욱 가관인 것은 일부 경제학자들조차 이런 대열에 합류하고 있다는 사실이다. 물론 이들이 참여정부를 '좌파'라고 규정짓는 데에는 아무런 근거도 없거나 근거가 있더라도 너무나 미약하기에, 이들의 주장은 '논증' 없는 '선언'만으로 존재한다. 이들은 참여정부의 어떤 이념과 정책이 좌파적인지에 대해서 구체적으로 다루지 않는다.

한편으로 생각해 보면, 한나라당과 수구언론이 참여정부가 좌파인 이유를 꼼꼼히 따지지 않는 것도 당연하다 싶다. 기실 한나라당과 참여정부 사이에 존재하는 이념적·정책적 차이점은 전혀 없거나 있다 하더라도 매우 미미한 수준이기 때문이다.

이미 고종석 한국일보 논설위원이 쓴 것처럼 한나라당과 수구언론이 참여정부를 지칭할 때 애용하는 '좌파'라는 말은 '주는 것 없이 미운 놈' 혹은 '보기 싫은 놈'이라는 뜻에 가깝다고 해야 온당할 것이다. 물론 이들이 참여정부에 '좌파'라는 훈장을 수여하는 이유 중 하나는 대중들이 좌파라는 말에 대해서 가지고 있는 부정적인 기억과 평가를 떠올리게 해 참여정부에 염증을 내게 하려는 의도도 깔려 있을 것이다.

이런 추측은 나름대로 일리가 있는데, 이는 좌파라는 호칭과 평가에 대한 참여정부와 여당의원들의 반응을 보아도 알 수 있다. 좌파라는 평가를 접한 참여정부와 여당의원들의 반응은 단호한 부정과 격렬한 반박으로 요약할 수 있을 듯싶다. 즉 참여정부와 여당의원들조차도 한국사회에서 '좌파'라는 규정과 평가가 갖는 부정적 의미를 매우 명확하게 인식하고 있는 것이다. 물론 누구나 알고 있다시피 이들은 좌파가 아니며 이들이 기반(基盤)한 이념과 이들이 추진하고 있는 정책 어디에서도 좌파적 요소를 발견하기 어렵다. 현재 여당이 개정을 추진하고 있는 이른바 4대 입법은 좌파나 우파 혹은 진보와 보수라는 잣대로 평가할 것이 아니라 '정상'과 '비정상'이라는 잣대로 평가하는 것이 타당하다. 4대 입법은 한국사회를 상식과 정상의 사회로 조직하는 첫걸음에 불과한 것이다.

물론 그나마 누더기가 된 개정안을 부여안고 집권(?)야당과 수구언론의 눈치를 보며 전전긍긍하고 있는 여당의 모습은 비극을 넘어 희극적이기까지 하지만 말이다. 최근 종합부동산세 도입을 둘러싸고 갈팡질팡하는 참여정부와 여당을 보면 이들이 표방하고 있는 개혁의 정체가 무언지 정말 궁금해진다. 개혁이라는 단어에서 기표(記標)와 기의(記意)가 분리되어 비산(飛散)하고 있다는 느낌이 드는 것이, 현재 참여정부와 여당이 입버릇처럼 말하고 있는 개혁을 바라보는 솔직한 심정이다. 이런 사정을 한나라당과 수구언론 역시 잘 알고 있을 것이다. 만약 한나라당과 수구언론이 이들을 정녕 좌파라고 생각하고 있다면 한나라당과 수구언론의 지적 능력은 의심받아 마땅하다고 감히 말하고 싶다.

■ 좌파는 사회악인가?

　그런데 정작 중요한 것은 불리는 측이나 불림을 받는 측이나 그 토록 불명예스럽게 여기는 '좌파'라는 표지(標識)가 진정 혐오스럽 고 부정적이며 더 나아가서 제거되어야 하는 사회악인가 하는 점 이다. 한국사회에서 좌파가 갖는 부정적 함의는 무엇보다 한국사회 의 구성원들이 경험한 집단적 역사와 기억으로부터 기인하는 바가 크다.

　분단과 좌·우의 극렬한 대결. 한국전쟁을 겪으면서 한국사회의 구성원들에게 좌파라는 용어는 살육과 파괴의 다른 이름을 의미했 다. 또 현실 사회주의권과 북한의 존재로 말미암아 좌파라는 단어는 독재와 억압, 비민주성과 비인간성 그리고 무엇보다 빈곤을 지시하 게 되었다. 또한 권위주의 정권이 장기 집권하면서 정치적 반대자들 을 좌파─흔히 빨갱이로 불렸다─로 몰아서 감금하거나 심지어 살해 하는 경우가 빈번했기에 한국사회에서 좌파로 낙인찍히는 것은 정치 적 박해를 넘어서 죽음까지도 각오해야 하는 일이었다.

　상황을 더욱 악화시킨 것은 좌파가 흔히 맑시즘, 그것도 소련의 교조(敎條)적 맑시즘과 동일시되면서 초래한 혼란이다. 사실 좌파 안에는 매우 다양한 이론과 흐름들이 있는데도 불구하고 이러한 차이는 간과된 채 현실에서 가장 큰 정치적 영향력을 발휘했던 소 련의 교조적 맑시즘이 좌파의 적자(嫡子)로 자리매김한 것이다. 따 라서 많은 사람들은 교조적 맑시즘을 통해서 좌파를 이해했고 흔 히 프롤레타리아독재─현실 정치에서는 철저한 일당독재였다─와 생산수단의 국유화, 계획경제 등을 좌파 정책의 핵심으로 인식했 다. 한편 소련을 비롯한 현실사회주의권이 내적 모순을 견디지 못하고 눈사태처럼 무너지자 사람들은 좌파에는 취할 것이 전혀 없다는 성급한 판단을 내렸다. 뒤이은 미국의 세계지배와 신자유주의에 의한 무한 경쟁의 홍수 속에서 좌파라는 이념과 가치는 익사하고 말았다.

요약하자면, 한국사회의 대부분의 구성원들은 좌파의 이념이나 정책에 대해 진지하게 검토할 기회도 갖지 못한 채 권위주의 정권에 의해서 왜곡된 창(窓)을 통해서 좌파를 부정적으로 이해한 것이다. 이미 위에서 언급한 것처럼 좌파와 동일시된 현실사회주의권의 붕괴는 한국사회의 구성원들이 좌파에 대해서 가지고 있던 부정적 이해를 확신으로 바꾸기에 충분했다.

■ '좌파'의 가치들을 한국사회의 것으로

그렇다면 좌파가 추구했던 이상과 정책들은 더 이상 재고할 필요도 없는 헛된 망상에 불과한 것인가? 전혀 그렇지 않다. 이제 그렇지 않은 이유를 살펴볼 차례다.

정치적 민주주의라는 측면에서는 좌파와 우파가 거의 수렴되고 있는 것이 현실임을 감안할 때 좌파와 우파를 구분하는 실익은 주로 경제부면에서 찾을 수 있을 듯하다. 좌·우를 막론하고 현존하는 거의 모든 국가들이 자유선거와 정당제, 국민주권 등을 인정하고 있는 현실을 보면 이런 지적에 동의하기가 그리 어렵지는 않을 것이다.

흔히 우파가 평등보다 자유를 더 소중히 여기고 좌파는 그 반대라고 생각한다. 또한 우파는 시장에 우호적이고 좌파는 시장에 대한 국가의 개입을 선호한다고 평가한다. 이는 매우 도식적인 구분이긴 하지만 이러한 구분이 일면의 진실을 담고 있는 것도 사실이다. 그러나 이런 창백한 이론적 구분보다 중요한 것은 현실이다. 지금 지구상에 존재하는 대부분의 국가들은 그 이념적 토대나 이를 실현하는 정책에서 좌·우의 경계에 서 있는 것이 사실이다. 무엇보다 우리가 주목할 점은 우파의 입장에 많이 치우쳐 있는 미국의 구성원들보다 좌파에 가까운 서유럽 여러 나라의 구성원들이 훨씬 인간다운 삶을 영위하고 있다는 사실이다. 사회 구성원들의 대체적인 소득 수준 및 불평등 정도, 소수자에 대한 존중의 정도, 사회보장제도의 수준, 사회 구성원들이 느끼는 행복의 수준 등 거의 모든 면에서 그렇다.

위와 같은 사실은 우리가 앞으로 한국사회를 어떻게 조직하고 구성할 것인가에 대한 중요한 시사점을 던져 주고 있다. 주지하다시피 87년 6월 항쟁 이후 한국사회의 정치적 민주주의는 발전을 거듭해서 절차적 민주주의 차원에서는 세계 최고수준을 자랑하고 있다. 공공연히 내란을 선동하고 있는 많은 수구인사들이 아무런 제재나 처벌도 받지 않고 자신들의 주장을 펼치고 있는 것이 그 좋은 예일 것이다.

물론 정치적 민주주의를 더 발전시켜 나가야 하는 것은 당연한 일이겠지만, 지금 보다 중요한 것은 경제 부문에서의 실질적 민주주의의 구현이다. 경제적 곤궁으로 자살하는 사람이 속출하는 반대편에서는 천만 원짜리 상품권이 불티나게 팔려나가고 있는 현금의 한국사회에 이 문제보다 더 긴요한 것은 없다고 해도 과언이 아니다.

건국 이후 이른바 '우파'가 주문처럼 읊조린 성장과 효율이라는 가치만을 맹신한 결과, 한국사회는 내전 전야(前夜)를 연상케 하는 소득 양극화와 극도의 내수 부진에 빠져 있다. 또 자유방임이라는 지고의 가치는 부동산 투기의 자유와 동의어로 사용되고 있다.

이제 우리에게는 코페르니쿠스적 발상의 전환이 필요하다. 시장의 기능을 부정하지 않고 기계적 평등을 고집하지 않는다면 좌파가 추구하는 이상 가운데서 많은 부분을 취하는 것이 가능할 것이다. 일쑤 불가능하게 보이는 자유와 평등, 성장과 분배, 형평과 효율이 양립 가능하기 위해서라도 좌파적 이념과 가치에 대한 재평가는 반드시 이루어져야 할 것이다. 물론 우파와 좌파의 장점을 구현한 정책을 찾기란 매우 어려운 일이지만, 피할 수 없는 과제임이 분명한 이상 이를 찾으려는 노력이 필수적이다.

스타인벡의 소설 〈분노의 포도〉에 등장하는 톰 조드의 목소리는 좌파가 지닌 본질의 한 단면을 잘 설명하고 있다.

> "네가 어디를 둘러보든 나는 거기 있을 거야. 굶주린 자들의 투쟁이 있는 곳에 나는 있을 거야. 경찰이 시민을 폭행하는 곳에 나는 있을 거야……. 사람들이 격분하여 고함을 지르는 곳에도……사람들이 스스로 지은 집에 살며 스스로 재배한 식량으로 연명하는 곳에도 나는 있을 거야."

『OhmyNews』 2004. 11. 21.

✿ 이기준 부총리와 일그러진 한국 지배계급의 자화상

이기준 교육부 총리 임명을 둘러싸고 연일 정국이 소란하다. 워낙 흠결이 많은 사람을 교육부 총리로 임명한 탓에 청와대 인사들과 대통령조차 여론의 집중포화에 시달리고 있다. 심지어 조기숙 교수 같은 사람은 이번 인사를 국민의 정부 시절 불거졌던 '옷로비사건'에 비견하고 있을 정도다.

서울대 총장 재직 시절의 부적절한 판공비 사용, 사외이사 겸직금지 위반, 장남의 병역기피 의혹 및 국적문제 등 기존에 널리 알려진 하자에 더해 최근에는 이기준 교육부 총리가 자신이 소유한 수원 요지의 땅에 지은 신축 건물을 장남의 명의로 등기했으며, 이 과정에서 증여세를 포탈하고 부동산실명제를 위반했다는 의혹이 새롭게 제기되고 있는 형국이다. '대학은 산업'이고 대학개혁을 위해서는 도덕성보다 능력이 중요하다고 반박하는 청와대 인사들과 대통령의 강변은 일부 추종자들을 제외하고는 아무런 공명(共鳴)

도 얻지 못하고 있다. 그도 그럴 것이 설령 백보를 양보하여 그들
의 주장이 옳다고 전제하더라도 이기준 부총리가 대학개혁을 이룰
수 있는 능력이 있다는 증거는 어디에도 없기 때문이다.

상황을 더 악화시키고 있는 것은 자신에게 쏟아지고 있는 다양
한 질타를 방어하는 데 사용되고 있는 이기준 부총리의 변명이 그
리 진실되어 보이지 않는다는 사실이다. 한마디로 대통령은 도덕성
에 흠이 많은 데다 능력 또한 검증되지 않은 사람을 교육부 총리
에 임명했다는 비판을 면할 길이 없어 보인다. 따라서 지금 대통령
이 취할 최선의 조치는 인선이 부적절했음을 인정하고 이를 철회
하는 것이다. 아울러 이번 인사를 옹호하고 있는 일부 대통령 추종
자들은 수고롭기만 하고 효과는 턱없이 적은 합리화를 이제 그만
중단하는 것이 좋겠다. 당연한 말이지만 노무현 대통령 역시 판단
을 그르치고 실수도 하기 마련이다. 연인에 대한 지나친 애정과 넘
치는 두호(斗護)가 때로 독이 될 수도 있음을 노 대통령 지지자들
이 기억하기 바란다.

화제를 조금 달리해 보자! 이번 교육부 총리 인선 파동은 다시
금 한국사회를 주름잡고 있는 지배계급의 알몸을 그대로 보여주었
다. 지배계급이라는 표현이 미감(美感)을 거스르고 불온해 보인다
면 기득권층이라고 고쳐 불러도 좋을 것이다. 조금만 시간을 거슬
러 올라가서 국민의 정부시기 총리임명동의안이 부결되어 총리가
되지 못했던 이화여대 총장 장상 씨와 매일경제신문 사장 장대환
씨의 경우를 기억해 보자! 인사청문회가 진행될수록 꼬리에 꼬리
를 물고 드러나는 의혹과 추문들 앞에 이들은 여지없이 낙마(落
馬)하고 말았다.

　　주목할 점은 총리서리였던 이들과 이기준 교육부 총리가 거의 공통적으로 부동산 투기의혹, 자녀들의 병역기피 및 국적 문제 등의 문제점을 안고 있다는 사실이다. 심지어 이들은 탈세와 재산형성과정의 불법성에 대한 의혹까지 받았다. 장상, 장대환, 이기준 씨는 자타가 인정하는 한국사회의 주류(main current)에 해당하는 사람들이다. 흔히 하는 말로 사회지도층 인사들인 이들이 대한민국 국민으로서의 의무를 이행하는 데에는 인색하고 권리만을 찾는 데 골몰했다는 사실은 평범한 시민들을 격분케 하기에 충분하다. 국가 안보를 역설하는 사회지도층(?)이 자신의 아들은 합법 또는 불법으로 군대를 보내지 않고, 준법의 중요함을 강조하는 사회지도층(?)이 자신은 법 위에 있는 것처럼 행동하며, 부동산 투기꾼을 꾸짖는 사회지도층(?)이 자신이 가진 지위와 정보를 이용해 불로소득을 챙기는 사회에 사회지도층에 대한 존경과 권위가 설 자리는 없을 것이다.

　　오늘도 묵묵히 군역과 납세의 의무를 다하고 있는 한국사회의 구성원 대부분이 기대하는 사회지도층은 그리 대단한 사람이 아니다. 그들이 요구하는 사회지도층은 헌법과 법률이 정한 최소한의 의무를 이행하고 공화국 시민으로서의 덕성을 겸비한 사람이다. 그러나 이번 이기준 인사파동은 그런 수준의 사회지도층이 과연 한국사회에 얼마나 존재할 것인지에 대한 회의와 낭패감만을 짙게 해줄 뿐이다. 제대로 된 사회지도층을 갖기에는 한국사회가 아직 충분히 성숙하지 않은 것인가?

『OhmyNews』 2005. 1. 7.

반성 없는 독재자를 어찌할 것인가?

최근 인기리에 방영되고 있는 드라마 '제5공화국'의 영향 때문인지는 몰라도 전두환에 대한 사회적 관심이 다시 높아지고 있는 듯 보인다. 지난 시간을 조금만 되돌려 보면 금방 알 수 있듯이 전두환에 대한 사회적 관심은 사그라지는 듯하다가 다시금 살아나곤 했다. 잊혀져가던 전두환은 이러저러한 사건들을 통해 세인들의 기억 속으로 화려하게 귀환하길 반복하고 있다. 그로 인해 사람들의 입에서 회자된 단어들은 대략 백담사, 골목성명, 성공한 쿠데타, 전 재산이 29만 원 등이다. 한마디로 전두환은 마르지 않는 '뉴스 메이커'인 셈이다.

뭇 사람들의 관심이 자신에게 쏠려 있음을 알아서일까? 언론의 보도에 따르면, 전두환은 자신을 추종하는 무리를 이끌고 1일 오전 대전 국립 현충원을 찾아 12·12 쿠데타의 주역 중 일인인 고 유학성 등의 묘소를 참배했다고 한다. 전두환 내외가 참배에 나서자 현충원 측은 참배급수를 A급으로 정하고 현충원장이 직접 집례관으로 나섰다고 한다. 전두환 내외 등에 대한 현충원 측의 배려는 여기서 그치지 않아 예정된 묘소마다 의장대와 헌화병, 나팔병을 배치하고 심지어 별도 병력을 통한 호위까지 했다고 알려지고 있다.

이번 전두환 내외의 현충원 방문은 우리들에게 두 가지 사실을 분명히 알려주고 있다.

첫째는, 전두환과 그 추종자들이 여전히 12·12 쿠데타와 광주민중학살 등에 대해서 일말의 회개도 하고 있지 않다는 사실의 새삼스러운 확인이다. 그와 그의 측근들이 군사변란과 광주학살에 대해서 진정으로 반성하는 마음이 추호라도 있었다면 감히 군사변란의 주역 중 한 명이 누워 있는 묘소를 참배할 염(念)은 품을 엄두도 내지 못했을 것이니 말이다.

둘째는, 전두환 내외 등을 극진히 영접한 현충원 측의 태도에서 알 수 있는 것처럼, 한국사회가 여전히 전(前) 독재자의 자장(磁場) 안에 있다는 사실이다. 전(前) 독재자는 아직까지도 소멸되지 않은 정치적 영향력과 만만치 않은 문화적 위세를 뽐내고 있는 중이다.

정상적인 국가라면 진작 형장이 이슬이 되어 사라졌거나 아직까지 감옥에서 복역하고 있어야 할, 그래서 사람들의 관심 영역 밖으로 진즉에 사라졌어야 할 이 희대의 학살자가 여전히 호강을 누리며 당당히 거리를 활보하고 있는 현실은 우리들에게 깊은 절망과 비탄을 안겨준다. 그 절망과 비탄은, 시민들이 피 흘려 이룬 절차적 민주주의가 오히려 학살자와 그 측근들을 안전하게 보호하고 있다는 낭패감에서도 일부 기인하지만, 아직도 학살자와 그 측근들을 두호하고 지지하는 사람들이 한국사회 안에 적지 않게 존재한 다는 사실에서 더 많이 연유한다.

군사반란과 민간인 학살, 그 넓이와 깊이에서 짝할 상대를 찾기 어려울 경지에 이른 각종 부정과 비리, 고문·의문사·강제징집 등 으로 상징되는 숱한 인권유린과 극단적 노동탄압 등을 저지른 원흉 이 전두환임을 모르는 사람은 이제 대한민국에 거의 없을 것이다. 그럼에도 불구하고 그의 재임 때는 물론이려니와 그의 죄상이 비교 적 소상이 드러난 현재까지도 그에게 우호적인 사람들이 한국사회 안에 존재하는 현실 앞에서 가슴은 답답해만 온다.

도대체 권선징악이라는 인류의 보편적 가치가 한국사회에 자리 잡을 수 있을까? 만고에 떳떳한 학살자를 보고 있노라면 회의가 짙어짐을 어쩔 수 없다. 인간이 할 수 있는 악행의 최대치를 저지 른 자가 그에 상응하는 처벌도 받지 않고 여유만만하게 천명을 다 하는 사회에서 윤리와 도덕이 제대로 뿌리내리길 기대할 수는 없 는 일이다.

전두환과 그 측근들에 대해서 법적 처벌은 아니더라도 도덕적 단죄가 필요한 것은 바로 그 때문이다. 전두환과 그 측근들을 사회 적으로 철저히 고립시키고 매서운 여론의 비난에 노출시켜 아무런 정치적, 문화적 영향력을 행사하지 못하도록 하는 일은, 이미 존재 조차 희미해져가고 있는 한국사회 안의 윤리와 도덕을 지켜내기 위한 최소한의 조치이다. 한국사회 안에 한 줌의 도덕이 남아 있다 면, 전두환과 그 측근들이 별다른 사회적 비난에 시달리지 않고 생 을 마감하는 일만은 막아야 할 것이다.

■ 후기

요즈음 인터넷 만화가 강풀의 '26년 후'라는 만화가 세간의 화제가 되고 있다. 전두환과 광주민중항쟁의 기억이 희미해지고 있는 지금 젊은 만화가의 활약은 참으로 반갑고 든든하다.

그 용기를 전두환에게 보여주었더라면

　강정구 교수를 불구속 수사하라는 취지로 발동되었던 천정배 법무장관의 수사지휘권에 대해서 김종빈 검찰총장이 사표제출로 답했다. 물론 검찰청법 8조에 명시된 검찰총장에 대한 법무장관의 수사지휘권을 수용하지 않을 도리가 없기에 이를 수용하기는 했지만 이는 너무나 당연한 것이라 새삼 언급할 가치가 없는 것이고, 세인들의 이목을 끄는 것은 단연 김 총장의 사표제출이다.

　김 총장의 사표제출은, 그가 천 장관의 수사지휘권을 수용하건, 수용하지 않건 간에 불가피할 것이라고 예견된 일이었다. 실정법에 엄연히 명시되어 있는 검찰총장에 대한 법무장관의 수사지휘권 행사를 거부한다는 것은 어떤 명분으로도 용납될 수 없는 일이기에 이를 거부하고도 총장직을 수행한다는 것은, 사실상 불가능한 일이었다. 또한 평검사들 일부의 조직적 반발에서도 드러난 바와 같이 법무장관의 수사지휘권 행사를 수용한다는 것은, 검찰이 목숨만큼 소중히 여기는 조직의 명예(?)를 수호하지 못한 것으로 간주될 수밖에 없기에 총장직 유지를 기대하기란 어려운 노릇이었다. 결국 김 총장의 사표제출은 자의 반, 타의 반의 결과물이라고 평해도 그리 무리한 해석은 아닐 것이다.

■ 천 장관의 수사지휘권 행사가 부당하다는 근거는 무엇인가?

특기할 점은 전격적으로 사표를 제출한 김 총장이 15일 언론 인터뷰에서 "법무장관의 부당한 수사지휘권 발동은 다시는 되풀이되어서는 안 된다."며 천 장관을 정면으로 비판하였다는 사실이다. 그는 또 "(자신의)사직서 제출이 장관의 수사지휘가 되풀이되어서는 안 된다는 의지를 보여주기 위한 것"이라는 점도 분명히 했다.

기실 김 총장이 천 장관이 행사한 수사지휘권을 수용할 것인지를 두고 고민하고 있을 때에도 검사들 중 일부는 장관의 수사지휘권 행사가 적법한 것이긴 하지만 부당하니 이를 총장이 거부해야 한다고 강력하게 주장한 것으로 알려지고 있다. 김 총장의 위 인터뷰 내용도 이러한 의미를 담고 있는 것으로 보인다. 그런데 재미있는 것은 김 총장에게 천 장관의 수사지휘권 행사를 수용해서는 안 된다고 끊임없이 부추겼던 '조중동' 등의 주류언론과 한나라당은 물론이거니와 김 총장 본인과 일부 검사들조차 천 장관의 수사지휘권 행사가 어째서 부당한지에 대해서는 구체적으로 열거하지 못하고 있다는 사실이다.

물론 이들은 검찰의 정치적 중립성 훼손이나 검찰권 침해 등을 그 이유로 들고 있지만 이는 극도로 추상적인 구호에 불과한 것일 뿐만 아니라 침해 여부를 판단하는 주체가 검사들 자신이라는 점에서 전혀 설득력을 갖지 못한다 할 것이다. 특히 천 장관의 수사 지휘권 발동이 마치 무슨 검찰권에 대한 중대한 침해라도 되는 것처럼 기염을 토하고 있는 평검사들의 행태는, 작년 가을 '관습헌법' 이라는 기상천외한 발명품(?)을 제작하여 전 국민들을 경악하게 만들었던 헌법재판관들의 모습과 놀랍도록 닮아 있다. 어떤 사회적 사실 혹은 관습이 '관습헌법'에 해당하는지 여부를 알 수 있는 사람들이 대한민국에서 오직 헌법재판관들 뿐이었던 것처럼―그럼으로써 이들은 사실상 헌법제정권자가 되었다―법무장관의 수사지휘권 행사가 정당한지 여부를 판단할 수 있는 유일한 존재는 검사들 뿐이라고 일부 검사들이 확신하고 있음에 틀림없다.

그러나 이는 터무니없는 자기 과신에 불과하다. 주지하다시피 형사사건에 있어서 무죄추정의 원칙과 불구속 수사의 원칙―법률이 정한 예외적인 경우를 제외하고―은 매우 중요한 대원칙이다. 법률이 정하고 있는 인신 구속의 사유는 피의자가 죄를 범하였다고 의심할 만한 상당한 이유가 있고 일정한 증거가 없는 때, 증거를 인멸할 우려가 있는 때, 도망하거나 도망할 염려가 있는 때 등으로 대한민국 헌법이 신체의 자유를 국민의 기본권으로 보장하고 있는 사실에 비추어 보더라도 인신 구속사유는 매우 엄격하게 해석되어야 하는 것이다.

강 교수에 대해서 불구속 수사를 지휘한 천 장관도 바로 위와 같은 맥락에서 설혹 공안사건이라 할지라도 형사소송법에서 정한 구속사유에 해당되지 않으면 불구속 수사를 하는 것이 옳다고 한 것에 불과하다. 이러한 천 장관의 지휘권 발동은 인신구속 남발에 대해 경종을 울림으로써 인권보호에 기여했다는 점에서 높게 평가할 일이다. 달리 생각해보면 인권옹호에 앞장서야 할 검찰이 해야 할 일을 법무장관이 한 셈이니 검찰은 오히려 천 장관에게 고마워해야 할 일이다. 또한 천 장관이 강 교수에 대한 수사 중단이나 불기소처분을 지휘한 것이 아닌 바에야 검찰의 정치적 중립성이나 검찰권을 훼손한 것이 아님은 자명하다 할 것이다.

결국 천 장관의 수사지휘권 행사가 부당하다는 김 총장과 일부 검사들의 강변은 자신들의 구속의견을 반려하고 불구속 수사를 지휘한 법무장관에 대한 항명으로밖에는 달리 해석될 여지가 없다. 그리고 이는 더 나아가서 유일한 주권자인 국민으로부터 선출된 대통령을 대리하고 있는 법무장관이, 막강한 검찰권을 행사하는 검찰을 민주적으로 통제하고 있는 사실상 유일한 장치임을 감안할 때 국민주권에 대한 도전으로까지 해석될 수 있는 움직임인 것이다.

■ 그 결기를 전두환에게 보여주었더라면 얼마나 좋았을까!

권위주의 정권시절에 대한민국 검찰이 걸어온 발자취에 대해서 새삼 논할 필요는 없을 것이다. 그 시절 검찰을 인권옹호의 보루라거나 엄정한 법질서의 수호자로 생각하는 사람들은 대한민국에서 찾기 힘들다. 그보다는 권력의 시녀 혹은 강압수사의 음습한 이미지로 기억되곤 한다. 문제는 과거 검찰의 과오에 대해서 통절한 반성과 사죄를 해야 할 당사자인 검찰이 그럴 의지를 거의 보이지 않고 있다는 데 있다. 만약 조금이라도 그럴 의지가 있었다면 적법하고도 정당한 수사지휘권 행사에 대해서 조직적으로 항명하는 모습을 어찌 보일 수 있었을까 싶다.

검찰권 독립(?)을 위해 과감히 사표를 던진 김 총장의 결단이 비장하게 여겨지기보다 희극적으로 느껴지는 것은, 정작 권위주의 정권 시절 부당한 외압에 맞서 검찰권 수호를 위한 결기를 보여줘야 할 때는 이에 철저히 굴종했던 검찰이 민주정부하에서 정당히 행사되고 있는 지휘권에 맞서고 있기 때문이다. 많은 국민들은 이번 수사지휘권 사태를 통해 일부 검사들이 원하는 것이 정치권력에 대한 독립이나 정치적 중립성이 아니라 그 어떤 통제나 감시로부터도 자유로운 검찰 권력의 추구가 아닌가 하는 짙은 의구심을 갖게 되었다.

물론 이번 수사지휘권 파동이 거둔 성과도 적지 않다. 무엇보다 무소불위의 검찰권력에 대한 통제와 견제 장치가 긴요하다는 인식이 확산된 것은 다행이라 할 것이다. 주지하다시피 대한민국 검사는 범죄수사 및 공소제기와 그 유지에 필요한 사항, 범죄수사에 관한 사법경찰관리의 지휘 및 감독, 법원에 대한 법령의 정당한 적용의 청구, 재판집행의 지휘 및 감독 등을 수행하는 막강한 권한을 가지고 있다. 문제는 이토록 막강한 권력을 가진 검찰을 통제하거나 견제할 장치가 지나치게 미약했다는 사실이다. 따라서 이번 사태가 검찰에 대한 국민주권을 실현하는 계기로 작용하고 있는 점은 환영할 만한 일이다.

대한민국 검사들이 반드시 기억해야 할 것이 있다. 그것은, 이번 수사지휘권 행사에 대한 집단항명은 민주화가 진전되었기에 가능한 일이며 검찰은 대한민국 민주주의의 진전에 기여한 것이 전혀 없다는 사실이다. 모쪼록 이제라도 모든 권력이 국민으로부터 나온다는 진리를 겸허히 되새기는 대한민국 검찰이 되기를 바라마지 않는다.

『*OhmyNews*』 2005. 10. 16.

헌재 결정이 씁쓸한 이유

　　말도 많고 탈도 많았던 '행정수도' 이전 논란이 적어도 사법 차원에서는 일단락되었다. 헌법재판소 전원위원회가 24일 오후 2시 '행정중심복합도시 건설을 위한 특별법'에 대한 헌법소원 사건에서 재판관 7대 2의 의견으로 각하 결정을 내린 것이다.

　　헌재의 결정문을 보면 "행정도시 특별법은 수도가 서울이라는 관습헌법에 위반되지 않으며 헌법상 대통령제 권력구조에 어떠한 변화가 있는 것도 아니므로 청구인들의 국민투표 침해나 기타 기본권 침해 가능성을 인정할 수 없다"는 이유로 각하 결정을 내린 것을 알 수 있는데, 눈길을 끄는 것은 전효숙, 이공현, 조대현 재판관이 별개 의견을 통해 "서울이 수도라는 관습헌법이 존재한다고 인정할 수 없고, 설령 이를 인정하더라도 관습헌법을 변경하려면 반드시 성문헌법의 개정절차를 거쳐야 한다고 보지 않는다."고 밝혔다는 사실이다.

아무튼 2002년 대선 당시 민주당 대통령 후보였던 노무현 후보가 행정수도 이전을 공약한 이래 한국사회의 뜨거운 감자였던 행정수도 이전 문제가 결국 '행정복합도시' 건설로 마무리된 셈이다.

■ '정치의 실종' 혹은 '제왕적 헌법재판소'의 등장

행정수도 이전을 둘러싸고 이에 찬성하는 진영과 반대하는 진영 사이에 벌어졌던 논쟁은 매우 격렬했고 논점도 다양했다. 그러나 행정수도 이전 논란의 한 가운데 서서 사실상 이를 좌지우지했던 '헌법재판소'의 존재가, 대한민국 헌법 내에서 차지하는 위치와 영향에 대한 논의는 그리 치열하지 않은 듯하다. 이는 매우 아쉬운 점인데, 기실 행정수도 이전 논란은 이른바 '87년 체제'의 결과물 중 하나인 현행 헌법이 안고 있는 근본문제 중 하나를 수면 위로 부상시키는 역할을 했다. 이를 한마디로 요약하면 '정치의 사법화' 내지는 '제왕적 사법부'의 출현이라 말할 수 있다.

주지하다시피 대한민국 헌법은 "대한민국의 주권은 국민에게 있고, 모든 권력은 국민으로부터 나온다"(헌법 1조 2항)라고 해서 국민주권의 원리를 천명하고 있다. 그런데 국민주권이 실현되는 구체적 방법은 '직접 민주주의'가 아닌 '간접 민주주의' 즉 '대의제 민주주의'다. 쉽게 말해서 주권자인 국민은 선거를 통해 대통령과 국회의원을 자신들의 대표로 선출하여 권력을 위임한다. 또 대부분 정당 출신인 국민의 대표들은 선거를 통해 자신이 속한 정당과 자신에 대한 심판을 받는다. 이렇듯 헌법이 대통령과 국회의원을 국민이 선출하도록 정한 것은 권력 분립에 대한 고려 때문인 것으로 보인다. 즉 대통령은 국가의 원수면서 행정부의 수반으로 행정부를 통할하고 국회는 입법권을 가진다. 여기에 더해 사법부-대법원과 헌법재판소, 선거관리위원회-의 존재까지 염두에 두면 권력 분립 혹은 견제와 균형의 원리가 근사하게 작동하는 듯한 착각에 빠지기 쉽다.

그러나 '87년 체제'의 아들이라고 할 수 있는 현행 헌법 속에는 당시 제도정치권의 이해관계가 그대로 반영되어 '승자독식의 배제'에 대한 고려와 '제왕적 사법부'의 신설이 담기게 된다. 이는 '87년 체제' 성립 이후 등장한 6공화국부터 시작해서 참여정부에 이르기까지 관철되고 있는 일종의 철칙이다. 과거 지나치게 강력했던 대통령에 대한 견제와 승자독식에 대한 두려움이 많은 영향을 끼친 현행 헌법은, 대통령과 국회가 차지하는 위상과 권력을 대등한 수준으로 만들었다. 이런 상황은 분할정부 출현의 가능성을 높였다. 6공화국 출범 이후 항상 그랬다고 말해도 좋을 '여소야대'의 정치지형은 대통령의 안정적인 국정운영을 방해했고, 이를 타개하기 위해서 대통령과 집권당이 취한 조치들-3당 합당과 민자당 출범, 의원 빼오기 등-은 한국 정치와 사회의 발전에 질곡으로 작용했다.

위와 같이 행정 권력과 입법 권력이 거의 항상적으로 맞서는 정치현실은, 현행 헌법이 지닌 구조적 모순에서 기인한 바 크다. 상황을 더 악화시킨 것은 '지역주의'라는 요소가 이중권력의 성립이라고 불러도 좋을 정치지형 형성에 엄청난 영향력을 행사하고 있다는 점이다.

■ 행정수도 판결 = 행정부·입법부에 대한 사법부의 우위

정치학의 잣대로 엄밀하게 평가하자면 '87년 체제' 성립 이후 출범한 정권들은 거의 예외 없이 '분할 정부'라고 말해도 좋을 것이다. 참여정부 들어 한결 심해진 대통령과 국회―보수언론의 전폭적인 엄호를 받는 힘센 야당―의 대립은 '정치의 부재'를 낳았고 이는 자연스럽게 '정치의 사법화'로 귀결되었다. 그 중심에 헌법재판소가 있다.

주지하다시피 현행 헌법에서 신설된 헌법재판소는 법률의 위헌여부, 탄핵, 정당의 해산, 중앙정부와 지방자치단체 간 그리고 지방자치단체 상호 간 권한쟁의, 헌법소원에 대한 광범한 법적, 정치적 문제를 심판할 수 있는, 참으로 막강한 권한이 부여된 헌법기관이다. 작년의 대통령 탄핵 기각 결정과 행정수도 이전 특별법에 대한 위헌 결정은 국민들에게 헌법재판소를 대한민국의 최고 권력기구로 인식하게 하는 결정적 계기가 되었다. 대통령 탄핵사태가 대통령과 국회의원이라는 이중대표성이 양보 없이 부딪칠 때 어떤 극단적 결과를 낳을 수 있는지를 보여주었다면, 행정수도 이전과 관련된 헌법재판소의 결정들―한번은 위헌으로, 다른 한번은 사실상 합헌으로―은 대통령으로 대표되는 행정부와 입법부에 대한 사법부의 우위를 증명하는 것이었다.

다시 말해 민주공화국의 유일한 주권자인 국민이 선출한 대통령과 국회의원이, 국민들이 뽑지도 않았고 국민들에 대해 책임지지도 않는 헌법재판관들의 결정에 따를 수밖에 없는 기형적인 결과가 나온 것이다. 민주주의의 최고가치가 '국민주권'이고 그 실현방법이 대의민주주의를 통한 '대표와 책임의 원리'라고 할 때 대통령 탄핵과 행정수도 이전 판결에서 보인 헌법재판소의 역할과 권능은 '대표와 책임의 원리'와 국민주권에 대한 중대한 후퇴라고 볼 수밖에 없다. 결국 '정치'가 사라진 자리를 '사법'이 대신하고 있는 것이 현금(現今)의 상황이다.

■ '사법'은 누가 뽑았나? …… 주권자인 국민의 소외

헌법이 포괄하는 범위는 무한정이라고 할 만큼 넓고 사실상 대한민국에서 벌어지는 거의 모든 공적, 사적 행위들이 사법 심사의 대상이 될 수 있음을 감안할 때 헌법재판소의 위상과 권능은 지나치게 높고 크다. 문제는 국민의 대의기관들이 마땅히 해야 할 '정치'가 사라진 자리를 국민이 뽑지도 않았고 국민에 대해 책임지지도 않는 '사법'이 대신하고 있다는 점이다. 이는 민주주의의 근간을 위협하는 중대한 위험요소일 뿐만 아니라 주권자인 국민이 주권 행사에서 소외되는 비극을 낳게 된다. 따라서 지금 집권당과 야당이 해야 할 일은, 헌법재판소의 결정을 가지고 이해득실을 따지는 것이 아니라 국민주권을 실현하는 수단으로써 '정치'를 복원하는 것이다.

『OhmyNews』 2005. 11. 25.

■ 후기

최근의 전효숙 헌법재판소장 후보자 인준사태는 이전과는 사뭇 달라진(?) 헌법재판소의 위상을 방증하는 듯해 입맛이 개운치 않다. 정치는 제자리를 찾지 못하고 '정치의 사법화'는 더 심화되는 듯하니 이 노릇을 어찌한다?

지역적 '반 한나라당 연합'은 유통기한 지났다

　예상은 했지만 여당의 참패는 자못 충격적이다. 건국 이래 전국 단위 선거에서 여당이 이토록 완패한 적은 없었다. 미증유(未曾有) 라는 표현이 전혀 어색하지 않을 지경이다.

　참여정부가 출범한 이래 늘 적대적인 논조를 유지해온 조·중· 동 등 보수언론은 신이 났다. 이들은 목청을 높여 이번 선거 결과 를 "참여정부와 여당의 무능과 오만에 대한 비판"이라느니, "민심 에 탄핵 당했다"느니 하면서 평가하고 있다. 여당의 패배가 양과 질 모두에서 워낙 극악한 것이라. 보수언론의 평가가 타당하게 들 리는 것도 사실이다. 그러나 정말 그럴까? 참여정부와 여당은 역 탄핵을 당한 걸까?

■ 참과 거짓

국민 - 이처럼 모호하고 부정확한 표현도 흔치 않다 - 들이 참여 정부와 여당을 심판했다는 보수언론의 주장이 '참'이려면, 기존 한 나라당 지지자들만이 아니라 상당수의 무당파 혹은 여당 및 타 정 당 지지자가 이번 지방선거에서 대거 한나라당에게 표를 던졌다는 실증적 통계가 있어야 한다. 그러나 필자가 과문한 탓인지 몰라도 그런 통계는 본 적이 없다.

그보다는 기존 한나라당 지지자들의 투표율이 지난 2002년 대선 에 필적할 만큼 높은 수준이었고, 여당의 지지자들은 기권하거나 타 정당에 투표했다고 보는 것이 한결 합리적일 것이다. 서울만 보 더라도 오세훈 후보가 얻은 득표율 61%를 투표율 51%를 감안하 여 유권자 대비 지지율로 환산해 보면 31% 수준인데, 이는 지난 2002년 대선 당시 한나라당 대통령 후보였던 이회창이 얻었던 지 지율과 놀랄 정도로 같은 수준이다. 결국 기존 한나라당 지지자들 은 이번 지방선거를 2007년 대선의 전초전으로 인식하고 똘똘 뭉 쳐 투표장으로 향한 반면, 여당 지지자들은 기권하는 편을 택한 것 이 이번 지방선거에서 여당이 참패한 가장 큰 원인인 셈이다.

물론 여당의 무능과 오만(?)에 분노한 일부 무당파 유권자들이 한나라당에 투표한 것도 한나라당이 지방선거에서 압승한 원인 가 운데 하나지만 이는 부차적인 요인이다. 와신상담하며 복수(?)의 칼날을 갈아온 한나라당 지지자들은 최고도로 결집한 반면, 기존 여당의 지지자들 중 대다수는 여당에 투표할 이유를 찾지 못한 마 당에 여당이 지방선거에서 이길 수 있는 방법이란 애초부터 존재 하지 않았다.

■ *여당 지지자들이 기권 선택한 까닭*

자, 위에서 살핀 것처럼 여당이 이번 지방선거에서 패배한 이유
는 간명하다. 한마디로 한나라당 지지자들은 전부 투표소로 몰려간
반면 여당 지지자들은 대거 기권했기 때문이다.

그렇다면 기존 여당 지지자들은 도대체 왜 여당에 투표하는 대
신 기권을 택한 것일까? 이제는 너무나 많이 언급되어서 식상한
감마저 있지만, 정부와 여당이 한국사회에 대한 총체적이고도 발본
적인 개혁에 실패했기 때문이다. 정부와 여당은 한국사회 각 부면
에 대한 개혁설계와 집행 모두에 서툴렀고, 심지어 개혁의지마저
끊임없이 의심받았다. 부동산정책부터 대미 외교에 이르기까지 참
여정부는 쉴 새 없이 지지자들을 이탈시켜 왔다. 본디 참여정부를
탄생시킨 지지자들은 한나라당의 충성도 높은 지지자들과는 성격
이 전혀 틀려서, 자신들이 참여정부를 지지했던 이유가 상실되면
참여정부에 대한 지지를 금방 철회하곤 했다. 이번 지방선거 결과
는 참여정부의 '불량 개혁'이 기존 지지자들로부터 파산선고를 받
았다는 움직일 수 없는 증거인 셈이다.

상황이 이렇다면 여당이 재기할 수 있는 유일한 방법은 한국사
회 각 부면에 대한 총체적이고도 발본적인 개혁 프로그램을 마련
해 기존 지지자들을 결집시키는 길밖에 없다 할 것이다. 그러나 여
당 안에서 흘러나오는 소리들을 들어보면 철저한 개혁을 통해 전
통적인 지지층을 복원할 생각보다는, 고건 전 총리, 민주당, 심지어
국민중심당까지를 아우르는 '반 한나라 연대'를 통해 난국을 타개
하려는 듯해 적잖이 걱정스럽다. 만약 여당이 고건 전 총리와 민주
당 그리고 국민중심당을 하나로 묶어 '반 한나라 연대'를 구성할

경우, 그 호칭이나 명분이 무엇이든 간에 호남·충청의 지역연합을 통한 영남 고립화 전략이라고밖에는 평가할 수 없을 것이다.

■ 지역대결구도 통한 대선필승전략은 유통기한 지나

도무지 반등을 보일 기미를 보이지 않는 지지율, 보선에서의 거듭된 패배, 지방선거에서의 유례없는 참패 등을 감안하고, 한나라당이 경상도라는 확고한 지역적 지지기반을 가지고 있다는 점을 생각해보면, 여당 일각에서 나오는 얘기도 나름대로 이해되는 측면이 없지 않다.

생각해보면 87년 대선 이후 대한민국 선거지형에서 '지역주의'는 가장 강력한 상수(常數)였다. YS가 3당 합당을 통해 호남 고립에 성공함으로써 대통령이 될 수 있었고, DJ가 JP와 DJP연합을 통해 영남을 포위함으로써 대선에서 승리할 수 있었다.

지난 2002년 대선에서 노 대통령이 승리할 수 있었던 것도 호남과 충청 - 물론 충청의 지지는 행정수도 이전 공약에 기인한 바가 컸다 - 의 전폭적인 지지가 결정적이었다. 백척간두(百尺竿頭)의 위기에 몰린 여당입장에서야 지난 두 차례의 대선승리전략을 답습해 내년 대선에서도 승리하고픈 유혹을 느낄법하다.

그러나 여당에게는 미안한 말이지만, 지역대결구도를 통한 대선 필승전략의 유통기한은 이미 지났다. 전라와 충청의 지역연합이 영남을 누르기 위해서는 두 가지 전제가 필수적이다. 하나는 전라와 충청의 표가 최고로 결집해 여당 후보에게 향해야 하며, 둘째는 영남 표가 적잖이 분산되어야 한다. DJ와 노 대통령이 대선에서 승리할 수 있었던 것도 위의 두 요소를 충족시켰기 때문이다. DJ

와 노 대통령은 전라와 충청의 표를 최대한 흡수했을 뿐만 아니라, DJ에게는 이인제라는 우군(?)이 등장하여 영남 표를 분산시켰고, 노 대통령은 그 자신이 영남 출신이었기에 무시할 수 없는 수준의 영남 표를 얻을 수 있었다.

그러나 설령 여당이 차기 대선을 앞두고 고건, 민주당, 국민중심당 등과 반 한나라 연합을 구축한다고 하더라도, 위에서 적시한 두 가지 요건을 충족시키기는 매우 어렵다. 주지하다시피 전라와 충청의 결집도는 이미 현저히 이완된 상태이다. '호남 자민련'으로 전락해 명맥을 유지하고 있는 민주당이나 고건 전 총리, 충청도를 기반으로 하는 국민중심당이 결합한다고 해서 전라와 충청의 표심이 고도로 결집할 수 있을까? 그렇지 않다고 보는 것이 합리적일 것이다. 반면 경상도 사람들은 10년 만에 정권을 찾아와야 한다는 일념으로 똘똘 뭉친 상태이다. 이인제 학습효과로 인해 이인제와 같은 배신자(?)가 다시 등장해 영남 표를 분산시킬 가능성도 상대적으로 낮다.

자, 이처럼 현실 정치지형을 냉정히 살펴보면 지역대결구도 혹은 '동서 3차 대전'을 통해 여당이 한나라당을 꺾을 수 없음이 자명해진다. 따라서 지금이라도 여당은 지역대결구도를 통해 정권을 재창출할 수 있다는 헛된 망상을 접는 것이 좋을 것이다.

■ 총체적이고 구체적인 사회경제적 개혁 프로그램

기실 선거에서 승리하는 길은 간단하다. 상대방 지지자들보다 우리 편 지지자들을 더 많이 투표장으로 향하게 만들면 되는 것이다. 상대방 지지자들을 귀순(?)시키는 일은 수고롭기만 하고 보답은 적다. 영남패권주의에 감염되었든, 극우 반공 프레임에 포획되었든, 대한민국에는 선거 때면 언제나 한나라당에게 표를 던지는 유권자가 30~35%는 된다. 이들은 천지가 개벽하지 않는 한 한나라당에 대한 종교적 수준의 지지를 철회하지 않을 것이다.

따라서 여당이 차기 대선에서 승리하기 위해서는 전통적 한나라당 지지층에 대한 관심은 끊고 범 개혁세력을 결집시키기 위한 노력이 필수적이며, 이를 위해서는 지금이라도 총체적이고도 구체적인 사회경제적 개혁 프로그램의 마련에 총력을 경주해야 한다.

명확한 사회경제적 개혁 프로그램의 제시 없이 지역대결구도를 통해 대선에 임하는 것은 자살행위와 별반 다르지 않음을 여당은 명심해야 할 것이다. 설혹 명확한 사회경제적 개혁 프로그램을 가지고 차기 대선에 임해서 패하더라도, 그 패배는 유의미한 패배일 것이며 훗날을 도모할 수 있는 동력으로 작용할 것이다. 지금 여당에게 필요한 것은 한국사회 전 부면에 대한 총체적 개혁 프로그램의 마련, 그중에서도 사회경제적 개혁 프로그램의 마련임을 기억하라! 남은 시간이 많지 않다.

『OhmyNews』 2006. 6. 3.

02 경 제

대한민국에서 부자(富者)가 된다는 것

■ 대한민국, 2003년 겨울

하나의 유령이 대한민국을 배회하고 있다. '부자(富者)되기'라는 유령이! 그렇다! 현재 대한민국을 지배하고 있는 시대정신은 단연 '부자되기'이다. 이른바 '10억 모으기'류의 책들과 '부자되기'류의 강의가 도처에서 넘쳐난다. 심지어 '부자학'이라는 학문(?)이 등장했는가 하면 자칭, 타칭의 전문가들이 부자가 될 수 있는 복음을 전하겠다며 기염을 토하고 있다. 올 초 CF에서 유행한 "부자되세요!"라는 말이 한국사회에서 일반적으로 통용되는 덕담의 위치에까지 올라선 것은 이러한 시대정신의 반영에 다름 아니다. 물론 어느 시대, 어느 사회에서나 '부자'는 그 사회를 구성하는 구성원들에게 선망의 대상이며 이루어야 할 중요한 목표였을 것이다. 하물며 구매력의 크기가 개인에 대한 평가의 가장 중요한 기준이 되는 후기 자본주의사회로 진입한 한국사회에서야 더 말해 무엇하랴!

이른바 '부자되기' 신드롬은 구조조정 - 도대체 왜 감원(減員)을 이렇게 표현하는 것일까? - 이 일상화되기 시작한 1997년 IMF사태 이후 눈에 띄게 두드러진 사회현상이 되었다. 더 이상 회사가 개인들의 삶 - 이는 정년(停年)으로 표현된다 - 을 책임져 줄 수 없다는 것이 명백해진 이상 개인들은 필사적으로 자신과 가족들의 생계를 해결하기 위해 각개 약진할 수밖에 없었다. 물론 국가가 개인들에게 최소한의 인간적 존엄을 지킬 수 있는 수준의 삶을 보장해주면 좋으련만 대한민국이라는 나라는 건국 이래 국가의 구성원들을 오로지 군역(軍役)과 과세(課稅)의 대상 내지 통치(統治)와 훈육(訓育)의 객체로만 인식했고, 구성원들의 정당한 요구에 일쑤 물리적 폭력과 제도화된 억압으로 답하곤 했다. 이처럼 국가와 회사가 개인들의 삶을 책임져 주지 않는다고 할 때 개인들이 선택할 수 있는 자구책은 무엇일까? 한국사회의 구성원들은 어떻게 부자가 되려고 하고 있는가?

현직 기자로 재직 중인 한상복 씨가 쓴 〈한국의 부자들〉이라는 책은 자수성가형의 부자 100명을 대상으로 그들만의 부자 마인드와 부자 노하우 등을 분석한 책인데 이 책을 읽다 보면 자못 흥미로운 대목이 나온다.

이들의 수입원 가운데 1위는 단연코 부동산 임대료 수입이었다. 100명의 부자 중에서 88명이 임대료 수입을 소득비 중 1위로 꼽았다. 이들 88명은 간혹 주식 투자를 통해 벌어들인 금액이 임대료 수입보다 많을 때도 있지만, 대개는 임대료가 가장 높은 비중을 차지하고 있다고 응답했다.

자영업을 하는 김대식 씨는 "우리나라처럼 땅덩이가 좁은 나라에서는 부동산만큼 효율적인 투자대상이 없다."고 말한다. 온갖 사람들이 서울로 몰려드는 반면, 나눠 가질 공간에는 한계가 있기 때문에 부동산이 안정적인 수익을 보장해 준다는 것이다.

김대식 씨는 5채의 다가구주택과 3개의 점포를 소유하고 있다. 그중 한 점포에서는 손수 음식점(일본식 돈가스)을 경영하고 있다. 지난 24년간 음식점을 하면서 돈을 모아 차근차근 부동산을 사들였다. 5채의 다가구주택에는 총 32세대가 살고 있는데, 김 씨는 전세를 놓지 않고 이들에게 월세를 받고 있다. 전셋값을 받아봐야 투자할 만한 곳도 없다는 것이 그의 설명이다.

……부자들은 한마디로 셋방 주인이다. 그 셋방의 규모에 따라 주인의 재산이 수억 원에서 수십~수백억 원으로 나뉜다. 서울 변두리 골목을 돌아다니다 보면 집을 허물고 다시 짓는 공사현장을 숱하게 발견할 수 있다. 백이면 백, 단독주택을 부수고 다가구 또는 연립(다세대)주택으로 바꾸는 작업이다. 그 주인들은 집 한 칸 없는 샐러리맨에 비해 엄청난 부자다. 규모 있는 4층짜리 다가구주택 소유자는 부채가 없고 욕심을 부리지 않는 이상, 월세 수입만으로 여생을 즐길 수 있다. 매년 서울로 상경하는 수많은 젊은이가 이곳에서 살림을 차리고 월세를 낸다. 다가구주택 소유자보다 큰손은 매장 주인이다.

……가장 큰 세를 놓고 있는 부자는 상업용 빌딩 주인이다. 이처럼 우리가 가장 흔하게 볼 수 있는 부자는 다름 아닌 셋방 주인의 모습이다.

……"은행에 돈을 맡기면 이자밖에 붙지 않아요. 부동산을 사면 일부는 보증금으로 다시 들어오지요. 게다가 은행이자보다 높은 월세를 받지요. 비교가 안 됩니다. 더 중요한 것은 부동산은 그것 자체의 가격이 오르지만, 돈 값은 오르는 일이 거의 없어요. 그래서 부동산 사서 세를 놓는 겁니다."

－한상복 저 〈한국의 부자들〉 중에서

위에 인용한 글이 시사하는 바는 매우 의미심장한데. 위의 글은 한국사회에서 부자가 되는 방법에 대해서 매우 효과적으로 설명을 하고 있다. 최근 30대 초반의 나이에 10억 이상의 재산을 보유하여 인기 연예인에 못지않은 관심의 대상이 된 청년 역시 이런 범주에 해당된다 할 것이다. 물론 한국사회의 부자들 전부가 부동산을 통해서 그 부를 형성하지는 않았겠지만 대부분은 어떤 방식으로건 부동산을 매개로 해서 자신들의 부를 불려온 것이 사실이다. 이것이 가능한 이유는 부동산이 갖는 특수성 - 고수익과 안정성을 겸비한 최상의 투자 상품이라는 특성 - 때문이다.

생각해 보건대. 물려받은 재산도 변변히 없고 언제 직장에서 해고당할지 알 수 없는 처지에 있는 대부분의 개인들에게는, 부동산 투자(?)야말로 재산을 증식시킬 수 있는 가장 효과적이고도 유일한 방법일 것이다. 따라서 내핍(耐乏)을 통해 종자돈을 마련하고 발품을 팔아 가장 투자가치가 있다고 판단되는 부동산 상품을 구입하는 개인들의 선택은 합리적이고도 현명한 경제적 결정이다. 물론 이런 선택이 결실을 거두기 위해서는 시장을 읽는 눈과 유효한 정보를 수집하려는 부단한 노력, 결단력이 필요하고 운도 따라주어야만 한다. 자! 과연 그렇다면 미시적이고 개인적인 차원에서 최적의 선택이라고 평가받을 수 있는 부동산 투자가 사회적으로는 어떤 문제를 일으키는 것일까?

■ '부자되기'의 어려움 혹은 모두가 '부자되기'

주지하다시피. 작년과 올해에 걸쳐서 지속된 부동산 가격 폭등 - 한국사회의 가장 보편적인 주거형태인 아파트에 국한시켜서 말하고자 한다 - 은 지난 90년대 10년간의 상승률을 상회하는 수준이다. 물론 그렇게 된 원인(原因)은 여러 가지가 있을 것이다. 언뜻 생각 나는 요인들만 열거해 봐도 국민의 정부시기 지속된 부동산 경기 활성화 정책 - 분양가 규제 철폐, 분양권 전매 허용, 각종 규제완화 등 - 과 지속되는 저금리현상으로 인한 풍부한 부동자금의 존재, 금 융기관들의 부동산담보 대출 정책의 적극적인 추진 등의 요인이 있다.

그런데 단연 눈에 띄는 것은 이른바 '강남불패'로 불리는 서울 강남아파트 - 행정구역상으로는 강남 · 서초 · 송파구 - 들의 놀라운 가격상승이다. 강남에 소재한 아파트들의 가격은 몇 년 전부터 가 파르게 상승하기 시작하더니 작년과 올해는 그야말로 천정부지로 치솟았다. 대한민국 1%만 거주한다는 무슨 팰리스를 위시해서 강 남권 아파트들은 일반적으로 두 배 이상 심지어 세배까지 상승했 고 - 금액으로 따지면 수억 원을 상회한다 - 여기서 점화된 아파트 가격 폭등의 불꽃이 수도권으로 번지고 있다.

여기서 잠시 생각해보자! 강남의 아파트 가격이 높은 이유는 무 엇인가? 강남의 아파트 가격이 상상을 초월할 만큼 높은 이유는 바로 사회적 인프라 - 교통, 공원, 의료시설, 교육시설, 상권 등 - 가 다른 지역에 비해 월등하기 때문이며 이는 곧 삶의 질이 타 지역 에 비해 높다는 것을 의미한다. 물론 한국사회의 주류(main stream)에 편입되고자 하는 심리적 욕망도 아파트 가격상승에 일 조할 것이다. 즉 한 지역의 지가(地價) 혹은 건물가격이 다른 지역 보다 높은 이유는 사회적 인프라의 우위 내지 개발에 대한 기대감 때문이라 할 것이다. 몇 년 사이 집값과 지가(地價)가 가장 큰 폭

으로 상승한 지역들을 살펴보면 서울의 강남과 분당 신도시, 수도
권의 대부분, 행정수도 이전이 기대되는 충청권의 많은 지역이라는
사실을 알 수 있는데 전자(前者)는 사회적 인프라의 우위로 인해,
후자(後者)는 향후 개발에 대한 기대감 때문에 상승률이 높았던
것이다.

　요약하자면 집값이나 토지가격의 상승을 만들어 내는 것은 이를
소유하고 있는 개인이 아니라 사회이며, 따라서 그 상승분을 사회
가 조세(租稅)의 방식으로 수취하는 것은 지극히 정당하고 자연스
러운 것이다. 개인들이 부동산 투기를 통해서 부자가 되는 것이 윤
리적으로만이 아니라 경제적으로도 매우 부당한 것은 이 때문이다.
또한 토지는 그 재화의 양이 한정돼 있고 대체재가 없다는 점에서,
집은 사회 구성원 누구에게나 필요하다는 점에서 공공재산적(公共
財産的) 성격이 매우 강하다.

　그럼에도 불구하고 역대정권은 그동안 대토지 소유자들과 다주
택소유자들이 재산을 증식시키기에 더없이 좋은 조건을 지속적으
로 제공해주었고, 이 와중에 한국사회에는 '부동산불패'의 신화가
확고하게 자리를 잡았다. 주지하다시피 부동산 투기는 국민경제에
치명적인 해(害)가 되며 높은 가격의 집값과 지가는 생산 활동을
위축시키고 임금상승의 요인이 되며 건강한 근로의욕을 결정적으
로 저해한다. 설령 강남의 모든 아파트가 10억 원을 상회한다고 하
더라도 국부가 한 치라도 증진되는 것이 아니고 사회의 부가 이전
되기만 할 뿐이며 생산에 참여한 많은 사람들을 절망으로 몰아넣
을 따름이다.

　지금까지 부동산 투기를 통한 '부자되기'가 왜 잘못되었는가를

간략히 살펴보았다.

생각건대 모든 사회의 구성원들이 투기가 아닌 생산에 참여함으로써 부자(?)가 되는 사회를 구성하는 것이 참여정부의 중요한 과제 중의 하나일 것이다. 국가가 시장(市場)에 개입하는 주요한 경제방식 중의 하나를 조세(租稅)라고 할 때, 부동산 보유세의 현실화 더 나아가서 지대조세제의 시행에 초석을 놓는 것은 참여정부의 역사적 책무이자 치적이 될 것이다. 또한 지대조세제의 내실 있는 시행이야말로 추상의 수준에 머무르고 있는 토지 공개념을 구체화하는 가장 효과적인 방법이다.

이제 한국사회의 구성원들도 부동산 투기가 아니라 창의와 근면을 통해서 부자가 될 수 있어야 한다. 창의와 근면을 통해서 부자가 된 이들은 더 이상 증오와 질시의 대상이 아니라 존경의 대상이 될 것이다.

『*OhmyNews*』 2003. 12. 12.

판고 212억 땅부자는 왜 생겼나?

한국사회를 구성하고 있는 대부분의 서민들이 궁금해 하는 것이 있다. 부자들은 무슨 재주로 그토록 많은 부(富)를 축적했을까 하는 것과 자신들은 열심히 일하고 절약하는데도 불구하고 어째서 살림살이가 제자리걸음을 하는 것일까 하는 것이다.

언론 보도에 따르면 2003년 우리나라의 수출은 사상 최대치를 기록했고, 올해는 수출목표액이 무려 2000억 불에 이른다. 또한 올해 무역수지 흑자 규모도 155억 불을 달성하였는데 이는 한화로 환산하면 무려 20조가 넘는 엄청난 금액이다. 그런데 정말 이상하지 않은가? 이런 유례없는 무역수지 흑자에도 불구하고 가진 것이 노동력뿐인 한국사회 구성원 대부분과 그들의 가족들은 살림살이가 나아지고 있다고 여기지 않는다. 오히려 300만이 넘는 신용불량자들이 전국에 넘쳐나고 구조조정의 칼날은 노동자들 머리 위에 놓여 있으며 집값은 불과 몇 년 새 두 배 이상 뛰어 올랐다. 게다가 자녀를 둔 학부모들을 악몽처럼 짓누르고 있는 사교육비의 존재는 또 어떤가? 어떤 기업도 노동자들의 정년을 보장해 주지 않는 시대, 수도권에 아파트를 장만하기 위해 자신의 삶 전부를 걸어야 하는 시대, 자녀들의 학원비를 마련하기 위해서 파출부로 일해야 하는 시대가 바야흐로 도래한 것이다.

한마디로 한국사회에서 몸뚱이 - 경제학적으로는 노동력 - 만을 가지고 있는 사람들은 로또복권에 당첨되지 않는 한 풍요롭고 안락한 생활을 꿈꿀 수조차 없게 된 것이다. 그렇다면 앞으로도 한국사회에서 살아가는 대부분의 구성원들에게 인간다운 삶, 경제적 여유가 있는 삶은 이루어질 수 없는 꿈에 불과한가? 위의 질문에 대한 대답은 "아니요"이다.

■ 인생이 로또복권인가?

최근에 나온 '연합뉴스' 기사를 보면 "아니요"라고 답한 이유에 대해서 실마리를 찾을 수 있을 것이다.

> 판교 토지보상에 212억 '땅부자' 탄생
>
> 22일부터 보상이 시작된 판교 택지 개발예정지구 편입 토지에 대한 보상금 총액이 2조 원이 넘으며 이 가운데 200억원대 보상금을 받는 토지주가 있는 것으로 확인됐다. 24일 경기도 성남시와 토지공사, 주택공사 등에 따르면 판교지구에 토지 6689평이 편입되는 A씨는 이번 협의보상에 응할 경우 토지보상금으로 212억여 원을 지급받는다. A씨는 판교지구에 17대째 살고 있는 토박이 농부로 편입 토지 대부분이 분당과 인접한 대지여서 평당 평균 317만원 가량의 보상가격을 책정 받았다. A씨는 "조상으로

부터 물려받은 땅에 평생 농사를 지어왔다."며 "앞으로 보상금을 어떻게 사용할지 좀 더 생각해봐야 할 것 같다."고 말했다.

위의 기사는 참으로 의미심장하다. 이 기사에는 한국사회 구성원들이 생산한 사회적 부가 분배되는 방식에 대한 단초(端初)가 담겨 있다. 기사에 등장하는 농부는 아마도 성실하고 농사일밖에 모르는 정직한 사람일 것이다. 200억 원이 넘는다는 토지 보상금도 묵묵히 농사만 지었던 한 개인에 대한 사회의 선물이거나 예고 없이 찾아온 횡재(橫財)일 수 있을 것이다. 마치 로또복권에 당첨된 것처럼 말이다.

그러나 국민경제 및 분배의 차원에서 보면 위와 같은 토지수용에 대한 과도한 보상은 엄청난 악영향을 불러올 수 있다. 사회 인프라－도로, 철도, 항만, 교량, 택지 및 공업용지 공급 등등－를 구축하는 데는 필연적으로 토지수용이 불가피한데 과도한 보상비용은 고스란히 국가재정에 부담이 되고, 결국 그 피해는 사회 구성원들에게 돌아가기 때문이다. 위의 기사에서 밝힌 판교 신도시 건설 관련 토지수용이 좋은 예인데, 기사에 따르면 판교 택지 개발예정지구 편입 토지에 대한 보상비만 무려 2조 원에 이른다. 이는 2003년 무역수지 흑자 중 10%에 해당하는 천문학적 액수이다. 이렇게 과도한 토지보상비는 고스란히 조세의 형태로 국민들에게 부담될 뿐만 아니라 매우 높은 수준의 건설비용을 발생시켜 주택 구매자들과 세입자들에게도 그 부담을 전가시킨다. 또한 수용되는 토지에 살고 있던 영세상인들과 세입자들은 말 그대로 자신의 대지에서 추방되는 운명을 맞게 되는 것이다.

한마디로 위와 같은 방식의 토지수용은 대토지 소유자들만이 그 혜택을 전유(專有)하는 부정의하고 비효율적인 제도인 것이다. 물론 한국사회의 구성원들이 생산해 내는 사회적 부(富)가 토지수용에 대한 과도한 대가로만 누수(漏水)되는 것은 아니다. 한국사회에서 생산에 참여한 구성원들에게 각자의 몫이 정당하게 분배되는 것을 저해하는 주요원인 중 하나가 바로 비정상적으로 높은 지대(地代) 및 이의 사적 소유이다. 즉 비정상적으로 높은 지대(地代)는 높은 지가(地價)를 형성 ─ 강남의 경우를 생각해 보라 ─ 하며 그 혜택은 한줌도 되지 않는 토지소유자들에게, 그 폐해는 토지소유자를 제외한 사회의 전 구성원들에게 돌아가는 것이다. 위에서 지적한 과도한 토지보상비용 역시 이러한 고지가(高地價) 탓이다.

생각해 보건대 한 사회가 지속적으로 성장, 발전하기 위해서는 투입하는 가치(價値)보다 산출되는 가치가 더 커야 하며, 생산에 참여하는 참여자들에게 정당한 대가가 지불되어야 한다. 우리가 흔히 알고 있듯이 생산의 3요소는 노동, 자본, 토지 ─ 이런 생산요소를 계급으로 분류하면 노동자, 자본가, 지주가 된다 ─ 이며 이들은 생산에 참여한 대가를 임금, 이윤, 지대의 형식으로 수취한다. 따라서 지주가 지대를 많이 수취하게 되면 당연히 노동자와 자본가에게 돌아갈 임금과 이윤의 크기가 줄어들며 노동자와 자본가 사이에 적대적인 투쟁이 발생하게 되는 것이다. 작금의 한국사회의 노사관계가 정확히 위 이론을 반영하고 있지 않은가!

그뿐만이 아니다. 토지를 비롯한 자연(自然)은 인간이 인위적으로 생산한 것이 아니고 처음부터 주어진 것이기에 단지 토지 등을 소유하고 있다고 해서 생산에 기여한다고 할 수는 없다. 따라서 지주(地主)들이 지대를 수취하는 것은 그 지대의 많고 적음을 떠나

정의와 공평에 어긋나는 것이라고 볼 수 있다. 우리 주변에 있는 부자들을 보라! 아마 십중팔구는 토지와 건물을 많이 소유하고 있는 부동산 부자들일 것이다.

자! 이제 모두(冒頭)에 던졌던 의문이 해소되었다. 근면하고 검소한 한국사회 구성원들 대부분이 부자가 될 수 없는 이유는, 생산에 아무런 기여도 하지 않는 대토지소유자를 위시한 부동산 부자들이 사회적 부(富)를 끊임없이 그리고 엄청나게 가로채고 있는데 그 중요한 원인이 있다.

■ 지대조세제를 도입하자!

지대조세제의 실질적이고 전면적인 도입이야말로 생산에 참여하는 참여자들에게 자신들의 몫을 정당하게 돌려줄 수 있는 유력한 장치이며 지속가능한 성장을 가능케 하는 사회적 도구이다.

지대조세제의 시행으로 인한 장점은 열거하기 힘들 만큼 많다. 거듭 강조하거니와 지대조세제의 실질적 구현은 지가의 하락·안정을 가져와 토지투기가 사라지고 생산부분에 대한 투자가 활성화될 것이고, 주택가격을 낮추어 실질임금의 상승으로 이어질 것이다. 또한 임대료 안정으로 창업이 활발해져 실업이 상당부분 해소될 것이다. 뿐만 아니라 간접세 등의 감면으로 인해서 상품가격도 하락할 것이며 이는 건전한 소비를 촉진시키게 될 것이다. 마지막으로 이러한 정책을 시행하게 되면 투기로 인해 황폐화된 사회가 근로의욕이 충만하고 창의성이 강조되는 사회로 탈바꿈하게 될 것이다.

지대조세제의 실질적 구현을 통해서 삶의 질이 획기적으로 향상

됨을 절감한 대다수 시민들의 전폭적인 지지를 동력으로 할 때 참
여정부가 추진하려는 일련의 개혁드라이브는 성공할 수 있을 것이
다. 참여정부는 반드시 성공해야 한다. 이는 참여정부에게 주어진
역사적 책무이다. 그리고 참여정부의 성공을 지속적으로 담보하는
것은 경제개혁 그중에서도 분배구조의 전면적 혁신이며 그 중요한
수단은 지대조세제의 실질적 구현이다.

『OhmyNews』 2004. 1. 7.

■ 지대조세제란 무엇인가?

지대조세제란 말 그대로 지대(地代)를 가장 우선적인 과세대상
으로 삼는 제도로 단지 토지를 가지고 있는 것만으로 불로소득을
얻지 못하도록 하자는 것이다. 이 제도는 토지로부터 발생하는 불
로소득(지대)을 세금으로 환수하는 대신 노력소득에 부과되는 조
세를 감면함으로써 공평과 효율을 동시에 달성하고자 한다.

최근 부동산 폭등을 잠재울 대안 가운데 하나로 거론되는 토지
공개념 제도의 기본이 되고 있다. 미국의 진보적 경제학자인 헨리
조지가 인류의 생산력이 늘어나는데도 빈곤이 만연하고, 경제가 극
심한 경기변동에서 벗어나지 못하는 원인으로 토지사유제 및 투기
에서 찾았으며, 지대조세제 도입을 주장한 바 있다.

👆 지대조세제 구현으로 '부자되기'

■ 한국사회 = 부동산 투기꾼들의 천국

10·29 부동산종합대책으로 아파트 가격이 주춤해진 사이에 전국의 토지가격이 들썩이고 있으며 이미 지가가 앙등한 곳이 속출하고 있는 실정이다. 저금리 등으로 인해서 투자처를 찾지 못한 부동자금이 토지시장으로 유입되고 있는 신호가 곳곳에서 포착되고 있다. 주지하다시피 전국 각지의 지가가 상승한다면 향후 주택시장에도 악영향을 미칠 것은 자명한 사실이다. 지가의 가파른 상승은 머지않아 아파트 등을 포함한 주택가격의 상승을 촉발할 수밖에 없으며 이렇게 해서 오른 주택가격은 또다시 지가의 상승을 불러올 것이다. 마치 도미노 게임처럼 말이다.

사태의 심각성을 모를 리 없는 정부는 토지시장이 불안해질 경우에 토지거래허가제를 곧바로 강화할 방침으로 알려지고 있다. 또한 정부에서는 재건축개발이익 환수 및 주택거래허가제 도입 등 나머지 조치들도 필요하다고 판단되면 언제든지 도입할 수 있도록 준비 작업을 벌이고 있다고 한다. 이렇듯 부동산 투기꾼들과 정부와의 머리싸움은 그칠 줄 모르고 진행되고 있다. 그런데 술래잡기 놀이와도 흡사하고 게릴라 토벌과도 비슷한 부동산 투기와의 전쟁에서 승자는 언제나 투기꾼들이었다. 투기세력은 부동산 관련 각종 세제와 법률의 빈틈을 노려서 경제적 이익을 취하고 빠져나가는 데 동물적 후각을 발휘하였고 대개 정부는 뒷북을 쳐대곤 하였다.

최근에 적발된 투기꾼 중에는 심지어 주식회사의 대표가 끼여 있는가 하면 펀드를 조성하여 부동산 투기를 일삼은 기업형 투기 조직이 있고 우리주변에서 흔히 볼 수 있는 평범한 사람들도 있다. 이들은 공통적으로 부동산은 돈이 된다는 생각을 가지고 있었다. 적발된 이들뿐만 아니라 상당수의 사람들이 최근 몇 년 새 부동산 투기를 통하여 막대한 불로소득을 얻었다. 이제 부동산 투기는 계층과 지역, 남녀노소의 장벽을 넘어서 사회통합기제(?)로 자리매김한 느낌마저 주고 있다. 투기를 통하여 지속적으로 이익을 취할 수 있는 한 부동산 투기 열풍은 결코 사그라지지 않을 것이다.

그러면 부동산 투기를 근절하는 방법은 없는 것인가? 아니다. 분명히 방법이 있다. 비유를 들어서 말해보자! 한여름 부패한 음식으로 인해서 파리가 꼬일 때, 파리를 물리치는 가장 좋은 방법은 파리를 잡으려고 할 것이 아니라 냄새나는 음식을 치우는 것이다. 마찬가지 이치로 정부가 부동산 투기세력과의 전쟁에서 승리할 수 있는 방법은 부동산 소유 및 투기를 통해 이익을 얻는 것을 원천적으로 봉쇄하는 것이다. 그리고 이를 위한 최선의 방법이 바로 '지대조세제'이다.

■ 지대조세제는 무엇이며 어떤 혜택을 사회에 끼칠 수 있는가?

우선 부동산-경제학적으로는 토지라는 표현이 적확하므로 앞으로는 '토지'라 한다-은 자본, 노동과 더불어 생산의 주요 요소이다. 그뿐만이 아니라 토지를 광의로 해석하면 자연이라고 할 것인데 이 자연이야말로 생산의 질료 역할을 하며 우리와 후손들이 길이 살아갈 터전인 것이다. 또한 부동산-토지-은 인공의 산물이 아니고 한정된 재화라는 점에서 다른 재화와는 그 성질을 달리 한다. 토지, 자본, 노동 중에서 가장 근본적인 요소는 노동이며 인간이 노동을 토지의 자원에 투입함으로써 모든 재화와 용역이 산출되고 가공된다. 자본 역시 인간의 과거 노동이 축적된 결과물이고 토지는 노동의 대상임을 감안할 때 재화의 생산, 가공, 교환 등에 있어서 노동이 차지하는 역할은 매우 지대한 것이다.

그런데 불행히도 생산의 결과물들이 노동자, 자본가, 토지소유자-지주-에게 분배될 때 노동자들은 가치분배에서 철저히 소외된다. 오히려 생산에는 아무런 기여도 하지 않는 토지소유자들이 생산의 결과물들을 지대의 형식으로 끊임없이 수취한다.

토지는 노동이 투입된 것이 아닐 뿐만 아니라 토지가치의 상승은 사회적 인프라의 집중 및 부의 증가와 밀접한 연관이 있다는 점을 감안하면 토지소유자들이 생산에 기여하는 바는 전혀 없다고 해도 과언이 아니다. 한편 토지소유자들에게 지대가 지급되고 난 후에야 잔여 생산물을 가지고 노동자는 임금의 방식으로, 자본가들은 이자의 형태로 그들의 경제적 몫을 차지한다. 인구가 증가하고 기술이 발달하는 등의 이유로 지가가 상승하면 자연히 토지소유자들에게 지급될 지대는 투기적으로 상승하게 된다. 이런 현상은 필연적으로 노동자와 자본가들의 몫을 줄인다. 더욱이 토지투기가 만연하면 노동과 자본의 몫은 더욱 줄어들며 근로의욕과 투자의욕이 꺾이는 등 국민경제에 미치는 폐해가 심각하게 된다.

위에 열거한 부작용이 여실히 나타나고 있는 곳이 바로 우리가 살고 있는 한국사회이다. 게다가 상황을 더 악화시키는 것은 정부의 조세정책이다. 누구나 알고 있다시피 한국사회에서 토지 등에 대한 세금은 너무나 낮다. 예컨대 어떤 토지를 통해서 1년에 100만 원을 벌면 만 원밖에 세금을 내지 않는 형국이다. 심지어 강남 소재의 4~5억 원을 호가하는 아파트에 대한 재산세가 소형자동차에 부과되는 자동차세보다 적은 경우가 허다하다. 정부가 토지소유자들에게 과세해서 세원을 마련하지 못하다 보니 노동자와 자본가의 소득 및 토지 외의 재산에 무거운 과세가 이루어지고 있는 것이다. 또한 각종 상품과 용역 등에 이러한 부담이 고스란히 전가되어 소비자의 지위에 있는 노동자들을 괴롭히고 있다.

우리주변을 한번 둘러보자! 정상적인 월급을 받아서는 아파트한 채 마련할 수 없을 만큼 집값이 터무니없이 높은 이유는 고지가(高地價) 때문이고 고지가는 토지소유자들이 그만큼 지대를 많이 전유한다는 의미가 아닌가? 노사 갈등이 끊이지 않는 근본적인 원인은 강성노조와 전근대적 노사관을 가진 자본가들 탓이 아니고 토지소유자들이 사회적 부를 지대의 형태로 약탈하기 때문에 자본이 노동에 양보할 여력이 적어서가 아닌가? 한국사회의 사회적 안전망 및 공공서비스─의료, 실업, 육아, 교육, 노후, 절대빈곤층 구휼 등─이 지극히 부실한 이유는 정부 재원의 부족 때문이고 재원의 부족은 조세로 흡수될 지대가 토지소유자들에게 전유되기 때문이 아닌가? 실업률이 높은 것은 높은 지대 등으로 인해서 자가 노동이 줄어들고, 좋은 아이디어가 있어도 창업하기가 어렵기 때문이 아닌가?

바로 이런 문제들을 근본적으로 해결할 수 있는 가장 효과적인 제도가 '지대조세제'이다. 지대조세제의 핵심은 토지 — 지대조세제에서 말하는 토지는 인간의 노동이 투여된 토지개량물이나 건물 등은 제외한다 — 에서 발생하는 지대를 국가가 조세로 환수하여 국가재정의 근간으로 삼자는 것이다. 왜냐하면 지대는 사회공동체가 만든 것이기 때문이다.

좋은 조세제도는 첫째 생산에 주는 부담이 가능한 한 적을 것, 둘째 단순하고 저렴하게 징수될 것, 셋째 확실성이 있을 것, 넷째 모든 사람의 조세 부담이 공평할 것 등의 요건을 충족시켜야 하는데 바로 지대조세제야말로 위에 열거한 요건들을 완전히 충족시키는 조세체계이다.

그러면 왜 지대조세제가 공평하고 효율적인 조세체계인지 살펴보도록 하자! 첫째, 지대조세제는 생산에 부담을 주지 않을 뿐 아니라 현재 다른 조세가 생산에 주는 부담을 제거하는 효과를 갖는다. 주지하다시피 생산 및 교환에 과세를 하면 생산활동 및 투자활동 등이 위축되기 마련이다. 각종 근로소득이나 사업소득에 과세하는 것이 생산주체들에게 얼마나 많은 부담을 지우는가 생각해 보라! 이런 악영향은 직접세에만 국한되지 않고 각종 재화와 용역에 부과되는 간접세에도 미친다. 우리가 날마다 구매하고 소비하는 상품과 용역에 부과되는 세금을 생각하면 현기증이 일 지경이다. 그러나 토지가치는 그 자체로 사회발전의 한 반영일 뿐 생산을 증가도 감소도 시키지 않는다. 결과적으로, 토지가치에 대해 부과하는 조세는 전가되지 않고 반드시 토지소유자가 부담하므로 세액이 토지의 임대가치를 넘지 않는 한 임금이나 자본에 부담을 주지 않는다. 이 조세를 부과하면 오히려 미개량 토지의 사용을 촉진함으로써 생산적인 기업에 더 많은 기회를 주는 효과가 생긴다. 둘째, 세금을 징수하는 데 있어서 현재 가동되고 있는 조세기구를 그대로 사용하면 되기 때문에 징세가 간편할 뿐만 아니라 다른 징세를 담당하는 조세기구를 폐지하는 것이 가능하기에 사회적 비용이 절감된다. 셋째, "토지가 이동시킬 수도 없고 감출 수도 없는 확정적인 것인 만큼" 징세의 확실성을 기대할 수 있다. 모든 필지에 대해 주기적으로 임대가치를 평가하여 등기부상의 토지소유자에게 세금을 부과하면 징세의 확실성을 담보할 수 있다. 또한 지대조세제는 다른 조세에 부수하는 포탈·허위신고·밀수·공무원에 대한 뇌물제공 등의 비리가 생기지 않는 확실한 조세체계이다. 마지막으로 지대조세제는 사회의 모든 구성원이 공동으로 기여한 사회적 생산물에서 징수되므로 모든 사람이 평등하게 부담한다. 그 밖의 모든 조세는, 각 납세자의 생활형편에 맞추어 세액을 할당할 수 없다든지 생산적 노력의 대가와 불로소득을 정확하게 구별하지 못한다든지 하여 불평등하게 부과된다.

위와 같이 좋은 조세체계인 지대조세제를 시행하면 어떤 효과가 구체적으로 발생할까? 지대조세제의 시행에 따른 토지 공개념의 실질적 구현은 우선 지가를 하향·안정화시키는 역할을 하게 된다. 투기 목적으로 토지를 소유하는 사람이 사라지기 때문이다. 이렇게 되면 시중의 자금이 토지가 아닌 생산부문으로 향하게 된다. 아울러 주택가격이 하락하게 되어 노동자들의 실질임금이 늘어나게 되고 이는 자연스럽게 소비 촉진으로 이어지게 된다. 또한 지대를 조세로 환수하여 국가재정이 튼실하게 되면 그 혜택은 공공서비스의 형태로 모든 국민에게 돌아간다. 마지막으로 지대조세제를 시행하게 되면 투기심리가 만연한 사회가 근로의욕과 창의를 존중하는 사회로 변모하게 된다.

지대조세제를 시행함에 있어서 무엇보다도 주의할 점은, 국가가 지대를 통해 세원을 마련하는 만큼 개인과 법인들의 다른 소득 및 재산 등에 대해서는 반드시 감세조치를 하여야 한다는 점이다. 사회적 생산물인 지대를 조세로 환수하고 개인 및 회사의 정당한 소득에 대해서는 획기적인 감세조치를 하는 것이 지대조세제의 요체 중 하나임을 명심하자! 또한 위와 같은 지대조세제는 사회적 충격을 줄이기 위해서 점진적이고 단계적으로 시행되어야 할 것이다.

■ 행복해지는 것을 두려워하지 말자!

식민지시대와 분단, 한국전쟁, 군부독재시대를 거쳐 참여정부에 이르기까지 한국사회 구성원들은 보다 많은 정치적 자유와 경제적 번영을 위해 부단히 노력해왔다. 그 결과 주변부 국가 중에서 괄목할 만한 절차적 민주주의를 구현하였고 세계 12위에 해당하는 경제대국의 자리에까지 올라서게 되었다. 그러나 한국사회 구성원들 대부분의 삶이 만족할 만한 수준으로 향상되었는지를 질문해보면 그 대답은 매우 회의적이라 할 것이다. 그 원인이 무엇인지에 대해서는 이미 충분히 설명이 되었으리라 생각한다.

정당구조와 운영이 민주적이고 자발적으로 바뀐다고 해서, 권력기관들이 헌법과 법률에 명시된 역할을 정확히 수행한다고 해서, 지방분권이 제대로 이루어진다고 해서, 지역대결구도가 완화된다고 해서 한국사회 구성원들의 삶의 질이 근본적으로 개선될 수는 없는 일이다. 가치의 생산방식과 분배방식에 대한 정확한 이해 없이는 이런 문제가 결코 풀리지 않을 것이다. 단언컨대 성장과 분배, 정의와 형평, 자유와 평등, 개발과 환경 등의 대립 항을 해소할 수 있는 중요한 단서가 바로 '지대조세제'이다.

몇 년만 열심히 일해서 저축하면 누구나 좋은 집을 장만할 수 있고, 저렴한 재화와 용역을 이용할 수 있고, 충분한 소득으로 만족할 만한 소비를 하며, 양질의 공공서비스 ─교육·의료·노후 등─ 를 받으며 실업에 대한 공포가 없는 사회를 한번 상상해보라! 그런 사회에서야 사회 구성원들의 도덕성과 지적 능력도 고도로 발휘될 수 있을 것이 아닌가! 그런 사회의 도래는 먼 장래의 꿈이 아니다. 우리가 함께 꿈꾸고 힘을 합하면 지금 그리고 여기서 실현될 사회이며, 사회 구성원 중 일부가 아니라 모두가 부자 되는 사회이다. 우리 이제 더 이상의 불행을 허락하지 말자!

『*OhmyNews*』 2001. 2. 2.

강남과 그 친구들, 조세저항 부당하다

■ 그들의 분노에는 얼마의 진실이 담겨 있는가?

조세저항의 불길이 서울과 수도권을 뜨겁게 달구고 있다. 강남에서 발원한 이 불길은 이미 서초·송파·강동·중구 등 5대 부자 자치구를 휩쓸고 경기도권인 구리시와 성남시 등에도 옮겨 붙었다. 그들이 벌이고 있는 조세저항의 핵심은 다름 아닌 재산세 인상률에 대한 반대다. '강북의 강남'을 자처하는 양천구에 이 불길이 옮겨 붙지 않을 리 만무하다. 양천구는 한 술 더 떠서 이미 고시된 재산세까지 감면할 수 있도록 한 조례를 최근 통과시켰으며, 성남시와 구리시가 이 대열에 동참하고 있는 실정이다. 불과 얼마 전까지만 하더라도 상상할 수 없었던 지자체들의 조세저항은 자치단체장이 조례를 통해 재산세율을 50%까지 낮출 수 있도록 권한을 부여하고 있는 현행 지방세법을 한껏 활용한 것이다. 바야흐로 대한민국에서도 선진국에서나 구현된다고 생각했던 완벽한(?) 지방자치가 이루어지고 있는 것이다!

정부에서 정한 재산세 인상률이 지나치게 과도하다며 비분강개하고 있는 지자체들과 그 구성원들의 주장을 보면 실소를 금할 수 없다. 정부의 10·29 부동산대책으로 인해서 이른바 '강남벨트'라 불리는 강남·서초·송파·강동구 등의 재산세가 대폭인상된 것은 사실이지만, 그동안 부과되었던 재산세가 자동차세보다 적은 기십만 원에서 많아야 기백만 원 수준이었기 때문에 설령 2~3배 인상된다고 하더라도 이들의 부담은 대수롭지 않은 수준일 따름이다.

예컨대 강남구 대치동 경남 1차 아파트 32평형은 2003년 불과 재산세 5만 원이 부과되었는데 2004년에는 15만 1000원으로 인상되었고, 대치동 개포우성아파트 45평형은 2003년 13만 7000원의 재산세가 부과되었는데 2004년에는 52만 3000원으로 인상되었을 뿐이다. 실증적인 사례는 얼마든지 있다. 대치동 선경아파트 55평형은 2003년 41만 9000원에서 2004년 101만 3000원으로, 가락동 잠실우성1차 아파트 45평형은 2003년 10만 8000원에서 2004년 32만 4000원으로 재산세가 각각 인상되었다. 강북도 사정은 비슷하여 용산구 이촌동 이촌코오롱 아파트 32평형은 2003년 7만 3000원에서 2004년 20만 원으로, 이촌동 LG한강 자이 55평형은 2003년 43만 8000원에서 2004년 171만 9000원으로, 양천구 목동 2단지 35평형은 2003년 5만 1000원에서 2004년 17만 7000원으로, 목동 3단지 45평형은 2003년 10만 9000원에서 2004년 49만 5000원으로 재산세가 각각 인상되었을 따름이다. 참고로 위에 열거한 아파트들의 평당 시가는 대부분 2000만 원을 훌쩍 넘어 서민들은 감히 상상하기 힘든 수준을 자랑한다.

본디 재산세 감면 파동은 정부가 건물분 재산세 산정방법을 면적기준에서 '시가'가 반영된 국세청 기준시가에 의한 가감산 방식으로 바꾸면서 비롯됐다. 면적을 기준으로 해서 재산세를 산정하는 것이 현실을 전혀 반영하지 못할 뿐만 아니라 조세 형평성에도 어긋난다는 이유였다. 하지만 이러한 정부의 방침에 서울 강남구가 '재산세 감면'이라는 강수를 내놓았고 강남구 이외의 지자체 구성원들은 '왜 우리가 강남구 구민들보다 재산세를 더 내야 하느냐'는 정서적 반감을 바탕으로 지자체를 강하게 압박하여 지금의 사태가 벌어지고 있는 것이다.

그러나 이미 위에서 살펴본 바와 같이 조세저항을 선도하고 있는 지자체와 그 구성원들이 재산세 인상에 따라 추가로 부담할 비용은 극히 경미한 수준이라 세금이라 부르기도 민망하다. 오히려 이들은 몇 년간 계속되고 있는 부동산 폭등의 최대 수혜자들로서 아무 노력도 기울이지 않고 적게는 수억 원에서 많게는 수십억 원에 이르는 막대한 불로소득을 얻은 바 있다. 물론 이들은 내핍(耐乏)을 통해서 종자돈을 마련하고 발품을 팔아 가장 투자가치가 있다고 판단되는 부동산을 구입한 선택이 어째서 비난받을 이유가 되느냐고 항변할 수 있을 것이다. 또한 순전히 거주 목적으로 혹은 자녀 교육을 위해 강남 요지에 아파트를 구입했는데 우연히 가격이 폭등한 것이라면서 얼굴을 붉힐 수도 있을 것이다.

■ 강남 아파트 가격이 높은 이유

여기서 잠시 생각해보자! 강남의 아파트 가격이 높은 이유는 무엇인가? 강남의 아파트 가격이 놀랄 만큼 높은 이유는 바로 사회적 인프라 - 도로, 지하철, 공원, 의료시설, 학교, 상권 등 - 가 다른 지역에 비해 우수하기 때문이며 이는 곧 삶의 질이 타 지역에 비해 높다는 것을 의미한다. 그리고 그 사회적 인프라는 대부분 조세로 구축된다. 강남 이외에 아파트 가격이 상대적으로 월등히 높은 지역은 대부분 이에 해당한다. 결국 집값이나 토지가격의 상승을 만들어 내는 것은 이를 소유하고 있는 개인이 아니라 공동체인 셈이다. 따라서 개인들이 투기 등을 통해 이를 전유(專有)하는 것은 도덕적으로만이 아니라 경제적으로도 항상 그른 일이다. 거칠게 표현하자면 대토지소유자들과 다가구소유자들은 사회 구성원들이 만들어낸 가치를 아무런 노력도 하지 않고 끊임없이 수취하고 있으며, 한국사회의 부를 펌프질해서 자신들의 호주머니를 불리고 있는 것이다. 사정이 이와 같기에 조세저항을 선도하고 있는 지자체와 그 구성원들의 분노에 찬 함성은 공허한 메아리로 되돌아올 뿐이고 그들의 주장에는 일말의 공동체 의식도 함유되어 있지 않다는 평가를 받는 것이다. 대한민국은 건국할 때부터 민주공화국임을 천명했다. 공화(共和)라는 단어를 풀어보면 더불어 밥을 먹는다는 의미로도 읽을 수 있다. 그러나 지금 벌어지고 있는 재산세 파동을 보면 한국사회의 부유층들이 공화의 정신과는 얼마나 멀리 떨어져 있는지 알 수 있다. 강남과 그 이외의 지역에 거주하고 있는 부유층들이 그렇게 재산세를 더 내기 싫으면 내지 않으면 될 것이다. 단, 앞으로 자기 지역에 도로를 뚫거나 다리를 놓거나 공원을 만들거나 하는 일들은 온전히 자신들의 힘으로 해야 할 것이다.

지방자치는 좋은 취지의 제도이지만 모든 지방자치가 옳은 것은 아니다. 지방자치가 공화의 정신에 반하는 지역 이기주의의 외피를

두르고 나타난다면 그 지방자치는 더 이상 권장되거나 보호받아야 할 대상이 아니다.

한편 정부는 하루속히 지방세에 편입되어 있는 종합토지세와 재산세 등을 국세로 전환해야 할 것이다. 아울러 후퇴의 조짐이 완연한 종합토지세와 재산세 등의 보유세를 현실에 맞게 대폭 인상하고 그에 상응하는 만큼 다른 노력소득에 대한 감세조치를 취해야 한다. 또한 부동산 거래세-양도소득세, 취득세, 등록세-를 대폭 낮추어 활발한 거래를 유도해야 할 것이다. 참고로 지난해 우리나라의 부동산 보유세-재산세, 종토세, 도시계획세, 공동시설세-는 3조 4919억 원이었고, 부동산 거래단계에서 부과되는 세금-양도소득세, 취득세, 등록세-은 15조 2398억 원이었다.

조세희의 소설 〈난장이가 쏘아올린 작은 공〉에 보면 이런 대사가 나온다. "그들은 천국에 있었기에 지옥을 생각할 필요가 없었지만 우리들은 지옥에서 날마다 천국을 꿈꾸었다."

한국보건사회연구원의 지난해 조사 결과를 보면 국내 전체 아동 1157만 명 중 110만 명 이상의 생활환경이 빈곤선 이하인 것으로 나타나고 있으며, 정부에서는 결식아동을 30만 5000여 명으로 집계하고 있다. 이것이 소득을 감안할 때 세계에서 가장 비싼 아파트들이 모여 있는 강남구 등에 거주하고 있는 부유층들이 외면하고 있는 대한민국의 다른 모습이다. 2004년 여름 대한민국은 천국과 지옥이 나란히 공존하고 있다.

『OhmyNews』 2004. 8. 11.

🌵 최장집 교수님! 해법은 있습니다

최장집 교수님!

건강하신지요? 집필과 강의로 얼마나 분주한 시간을 보내고 계십니까?

얼마 전 교수님께서 계간 〈아세아연구〉 가을호에 기고하신 '한국 민주주의의 취약한 사회경제적 기반'이라는 제목의 논문을 읽어 보았습니다. 처음에는 언론을 통해서 논문의 일부 내용을 접했습니다만, 전문(全文)의 내용이 자못 궁금해서 얼마 후 전문을 읽어 보았습니다.

한국사회를 대표하는 진보적 정치학자이신 교수님께 이처럼 무례할 수도 있는 편지를 보내고자 결심하게 된 계기도, 교수님의 논문을 읽고 교수님이 품고 계신 고민을 풀 수 있는 실마리를 혹시라도 제가 전해 드릴 수 있지 않을까 하는 생각에서입니다.

■ 양극화의 급속한 심화

　　"오늘의 한국현실에서 대다수 일반 시민이 직면하고 있는 경제생활의 질적 저하와 그것이 가져오는 사회적, 인간적 피폐화만큼 큰 문제는 없다. …… 이러한 경제적 변화가 초래하는 사회해체 효과는 더 파괴적인 것처럼 보인다. 끔찍한 살인 및 강력범죄의 급증, 가족동반자살이라는 비극적 형태를 포함하는 자살률의 급증, 세계 최고수준의 이혼율과 거꾸로 세계 최저수준의 출산율 등의 지표들은 사회해체의 급격함과 그 심각함의 일단을 드러낸다."

　　교수님께서는 위와 같이 이 논문의 모두(冒頭)에 한국사회의 대다수 일반 시민들이 직면하고 있는 절망적인 현실을 적절하게 지적하고 있습니다. 교수님께서는 이 논문에서 "그동안 민주정부들의 경험을 통해, 여·야당 간의 갈등이 첨예하였던 정치적 이슈 영역은 대체로 네 가지로 구분될 수 있을 것이다."며 "첫째 정치의 제도 개혁을 둘러싼 이슈, 둘째 역사, 이념 및 가치, 정서적 문제를 둘러싼 이슈, 셋째 지역 혁신 체제의 추진과 같은 지역개발정책 분야, 넷째 사회경제적, 정치·경제적 이슈 영역"이라고 분석하고 있는데 이러한 분석은 현상을 명확하게 이해하는 데 매우 도움을 주고 있다고 생각됩니다. 또한 현실적 삶의 세계에서 가장 중요한 사회경제적 이슈가 다른 이슈들에게 밀려 최우선 순위로 자리 잡는 것은 고사하고 중요 의제로 부각되지도 못하고 있는 현실을 안타까워하는 교수님의 문제의식은 참으로 시의 적절한 것으로 여겨집니다.

"물론 기존의 지배적 담론을 당연시하면서 정치에 있어서도 경제 문제가 최대 이슈라고(또는 이어야 한다고) 생각하는 사람들은 우리의 문제 인식에 즉각적으로 반론을 제기할 것이다. 그들은 한국사회의 사회경제적 이슈를 곧 경제성장의 문제와 동일시한다. 고용확대, 노사관계, 경제적 불평등의 완화, 복지의 증대, 빈곤문제 등을 포함하는 모든 사회경제적 문제들은 성장이 창출하는 넘쳐흐르는 효과(trickle-down effect)에 의해 해결될 수 있다고 보기 때문에 이들에게 있어서 중요한 것은 어떻게 빨리 성장할 수 있는가의 문제로 집약된다. ……이러한 일면적 경제성장관이나 독트린은 과거 권위주의적 산업화를 통해 신화가 되었고, IMF위기를 거치면서 신자유주의적 논리 기반을 통해 더욱 강화되어 사실상 하나의 이데올로기가 되었다."

이 같은 교수님의 지적은 현재 정부와 여야, 주류 언론, 주류 경제학자 및 관료들을 지배하고 있는 경제성장 독트린에 대한 매우 설득력 있는 묘사라고 생각됩니다. 교수님께서는 "민주정부에서조차 실제의 경제정책은 민주화 이전과 그 차이를 실감하기 어렵다."며 "기득권들이 가장 강력한 헤게모니를 갖고 있는 영역은 냉전반공주의도 아니고, 친일파 청산과 같은 역사적 가치의 문제도 아닌 경세와 관련된 이슈"라고 주장하고 계시는데 이러한 지적에도 전적으로 공감을 표합니다. 또한 교수님께서는 이 논문을 통해 세계화로 인한 '양극화의 급속한 심화'를 걱정하시면서 사회통합을 중요한 가치로 강조했던 정치인과 언론들의 무책임을 질타하시고 있습니다. 참여정부도 교수님의 날카로운 질타에서 자유로울 수 없음은 물론입니다.

특히 교수님께서는 "누가 사회경제적 이슈를 전면에 끌어낼 것이냐."고 자문한 뒤 "사회경제적 이슈는 갈등의 정도와 폭이 가장 큰 영역인 데다 강력한 부와 권력을 가진 기득권자들의 도전이 강할 수밖에 없기 때문에, 누구보다도 먼저 투표자 다수의 지지를 통해 선출된 민주정부(노무현 정부)가 이 이슈를 끌어내야 할 것"이라고 주장하고 있습니다. 교수님께서는 정부로 하여금 사회경제적 이슈를 끌어내기 위해서 정당과 시민사회, 헤게모니 영역 밖에서 사고하고 행동하는 지식인의 역할이 필수적이라고 당부하고 있습니다.

끝으로 교수님께서는 이 논문의 말미에 이같이 진단하셨습니다.

"우리가 민주주의를 군부권위주의라든가, 군주정, 귀족정과 같은 다른 경쟁적인 체제보다 우월하다고 생각하는 것은, 그것이 다른 체제보다 보통사람들의 삶의 질의 개선을 포함하는 시민권의 확대와 실현이 가능하다고 판단하기 때문이다. …… 우리가 민주주의에 대해 이러한 가능성을 기대하지 못한다면 민주주의에 대한 지지와 신뢰는 허약해질 수밖에 없다."고 주장하시면서 "시민생활의 실질적 향상에 기여하도록 민주주의를 발전시키는 일이 민주정부의 책무라고 할 수 있음에도 오늘의 민주정부들이 그 책임을 다하고 있다고 말하기는 어렵다. …… 그리하여 민주정부들이 세계화의 조건하에서 보통사람들의 삶의 조건을 더 악화시키는 데 앞장선다고 말할 수는 없다 해도, 이를 방치하고 있는 것만은 분명하다. 사회경제적인 문제가 정당들과 민주정부에 의해 정치적인 문제로 다투어지지 않는 한 오늘의 한국 민주주의는 한 발짝도 진전하기 어려울 것이다."

한마디로 교수님께서는 한국 민주주의가 봉착한 위기의 근원을 사회경제적 문제에서 찾고 있는데 이는 매우 뛰어난 통찰로 보입니다. 이는 2차 세계대전 직전 유럽에서 파시즘과 나치즘이 발호하고 민주주의가 압살당한 까닭이 세계 공황에 따른 것이었음을 보아도 쉽게 알 수 있는 일이라 할 것입니다. 주류언론과 한나라당 등에 의해서 시장경제와 자유민주주의, 분배와 성장 등의 개념이 능욕당하고 있는 작금의 사정을 볼 때 교수님의 논문은 단연 빛을 발한다고 평가해도 지나친 상찬(賞讚)이 아닐 것입니다.

그럼에도 불구하고 교수님의 논문에는 결정적인 약점이 도사리고 있다고 생각합니다. 그것은 진단만 있고 처방이 없다는 점이지요. 물론 교수님께서는 이 논문에서 "'그렇다면 노동과 복지문제를 포괄하는 사회경제적 문제를 대면하고 주요 정치적 사안으로 이슈화함에 있어서 어떤 대안적 처방이 가능한가라는 문제가 검토되지 않으면 안 될 것이다. 여기에서 필자는 그것은 이러이러한 것이다'라고 말할 수 있는 어떤 해답을 갖고 있지 않다. ……여기에서 필자가 제시할 수 있는 것은 대안의 내용 그 자체가 아니라 대안의 성격, 방향 및 범위를 설정하는 문제에 어떻게 접근할 것인가 하는 대안형성의 방법론에 관한 것일 뿐이다."라고 하시면서 이 논문의 성격이 구체적인 대안적 처방을 제시하는 것이 아님을 분명히 하고 있습니다.

생각해 보면 교수님이 고민하시고 있는 해답을 내놓아야 할 사람들은 다름 아닌 경제학자들이라고 할 수 있습니다. 하지만 대부분의 경제학자들이 한국사회의 대다수 서민들이 직면한 경제적 어려움을 타개할 수 있는 이론이나 정책들을 전혀 내놓지 못하고 있는 것이 작금의 현실입니다.

■ 신자유주의와 사민주의, 둘 다 대안 아니다

진보와 보수를 나누는 이념적, 정책적 잣대는 다양할 것이지만 무엇보다 경제정책이 진보와 보수를 가르는 중요한 기준이 아닐까 싶습니다. 경제정책은 국가가 시장의 어떤 부면에 어떤 방식으로 개입할 것인가를 정하는 것이라고 정의할 수 있습니다. 흔히 알려진 대로 우파는 시장에 대한 국가의 불간섭을 강조하고, 좌파는 시장에 대한 국가의 적극적인 개입을 주장합니다.

그런데 교수님께서도 잘 아시다시피 현실에서는 우파를 대표하는 신자유주의는 20 대 80의 사회를 구성하는 원리로 기능하고 있고, 좌파를 대표하는 사회민주주의는 재분배정책의 역효과로 인해서 낮은 성장률을 보이고 있습니다. 결국 신자유주의와 사민주의 가운데 어떤 것도 현재 한국사회가 직면하고 있는 사회경제적 어려움을 극복할 대안은 아니라는 결론에 이르게 됩니다.

저는 좌파와 우파를 넘어서는 대안적 경제체제가 토지공유사상을 기반으로 한 토지보유세제의 실질적 도입으로 가능하다고 감히 교수님께 말씀드리고 싶습니다. 자유주의의 태두라고 할 수 있는 로크(Locke)와 노직(Nozick)조차도 토지가치를 개인이 수취하는 것을 잘못이라고 인정한 데서 알 수 있듯이 토지가치는 개인이 아닌 공동체가 만든 것입니다. 토지보유세제는 대표적인 불로소득인 토지가치를 공동체인 국가가 환수하자고 주장합니다. 반면에 노력해서 번 임금소득이나 사업소득은 감세 내지 면세하자고 주장합니다.

토지가치를 더 많이 환수하면 할수록 유휴 토지나 저(低)사용되는 토지는 없어지기 때문에 투자가 활성화되어 일자리가 자연스럽게 만들어지고, 개인의 노력에 대한 대가를 그의 것이라고 인정하면 할수록 근로의욕도 더 커지기 때문에 자본생산성과 노동생산성은 증가하게 됩니다. 이렇게 되면 자연스럽게 저소득층의 구매력이 증가되어 유발투자가 증가할 것입니다. 또한 토지보유세제의 실현은 시중에 토지투기를 노리고 하이에나처럼 웅크리고 있는 부동(不動)자금 - 한국에서 이 규모는 300조가 넘는다고 합니다 - 을 시장으로 끌어내어 생산적인 곳에 투자하게 만들 것입니다. 왜냐하면 토지투기를 할 유인이 제거되었기 때문이지요. 이와 같이 토지보유세제의 실질적인 도입은 내수부진과 소득양극화로 신음하고 있는 한국경제에 획기적인 해법이 될 것입니다.

또한 토지보유세제는 교수님께서도 지적하신 것처럼 "매우 이성적이고 현실적으로 실현 가능하고, 그럼으로써 넓은 범위의 콘센서스를 창출할 수 있고, 그리고 집행 가능한 어떤 것"이라고 자신 있게 말씀드릴 수 있습니다. 한국사회의 일반 시민들처럼 땅과 집 문제로 고통 받고 심지어 자살까지 하는 사람들은 지구에 얼마 되지 않기 때문입니다.

지금까지 교수님의 논문을 읽고 교수님이 하고 계신 고민을 해결하는 데 조금이라도 도움이 되실까 싶어 두서없이 많은 이야기를 했습니다. 부디 일고(一考)의 가치도 없는 소리라고 나무라지 않으시면 감사하겠습니다. 바야흐로 단풍이 온 산을 물들일 때입니다. 모쪼록, 내내 건강하십시오.

『*OhmyNews*』 2004. 10. 11.

좌파 경제학자 정운영은 어디로 갔나?

정운영 〈중앙일보〉 논설위원이 쓴 '나라 위해 우리 변절합시다' 라는 시평이 지난 8일자 〈중앙일보〉에 실렸다. 공정거래법 개정안을 둘러싸고 여야 간에 논란이 벌어지고 있는 가운데 등장한 시평이라 자못 세간의 관심을 모으고 있다.

■ '반자본의 피디(PD)에서 반외세의 엔엘(NL)로 변절한' 정운영?

그는 이 글에서 외국자본이 국내산업과 금융의 중추회사들을 사실상 차례로 장악해 나가고 있는 현실에 깊은 우려를 표명하면서, 재벌에 대한 출자 제한을 풀어 주고 금융 계열사 의결권을 인정하는 방법을 통해 이를 저지하자는 주장을 펼치고 있다. 한국경제가 당면한 현실에 대한 그의 우려는 다음과 같은 주장에 잘 압축되어 있다.

"반면 나의 초조는 외자에 의한 국내기업 초토화에 있소이다. 그러니까 한국경제의 초미의 현안이 - 이를 테면 주적이 - 바뀌었다는 생각이고, 80년대의 풋내 나는 도식을 빌리면 반자본의 피디(PD)에서 반외세의 엔엘(NL)로 '변절한' 것이지요. 재벌의 버릇은 고쳐야 하지만 한층 더 절박한 숙제가 우리 기업을 지키는 일이란 말이지요."

일견 그의 주장은 타당한 것처럼 보이며 음미할 대목도 적지 않은 것이 사실이다. 자본시장이 전면 개방된 이후 투기자본을 비롯한 외국자본들은 다양한 금융기법으로 무장한 채 얼마 되지 않은 투자를 통해 국내 알짜 기업들을 사냥해 왔다. 외환 위기 이후 이러한 현상은 한층 심화되었다. 외국자본들은 국내기업의 매각이나 배당 등을 통해서 천문학적인 이익을 전유(專有)했고 이는 고스란히 국부의 유출로 직결됐다. 또한 현재 국민경제에서 차지하는 비중이 매우 큰 제조업체와 금융기관들의 지분이 속속 외국인들에게 넘어가고 있는 현상도 심각하게 받아들여져야 함은 물론이다. 경제가 글로벌화되고 시장이 전 세계로 확장되는 것에 비례해서 국민경제의 중요성도 커지고 있는 것이 작금(昨今)의 현실임을 감안할 때 정운영 논설위원의 노심초사는 충분히 이해가 가는 일이나.

그러나 그가 외국인들의 침략(?)에 국내기업들이 맞설 수 있는 수단으로 제시한 출자총액제한제도의 완화나 금융계열사의 의결권 축소 반대 등이 적정하고도 유효한 것인지에 대해서는 논란이 있을 듯하다. 주지하다시피, 출자총액제한제도를 운영하는 이유는 업종 다각화에 따른 대기업들의 무분별한 사업 확장을 막기 위해서다. 97년 폐지되었던 이 제도가 2002년 4월 부활된 이유는 대기업들의 계열사에 대한 내부 지분율이 증가하는 등 부작용이 있었기 때문이었다. 또한 금융계열사의 의결권 제한 제도 역시 총수의 전횡을 방지하자는 취지에서 운영되고 있다. 그 기본정신은 산업자본과 금융자본 간의 분리에 있다.

삼성이나 SK 등의 예를 보아도 극명하게 알 수 있듯이 여전히 대다수 재벌들은 기업 투명성 제고와 총수 일인 지배체제의 타파를 위한 노력에 인색한 것이 사실이다. 따라서 출자총액제한제도나 금융계열사의 의결권제한제도는 여전히 유효하고 필요한 장치이다. 이 제도들은 총수의 전횡을 일정 정도 억제시키고 무분별한 선단식 경영을 방지하는 데 기여하는 바가 크기 때문이다. 정운영 논설위원의 충정을 이해 못할 바는 아니다. 하지만 재벌들의 요구를 받아 들여 출자총액제한제도와 금융계열사의 의결권 제한 제도를 대폭 완화시킨다면 국민경제에 득보다 실이 더 클 수도 있다는 생각이 드는 것도 사실이다.

그렇다면 외국자본의 침략으로부터 국내기업의 경영권을 방어할 수 있는 방법은 없는 것일까? 이미 각계에서 제안하고 있는 것처럼 연기금을 활용하는 방법이 하나의 대안이 될 수 있을 듯하다. 연기금의 규모는 천문학적인 수준이기 때문에 이를 적절히 활용한다면 국내기업들의 경영권 방어에 큰 힘이 될 수 있을 것이다. 그런데 정운영 논설위원도 밝힌 바와 같이 재벌들은 연기금이 의결권을 행사하는 데에는 결사적으로 반대하고 있으니 답답한 노릇이 아닐 수 없다. 많은 사람들은 재벌들이 관치(官治)에 대한 우려로 이런 행태를 보인다고 생각하기보다는, 총수의 일인 지배를 방해받고 싶지 않아서라고 여기고 있다.

■ 국민경제를 위한 충정? 재벌 이익에 복무?

정운영 논설위원의 시평이 논란이 불러일으키는 이유도 따지고 보면 이 시평이 국민경제를 위한 충정으로 읽히기보다는 재벌들의 이익에 복무한다는 의혹을 사고 있기 때문이다. 〈중앙일보〉로 적(籍)을 옮긴 이후 자본을 대하는 그의 태도가 예전에 비해서 한결 너그러워졌고 이는 그가 기고하는 글에 잘 드러난다는 세간의 평가가 적지 않다. 이런 사실을 감안할 때, 그의 의중이 무엇인지는 알 수 없지만 결국 그는 오얏나무 밑에서 갓을 고쳐 쓴 셈이 되고 말았다.

생각해 보면 명문 루뱅대학교에서 당시에도 지금도 비주류인 노동가치론을 공부하고 이를 한국사회에 전파한 그의 공로는 결코 무시할 수 없다. 잉여가치를 노동만이 생산한다는 마르크스의 명제를 입증하지는 못했지만, 노동의 가치와 중요성을 열렬히 설파한 그의 말과 글은 많은 사람들에게 영향을 미쳤다. 또한 그가 보여준 정의와 진실에 대한 간절한 추구와 사회적 소수자에 대한 애정 어린 관심은 한국전쟁이 끝난 이후 멸종된 것으로 여겨졌던 비판적 지식인의 출현으로 사람들에게 받아들여졌다.

특히 그가 쓴 칼럼들은 도저(到底)한 사유와 끝 간 데 모를 박람강기(博覽强記)를 바탕으로 미려하기 그지없는 문체를 통해 사회현안과 경제문제들을 낱낱이 밝히는 명문들이었기에 젊은이들의 열광적인 반향을 불러일으키곤 했다. 그의 글들은 저널리즘과 아카데미즘이 사이좋게 공존할 수 있음을 보여주는 흔치 않은 경우였다. 요컨대 그는 일급의 마르크스주의 경제학자였고 심장이 왼쪽에서 뛰는 것을 누구보다 예민하게 느끼던 지식인이었다. 모르긴 몰라도 지식의 방대함으로나 대중에 대한 영향력 면에서나 그보다 윗길에 있는 경제학자는 손으로 꼽을 정도일 것이다.

그러나 최근 그가 보여주는 모습에서 과거의 그를 찾기란 매우 어려운 일이 되어 버렸다. 그가 보여주는 변화는 세계와 인간에 대한 인식의 근본적 전환으로 보인다는 점에서 충격적이다. 세월의 흐름은 그토록 견결하게 보였던 이 좌파 경제학자-수사가 아니다-의 생각과 가치관마저 잠식(蠶食)한 것인가? 그도 아니면 물질적 풍요와 헛된 명성에 스스로 취한 것인가? 그가 변화한 이유를 알 도리는 없지만 여전히 그에게 궁금한 것이 있다. 그것은 그가 아직도 노동에서만 잉여가치가 생산된다고 생각하는가 하는 점이다. 만약 그가 여전히 그렇게 생각한다면 지금 보이는 그의 행태는 심각한 자기부정이고 더 나아가서는 자기분열에 다름 아니다. 노동만이 잉여가치를 생산한다고 생각하는 사람은 자본이 득세하고 있는 이 세상과 불화할 수밖에 없기 때문이다.

■ 그 힘을 잃어버린 정운영의 글쓰기

어디선가 고종석은 정운영에 대해서 이렇게 쓴 적이 있다.

"정운영의 90년대 글쓰기의 가장 큰 공로는 젊은이들에게 경제학 교양을 심어준 데 있는 것이 아니라, 한국어 산문 문장의 화사함을 한 단계 높인 데 있다. 정녕 그는 화사한 문장이라는 게 무엇인지를 보여주었다. 더불어 실천과 분리된 화사함이 얼마나 허망한지도 보여주었다. 프롤레타리아 당파성으로 화사하게 치장한 정운영의 글은 가장 부르주아적으로 소비된다. 그의 글은, 내 생각에, 복거일의 글보다 더 효율적으로 부르주아지의 헤게모니 강화에 기여했을 것이다. …… 자신의 발언을 자신의 발밑에 조회해 보는 일은 누구에게나 힘든 일일까?"

정운영 논설위원의 최근 글들을 보면 고종석의 견해에 점점 동의하게 된다. 때로 화사함이 지나쳐 스타일만 도드라져 보이기도 하지만 말이다. 모쪼록 그가 자신의 소망처럼 후배 경제학자들이 두고두고 참조할 만한 경제학 저술을 남기는 데 온 힘을 쏟기를 간절히 바란다. 칼럼을 통한 그의 글쓰기는 이미 예전의 광휘(光輝)를 잃어버렸다.

『*OhmyNews*』 2004. 12. 9.

■ 후기

필자가 이 칼럼을 쓴 지 1년도 지나지 않아 정운영(1944~2005)논설위원이 지병으로 사망했다. 대학에서 그에게 한 학기 강의도 들은 바 있는 터라 그의 죽음이 남달리 느껴졌다. 다시 한번 고인의 명복을 빈다.

🌵 마르크스를 넘어서

■ 칼 마르크스, 예수 그리스도 이후 가장 유명한 사내

오늘로 마르크스가 사망한 지 꼭 122년이 되었다. 독일 라인강변에 위치한 트리어에서 1818년 5월 5일에 태어난 마르크스는 지구라는 이름의 별에서 64년을 머물렀다. 한 개인의 생이 행복했는지 불행했는지를 타인이 규정한다는 것은 매우 어렵고 때로 무례하기까지 한 일일 수 있겠지만, 외견상 마르크스의 일생을 순탄함이나 안온함과는 거리가 멀었고 오히려 핍진함이나 고단함과 더 가까웠다고 평가하는 것은 대체로 온당해 보인다.

성년이 된 이후 거의 언제나 그를 따라다녔던 가난은 심지어 자식들마저 삼켰고 그는 아비 된 자로서 가장 견디기 힘든 고통을 경험해야 했다. 뿐만 아니라 그는 비범한 재능과 탁월한 지적 성취에도 불구하고 살아 있는 동안 그리 주목받지 못하는 주변부 지식인에 불과했다. 하긴 그 누가 대영박물관 도서관 구석에서 각종 통계와 자료들을 뒤적이며 아침부터 밤까지 연구에 몰두하던 이 초라한 행색의 사내가 후세에 그토록 커다란 영향을 미칠 것이라고 상상이나 했겠는가?

긍정적인 의미건 부정적인 의미건 인류 역사상 예수 그리스도를 제외하고 마르크스에 필적할 만한 영향력을 후세에 행사하고 있는 사람은 거의 없다고 해도 과언이 아니다. 흔히 예수 그리스도의 출생을 기준으로 해서 역사를 주전(主前, BC)과 주후(主後, AD)로 나누는 것처럼 근대 인류의 지성사는 마르크스 이전과 이후로 확연히 구분된다. 마르크스가 철학자, 역사학자, 경제학자, 정치학자, 혁명가 등의 다양한 면모를 지녔던 만큼이나 그가 성취한 지적 업적의 높이와 폭은 높고도 넓어서 이후의 인문·사회과학의 다양한 분야들 가운데 마르크스에게 빚지지 않은 분야는 없다고 해도 좋을 지경이다.

마르크스의 지적 성취들이 단지 책 속에만 머물러 있었다면 마르크스 사후 그에 대한 평가가 그토록 상반될 이유도 별로 없었을 것이다. 문제는 그의 이론을 기반으로 하는 사회주의 국가들이 한때 지구의 절반에 이르렀다는 사실이다. 여기서 과거 사회주의 국가들이 마르크스의 이론에 얼마나 충실했는가 하는 논의는 차치하자! 철저히 비주류 이론에 불과했던 맑시즘은 러시아에서 사회주의 정권이 수립되고, 사회주의를 표방하는 국가들이 점점 늘어날수록 영향력이 커져서 사회주의권에서는 확고한 국가 이데올로기가 되었고, 서구 자본주의 진영에서는 공포와 증오의 대상이 되었다. 물론 맑시즘이 최초 마르크스가 저술한 원형 그대로 지속되었던 것은 아니다. 예컨대 맑시즘은 최초로 사회주의 혁명을 성공시킨 러시아에서 레닌주의와 결합하여 변모했고, 중국에서는 마오이즘에 국가철학의 자리를 내주었으며 서구 유럽에서도 다양하게 해석되고 재해석되었다. 주지하다시피 북한의 국가 이데올로기인 주체사상은 맑시즘의 극단적인 변종이며 사실상 맑시즘과는 전혀 근친성이 없다고 해야 할 것이다.

그러나 '권불십년(權不十年)'이고 '화무십일홍(花無十日紅)'이라고 했던가! 현실 사회주의권의 붕괴로 말미암아 맑시즘의 영향력은 현저히 줄어들었고, 이제 국가철학은 고사하고 학문의 영역에서도 - 보수주의자들의 엄살과는 달리 - 철저한 소수파로 전락했다. 이제 많은 사람들은 맑시즘을 흘러간 유행가로 취급하고 조롱거리로조차 여기지 않고 있다. 극소수의 사람들만이 자본주의의 구조적 모순을 교정할 길을 맑시즘에서 찾고 있지만, 이들의 눈물겨운 노력에 비해 사회적 반향은 매우 미미한 것이 현실이다. 한때 자본주의 체제를 근본적으로 전복시킬 이론적 무기로 평가되었던 맑시즘이 급속히 활력을 잃어버린 가장 큰 이유는 무엇보다 현실 사회주의권의 붕괴에서 찾아야 할 것이다. 맑시즘을 이론적 기반으로 해서 성립되었던 사회주의 국가들이 파죽지세로 무너지자 맑시즘의 이론정합성이나 현실설명력은 뿌리부터 흔들렸던 것이다.

돌이켜보면, 과거 존재했던 사회주의 국가들이 맑시즘을 충실히 실천했는지 여부를 둘러싼 논쟁은 무수히 많았다. 열혈 맑시스트들은 죽은 마르크스를 적극 옹호하면서 과거에 존재했던 사회주의 국가들이야말로 맑시즘을 배반한 원흉들이라고 격렬히 비난했다. 이들의 규정에 의하면 구(舊)소련은 '관료적 노동자 국가'이거나

'국가자본주의'체제였고, 나머지 사회주의 국가들도 별반 사정이 다르지 않았다. 그렇다면 과거 사회주의 국가들이 경제를 운용함에 있어서 채택한—이제는 확연히 실패로 판명된—계획경제나 생산수단의 국유화는 마르크스와 전혀 관련이 없는 것인가? '시장' 대신 '계획'을 택한 사회주의 국가들의 선택은 레닌이나 스탈린만의 잘못이었을까?

위의 질문에 답하기 위해서는 마르크스 경제학이 담고 있는 핵심을 이해하는 것이 필수적이다. 마르크스 경제학이 지닌 비밀의 봉인을 풀수록 우리는 과거 사회주의 국가들이 그토록 '시장'을 불신했던 이유를 이해할 수 있게 될 것이다. 흔히 맑시즘이라고 불리는 거대담론은 정치·경제·법률·종교 등을 아우르고 있지만 그 중에서도 고갱이는 역시 경제학이라고 할 것이다. 청년 마르크스는 1845년 '도이치 이데올로기'를 탈고한 이후 이전의 관심사였던 철학에서 극적으로 방향을 선회하여 경제학 공부에 매진하는데 이는 흔히 '인식론적 단절'로 표현되곤 한다. 이후 마르크스는 죽을 때까지 경제학 공부와 저술에 힘썼고 수다(數多)한 저작들을 남겼다. 물론 마르크스 경제학의 완결판은 우리가 익히 알고 있는, 그러나 정작 완독한 사람은 거의 없는 〈자본〉이다. 〈자본〉이야말로 마르크스를 마르크스이게 하는 기념비적 저술인 것이다.

■ 과연 잉여가치는 실재하는가?

그렇다면 〈자본〉으로 대표되는 마르크스 경제학의 요체는 어떤 것일까? 마르크스 경제학이 자본주의 체제의 구조적 모순을 어떻게 밝혔기에 그토록 많은 추종자들과 반대자들을 낳았던 것인가?

진정 마르크스 경제학은 자본주의의 메커니즘을 석연히 드러냈는 가? 마르크스 경제학을 짧은 지면을 통해 설명하는 것은 불가능에 가까운 일이지만, 많은 무리를 무릅쓰고 이를 간략히 소개하고자 한다.

마르크스 경제학의 중핵을 한 단어로 요약하면 '잉여가치론'으로 규정할 수 있을 것이다. 일찍이 엥겔스는 마르크스의 사상 중 잉여 가치론이 마르크스의 가장 큰 학문적 공헌이라고 할 정도로 그것의 중요성을 강조한 바 있다. 적어도 엥겔스의 눈에 잉여가치론은 "그동안 모호했던 자본주의 사회를 대낮같이 밝혀주는 논리"였다. 엥겔스는 잉여가치론을 통해서 노동 착취가 과학적으로 입증되었을 뿐만 아니라, 자본주의 체제에서 나타나는 노동과 자본의 적대적 모순의 생성과 변화 그리고 그것의 종착역이 수미일관되게 증명된 것이라고 주장하였다.

잉여가치론이라는 거대한 구조물은 두 개의 기둥에 의해서 떠받쳐지고 있다고 할 수 있는데, 살아 있는 노동만이 가치를 창조한다는 '노동가치론'과 임금은 항상 생존비에 머문다는 '생존비임금론'이 바로 그 두 개의 기둥이다. 노동가치론이 잉여가치론을 위한 대전제라면, 생존비임금론은 노동가치론을 임금결정에까지 적용하여 잉여가치의 소재를 밝히는 역할을 한다. 다시 말해 잉여가치는 생존비임금론을 통해서 세상에 나타나지만 그 과정 역시 노동가치론을 통하지 않고서는 설명이 불가능하다. 마르크스 경제학이 사용하고 있는 대부분의 용어들은 노동가치론과 생존비임금론을 설명하는 데 초점을 맞추고 있음을 보게 된다. 불변자본과 가변자본이라는 개념은 노동가치론을 설명하기 위한 개념이고, 지불노동인 필요

노동과 부불노동인 잉여노동은 노동력이라는 상품의 특수성을 밝힘과 동시에 임금이 생존비에 머문다는 것을 설명하기 위한 개념이다. 결국 이런 소(小)개념들은 궁극적으로 잉여가치를 지향하고 있는 셈이다.

물론 이 밖에도 다양한 개념들과 이론적 장치들이 등장하지만 이들을 다 설명할 수는 없을 듯하니 아쉬운 대로 위에서 거론된 개념들을 통해서 잉여가치론을 거칠게(?) 설명해 보자! 마르크스에 따르면 살아 있는 노동만이 가치를 생산한다. 그리고 어떤 상품의 가치는 그 상품을 생산하는 데 투여된 노동시간에 의해서 결정된다. 한편 자본주의 체제에서 자본가들은 노동자들을 고용해서 가치를 생산케 하는데 그들은 항상 노동자들이 실제로 생산한 가치보다 임금을 적게 준다. 그리고 그 임금은 노동자들의 생존비 수준에 머문다. 자본가들이 노동자들에게 생존비 수준의 임금을 주고 남는 부분이 바로 '잉여가치'인 것이다.

마르크스의 주장을 조금 더 따라가 보자! 마르크스에 따르면 자본주의가 고도화될수록 자본의 집적과 집중이 일어나고 개별 자본 간의 경쟁이 심해진다. 개별 자본가들은 격심한 경쟁에서 살아남기 위해서 기술개발과 경영혁신에 힘쓰고 그 결과 불변자본 - 예컨대 기계 등 - 의 비율을 높이게 된다. 이를 '자본의 유기적 구성의 고도화'라 칭하는데 불행히도 자본가들이 이렇게 할수록 이윤율은 저하되는 경향이 있고 - 살아 있는 노동만이 가치를 생산한다는 명제를 상기하라! - 이러한 경향이 심화되어 마침내 자본주의는 위기를 맞게 된다는 것이다.

마르크스의 잉여가치론에 따르면 자본주의 체제는 언제나 불의한 결과를 낳는 '악마의 맷돌'에 다름 아니고 노동자들의 투쟁은 늘 정당한 것이다. 또한 자본주의 체제의 구조적 모순은 개혁이나 개량을 통해서 치유될 수 없고 자본주의 체제의 전복을 통해서만 가능하다. 따지고 보면 '잉여가치론'으로 상징되는 마르크스의 주장이 그토록 많은 반향을 불러일으킬 수 있었던 것은 그 논리의 수미일관성과 현실설명력 때문이었다. 마르크스가 활동하던 18세기 중후반의 영국과 유럽은 빈부의 격차가 극심하였다. 자본가들은 교외에서 안락한 생활을 즐긴 반면 노동자들은 돼지우리보다 못한 거처에서 수십 명씩 거주하며 하루 15시간 이상의 노동에 시달렸다. 공장과 탄광에서 여자와 아이들이 중노동에 신음하는 것은 예사였고 굶주림과 질병은 마치 그림자처럼 노동자들을 따라다녔다. 영양실조와 각종 질환에 시달린 노동자들은 파리처럼 죽어갔다. 놀라운 것은 이런 결과가, 노동자들이 게으름을 피우는 것이 아니라 하루 15시간 이상의 노동을 하는데도 불구하고 발생한다는 사실이었다. 청년 마르크스는 이런 현실에 격렬한 분노를 느꼈고 이런 현상이 벌어지고 있는 원인을 규명하는 데 자신이 가진 모든 것을 쏟아 부었다.

마르크스는 스미스, 리카도, 멜더스 등의 고전파 경제학자들의 지적 성취를 발판삼아 거대한 이론의 성채를 구축하는 데 성공한다. 이 이론이 바로 앞에서 설명한 '잉여가치론'이다. 언뜻 봐도 알 수 있는 것처럼 '잉여가치론'은 이론체계가 수미일관할 뿐만 아니라 당대의 현실을 잘 설명하는 것처럼 보인다. 아무리 열심히 일해도 점점 가난해지는 노동자들과 그 반대편에서 주체할 수 없이 많은 부를 키워가는 자본가들이 공존하는 이유는, 노동자들이 생산한 잉여가치를 자본가들이 합법적으로 착취하기 때문이라는 설명만큼 그럴 듯하고 매력적인 주장이 또 있을까? 모순과 질곡으로 가득 찬 자본주의 체제에 염증을 느껴 새로운 대안을 찾는 사람들에게 마르크스 경제학은 복음에 다름 아니었을 것이다. 자본주의 체제에 절망하고 이를 극복하려는 사람들이 마르크스 경제학을 이론적 무기로 삼은 것은 오히려 당연하다 할 것이다. 또한 사회주의 국가를 건설했던 혁명가들이 대부분 잉여가치론의 세례를 받았던 것을 생각해보면 이들이 시장을 극도로 불신하고 그 대안으로 '계획'을 고안해 낸 것도 일면 이해가 가는 일이다.

그런데 정작 문제는 마르크스 경제학의 정수인 '잉여가치론'이 과연 이론정합성이나 현실설명력에서 정말 뛰어난가 하는 점이다. 이미 설명한 바와 같이 '잉여가치론'의 두 가지 기본전제는 '노동가치론'과 '생존비임금론'이다. 그런데 많은 학자들이 주장하고 있는 바와 같이 노동가치론은 실증된 이론이라기보다는 '선언'에 가깝다는 혐의를 지울 수 없다. 가치의 실체는 노동이며 상품과 자본의 가치는 노동시간으로 측정된다는 전제를 수용하면, 자본은 가치를 생산하는 것이 아니라 이전할 뿐이며 이윤은 노동착취의 결과라는 결론이 이미 예정되어 있는 것이나 다름없다. 이렇게 보면 잉여가치론은 설명이 아니라 동어반복에 불과한 것이다. 자본을 사용하면 생산량이 증가하지만, 노동시간으로 가치를 설명하는 마르크스주의에서는 자본은 절대로 가치를 생산하지 못한다. 그러나 자본을 사용하게 되면 생산량이 늘어나는 현상을 꼭 그렇게 봐야 할까? 이부분에서 '억지'라는 인상을 지울 수 없다. 그보다도 노동, 자본, 토지가 모두 상품생산에 기여한다고 보는 것이 보다 현실을 올바르게 설명해주는 것이 아닐까?

또한 마르크스가 주장한 '생존비임금론' 역시 많은 난점들을 내포하고 있다. 마르크스가 생존할 당시에는 노동자들의 임금 수준이 생존비 수준에 머물렀는지 모르겠지만 적어도 지금은 그렇지 않은 노동자들이 훨씬 많은 것이 현실이다. 예컨대 서구 유럽의 노동자들에게 주택과 자가용 자동차, 적절한 여가활용, 장기간의 여름휴가 등은 자본가들이 제공하는 최저한의 임금을 통해 해결이 가능하다. 어떤 측면에서 보더라도 서구 노동자들이 받는 임금이 생존비에 머문다고 주장하는 것은 억지라는 평가를 면할 수 없을 듯하다.

마르크스가 묵시론적으로 예측한 자본주의의 종말도 그리 잘 들어맞는 것 같지는 않다. 자본의 유기적 구성이 고도화해서 이윤율이 저하되고, 이는 자본주의의 위기로 이어질 것이라는 마르크스의 예측은 일견 그럴 듯하지만 아직까지 실현된 예는 없는 듯하다. 무엇보다 자본가들이 그런 행위가 자신들의 목줄을 조인다는 사실을 뻔히 알면서도 왜 계속 할 수밖에 없는 것인지에 대한 설명이 마르크스의 주장에는 빠져 있다.

마르크스가 끊임없이 고안해 내었던 '사회적 필요노동', '평균이윤율', '복잡노동', '단순노동' 등의 개념들은 자신의 이론이 지닌 이러한 난점들을 보완하기 위한 피나는 노력은 아니었을까? 점점 가난해지는 노동자들과 부자가 되어가는 자본가들 사이에 존재하는 수수께끼를 풀기 위해서 자본가들이 노동자들을 끊임없이 착취한다는 가정을 연역한 채 마침내 부여잡은 실마리가 '잉여가치'는 아니었을까? 노동자들이 계속 궁핍해지는 원인을 '잉여가치'에서 찾은 마르크스의 설명보다는 그가 '본원적 축적'이라고 명명한 엔클로져 운동으로 인해서 농토를 잃은 수많은 농민들이 도시로 몰려들었고, 이들이 산업예비군으로 변하면서 임금이 하락하였다는 설명이 오히려 더 설득력이 있어 보이는 것이 사실이다.

이처럼 현실설명력이 떨어진다는 점과 여러 이론적 난점들을 감안해 보면 마르크스 경제학은, 정치한 논리와 빛나는 개념들의 출몰에도 불구하고 '허무의 언덕에 쌓아올린 논리의 바벨탑'이 아니었던가 싶다.

■ 그러나 마르크스에게 배우자!

맑시즘의 정수라 할 수 있는 '잉여가치론'의 과학성이 뿌리째 흔들리고 있는 지금 마르크스는 완전히 잊혀져야 할 몽상가에 불과한가? '과학'이라고 자평했던 잉여가치론이 '헤겔적인 잠꼬대'로 취급되는 작금의 상황에서 마르크스에게 배울 것은 전혀 없는 것인가?

결코 그렇지 않다. 비록 그의 이론은 현실을 설명하는 데 별 도움이 되지 않는다 하더라도 그의 정신은 언제까지나 계승되어야 할 인류의 값진 유산이다. 사회적 약자인 노동자의 처지에 아파하고 그들을 집요하게 연민했던 마르크스의 정신은 자신이 가진 모든 것을 던지는 헌신으로 나타났다. 신자유주의의 파고가 모든 것을 삼키고 있는 오늘날 사회적 약자에 대한 애정과 관심이야말로 우리가 항상 마르크스에게 배워야 할 덕목인 것이다. 그 밖에도 불의에 대한 저항, 체제가 처한 구조적 모순을 밝히려는 지적 탐구, 보다 인간다운 세상에 대한 꿈 등등 우리가 마르크스에게 배워야 할 것은 너무나 많다.

"철학자들은 세계를 다양하게 해석해왔다. 그러나 중요한 것은 세계를 변화시키는 것이다", "인간적인 것 가운데 나와 무관한 것은 없다"라고 갈파했던 비범한 정신의 소유자 마르크스! 거짓 지식인들이 횡행하는 이 시대에 새삼 그와 같이 헌걸찬 지식인이 그립다.

『*OhmyNews*』 2005. 3. 13.

- 이 칼럼은 남기업 박사의 논문 '헨리조지의 대안적 경제체제 연구'를 일부 인용했음을 밝힙니다.

🌵 이혜훈 의원은 부동산 부자들만의 국회의원인가?

판교발 투기 폭풍이 수도권을 강타하고 있는 가운데 한나라당 소속 이혜훈 의원-서울 서초갑-이 지난 8일 소득세법, 지방세법, 종합부동산세법 등 부동산 관련 법률개정안을 제출하였다. 이번에 이혜훈 의원이 제출한 부동산 관련 법률개정안을 살펴보자!

이 의원이 마련한 소득세법 개정안은 현행 9%-양도소득 1000만 원 이하-, 18%-1000만~4000만 원 이하-, 27%-4000만~8000만 원 이하-, 36%-8000만 원 초과-인 양도세율을 각각 6%, 12%, 18%, 24%로 대폭 낮추는 것을 골자로 하고 있다. 또한 이 의원이 제출한 종합부동산세 개정안은 1가구 1주택 소유자를 종합부동산세 부과대상에서 제외하는 것을 핵심으로 하고 있고, 지방세법 개정안은 재산세 표준세율과 거래세율을 인하하는 내용을 담고 있다. 쉽게 말해서 부동산 보유·거래·양도와 관련된 모든 세금을 낮추자는 것이 한나라당 이혜훈 의원이 제출한 이번 법률

개정안의 요지이다.

이혜훈 의원은 정녕 동시대 한국사회에서 살고 있는 사람이 맞는가? 국민의 정부 후반부터 시작된 부동산 투기로 말미암아 땅값과 집값이 미친 듯이 뛰어오른 결과, 서민들의 내 집 마련 꿈은 가뭇없이 사라지고 일부 건설업체와 부동산 부자들만 주체할 수 없는 부를 향유하고 있는 현실을 이 의원은 정녕 모르는가? 사람들이 너도나도 대출을 받아 부동산 투기에 뛰어드는 바람에 시중의 자금은 부동산으로만 몰리고, 그 결과 내수는 위축되고 생산적 투자는 찾아보기조차 힘든 작금의 상황이 다른 나라에서 벌어지는 일이라고 이 의원은 알고 있는가? 미국에 소재한 명문대에서 경제학 박사학위를 받았다는 이 의원의 현실 인식과 처방은 사람들을 경악시키기에 모자람이 없다.

자, 이제부터 이 의원의 이번 법률 개정안이 지닌 문제점을 조목조목 짚어보자! 지난해 정부에서 거둔 총 조세는 약 151조 원인데 이 중 부동산 관련 세수는 22조 원으로 총 조세 수입의 약 15%를 차지한다. 그중 양도세가 약 3.8조 원, 취득·등록세 등의 거래세가 약 12.1조 원이고, 보유세는 고작 4.7조 원에 불과하다. 위에서도 쉽게 알 수 있는 것처럼 국내 부동산 관련 조세체계는 거래세와 보유세의 비중이 72 : 28 정도로 기형적일 만큼 거래세 비중이 높다. 참고로 미국의 경우에는 거래세와 보유세의 비중이 2 : 98로 보유세의 비중이 압도적으로 높다.

양식 있는 경제학자들과 눈 밝은 전문가들은 누누이 총 조세 수입 가운데 부동산 관련 세수의 비중을 높일 것과 부동산 관련 조세 가운데 보유세의 비중을 높이고 거래세의 비중을 낮출 것을 정부에 조언해 왔다. 그들은 그렇게 해야만 부동산 투기가 근절되고 내수도 살아나 국민경제가 건강해지고 사회 구성원들의 삶도 풍요로워진다고 주장한다. 이들의 생각에 전적으로 동의하지 않는 사람들조차 부동산 보유세가 부동산 투기를 근절시키는 최고의 묘방임에는 대부분 동의한다. 심지어 이 의원도 잘 알고 있을 밀턴 프리드먼조차 부동산 보유세를 '가장 덜 나쁜 세금'이라고 평가한 바 있다.

그런데 이 의원의 이번 개정 법률안은 이런 상식을 정면으로 뒤엎고 있다는 데 그 심각성과 유해성이 있다. 이 의원이 금번 지방세법 개정안을 통해 재산세 표준세율을 인하하려는 것은 그동안 미미하게나마 추진된 보유세 강화방침을 백지화하려는 시도에 다름 아니며, 이는 그렇지 않아도 재산세율 인하에 혈안이 된 지자체들을 더욱 고무시키는 촉매로 작용할 것이 분명하다. 또한 '1가구 1주택 소유자를 종합부동산세 부과대상에서 제외'시키겠다는 종합부동산세법 개정안은 부동산 부자들의 이익에만 복무하겠다는 '커밍아웃'일 따름이다. 종합부동산세 전체 과세대상자 6만여 명 중 주택에 대한 과세대상자는 3만~3만5천 명으로 추산된다는 점, 이는 1가구 1주택뿐만 아니라 1가구 2주택 이상 소유자까지 포함된 수치이므로 종합부동산세 과세대상이 되는 1가구 1주택 소유자는 3만 명을 크게 하회할 것이라는 점, 종합부동산세는 국세청 기준시가로 9억 원 - 시세로는 10억 원을 크게 상회 - 이상 소유자에게 부과된다는 점 등을 감안할 때 이 의원의 이번 종합부동산세법 개정안은 한 줌도 되지 않는 부동산 부자들만을 위한 것이라고밖에 해석이 되지 않는다.

아울러 양도소득세율을 인하하자는 이 의원의 소득세법 개정안은 사실상 부동산 부자들에게 무한대의 투기이익을 보장하겠다는 의지의 표명으로 해석될 여지가 농후하다. 현재 시가 대비 0.15%에 머무르고 있는 보유세 실효세율을 감안할 때 양도세율마저 낮추자는 것은 무장을 해제하고 투기세력과 맞서자는 이야기에 다름 아니기 때문이다.

이와 같이 이 의원이 이번에 제출한 소득세법·지방세법·종합부동산세법 등 부동산 관련 법률 개정안은, 한 줌도 되지 않는 부동산 부자들의 이익을 옹호하고, 중산층과 서민들에게 부동산 투기에 뛰어들 것을 권하는 내용으로 점철돼 있다. 이 의원은 서민들의 급격한 세 부담과 건설경기 위축이 걱정되어 위와 같은 법률 개정안을 마련했다고 한다. 그러나 진정 이 의원이 서민들의 급격한 세 부담이 염려되었다면 1가구 1주택 소유자 중 일정 시가 이하의 주택을 소유한 서민들에게는 보유세 면세 혜택을 주는 개정안을 마련하는 것이 옳았다. 또한 건설경기 위축이 걱정되었다면 보유세율을 지금보다 대폭 강화하고 토지와 건물을 분리하여 토지에만 과세하게 하는 등의 조세 개혁안을 마련하는 것이 옳았다. 이런 내용을 담은 법률안이 실행되면 시장에서 퇴장했던 토지가 시장에 다시 등장하고 건축 경기는 활성화될 것이 자명하기 때문이다.

모쪼록 지금이라도 이혜훈 의원은 부동산 투기로 말미암아 고통당하고 있는 서민들의 모습을 직시하고 그들의 신음소리에 귀 기울이길 바란다. 아울러 이 의원은 서초구민만의 국회의원이 아니라 대한민국 전체의 국회의원임을 한시라도 잊어서는 안 될 것이다.

『*OhmyNews*』 2005. 6. 10.

🌵 투기꾼들을 공포에 떨게 만들라

부동산 가격 폭등의 진정한 원인은 무엇인가? 먼저 쉬운 문제를 풀고 논의를 전개하자! 아래의 기사들이 의미하는 것은 무엇일까?

……은행 가계대출이 올 들어 5개월 동안 10조 원 이상 불어 나면서 부동산 과열을 부추긴 것으로 나타났다. 한국은행은 8일 발표한 '5월 중 금융시장동향'에서 지난달 가계대출 증가액이 4 조 1839억 원으로, 2003년 10월 4조 2594억 원 이후 19개월 만 에 최고치를 기록했다고 밝혔다. 이에 따라 가계대출 잔액은 5 월 말 현재 285조 4936억 원으로, 작년 말에 비해 10조 1338억 원 늘어났다. 이 중 주택담보대출은 6조 6972억 원으로, 전체 증 가분 가운데 66%를 차지했다…(〈세계일보〉 6월 9일자)

……2001년 말 86조 원에 불과하던 주택담보대출은 저금리 기 조가 지속되면서 2년 만에 두 배로 불어났다. 이때부터 정부는

주택담보대출(LTV) 비율 규제에 나섰지만 주택담보대출은 계속 가파르게 늘었다. '2003년 10·29 부동산대책' 이후 주택담보대출 비율을 지역에 따라 40~60%로 규제한 이후에도 달라지지 않았다. 이미 시중 금리가 연 4%대로 내려와 있었기 때문이다. 소비침체의 골이 깊어지자 지난해 8월과 11월 한은이 콜금리를 연 0.25% 포인트씩 추가로 내리자 자금의 단기 부동화는 더욱 심화됐다. 5월 말 현재 만기 6개월 미만의 부동자금 규모는 400조 원가량으로 추정된다……(〈중앙일보〉 6월 10일자)

  ……지난해 풀린 판교의 토지 보상금 2조 4787억 원 가운데 일부가 판교 주변을 맴돌았다. 용인시 상현동 J공인 관계자는 "판교 보상금을 받은 원주민 중 분당, 용인의 50평형 이상 아파트를 사들인 사람이 많다"고 귀띔했다……(〈중앙일보〉 6월 8일자)

■ 투기적 가수요가 도화선, 시중자금이 화약

그렇다. 눈 밝은 독자들은 금방 알아챘겠지만 위에서 열거된 기사들은 유사 이래 가장 강력하다는 참여정부의 각종 부동산 투기 억제 정책에도 불구하고 강남과 분당, 과천, 용인 등지의 아파트 가격을 천정부지로 뛰게 만드는 주요한 원인들이다.

요약하자면, 불로소득을 추구하는 투기적 가수요가 400조 이상의 부동자금과 매년 발생하는 천문학적 규모의 토지보상금으로부터 끊임없는 수혈을 받고 있기 때문에 정부의 정책이 별다른 효험을 발휘하지 못하고 있는 것이다. 부동산 불로소득을 좇는 투기적 가수요가 도화선이고, 저금리로 인한 시중의 풍부한 유동성이 화약임을 잊지 말자!

물론 정부와 여당도 부동산 가격 폭등에 많은 책임이 있다. 당정은 부동산 투기대책의 결정판이라고 할 수 있는 10·29 부동산대책을 만들어 놓고도 입법과정에서 크게 후퇴했다. 또한 정부는 기업도시 건설로 대표되는 각종 개발정책을 무분별하게 남발함으로써 전국 각지의 땅값을 폭등시켰다. 아울러 여당 내에서조차 경기 활성화를 위해 부동산 규제를 완화해야 한다는 목소리가 시도 때도 없이 흘러나오고 있다.

위와 같은 정부와 여당의 난맥상은 시장참여자들로 하여금 정부가 내놓는 부동산대책에 대해서 신뢰할 수 없도록 만들었다. 시장참여자들이 정부 정책에 대해서 신뢰와 두려움을 갖지 못하니 정부에서 아무리 '투기와의 전쟁'을 선포하고 집값을 잡겠다고 호언장담해도 시장의 반응은 차가울 따름이다.

■ 중산층과 서민들도 투기대열 합류

한편 부동산 부자들과 전문적인 투기꾼들의 힘만으로 전국의 땅값과 일부 지역의 아파트 가격이 앙등한다고 생각하면 그건 심각한 착각이다. 부동산 불패신화를 믿고 자신의 집을 담보로 혹은 모기지론 등을 이용하여 대출을 받아 가격이 더 오를 만한 곳에 부지런히 아파트 등을 구입하는 중산층이 없다면 대한민국의 땅값과 집값이 세계최고 수준일리 만무하다.

최근 기사에 소개된 것처럼, 운명 상담소를 하면서 강남 등지에 36채의 아파트와 상가 4채를 사들였다는 김 아무개 씨의 예와 영세사업자들을 상대로 하여 고리대금업을 하면서 사업자들의 집에 매매예약가등기 등을 설정하는 등의 방법으로 수도권지역에 아파트만 무려 56채를 가지고 있는 김 아무개 씨의 경우는 다소 특이

한 사례에 속하지만 수많은 중산층과 서민이 투기 대열에 속속 합류하고 있는 중이다.

이렇듯 광범위한 투기적 가수요에 가격이 더 오를 때까지 기다리겠다는 집주인들의 심리가 상승작용을 일으키면서 대한민국은 지금 온통 투기장으로 변하고 있다.

이런 현상이 지속된다면 대한민국이 부동산 버블의 붕괴로 인해 혹독한 장기불황을 겪었던 일본의 전철을 밟을 가능성도 배제할 수 없을 것이다.

■ 불로소득에 대한 기대감을 꺾는 것이 핵심

사정이 심상치 않게 전개되자 정부에서는 세무조사, 기준시가 인상. 주택담보대출자금 출처조사 등의 대책을 추가로 내놓았지만 이러한 조치가 시장에서 통할지는 매우 회의적이다. 고민스러운 것은 현 시점에서 정부가 취할 수 있는 정책이 별로 많지 않다는 데 있다. 금리인상은 거시경제에 미치는 효과를 생각할 때 보다 신중해야 할 것이고, 부동산 담보대출 비율의 축소도 그리 큰 효과를 발휘할성 싶지는 않다.

특히 낮은 금리 탓에 부동산 가격이 폭등하니 금리인상을 검토해야 한다는 일부 전문가들의 견해가 있는데 이는 별로 온당한 해석과 처방이 아니라고 여겨진다. 본디 중앙은행이 저금리 정책을 펴는 이유는 기업들로 하여금 이자에 대한 큰 부담 없이 설비 및 생산 투자를 하게 하려는 데 있다. 기업이 설비를 늘리면 자연히 고용이 창출되고 이는 소비로 연결되기 때문에 국민경제에 긍정적 영향을 미친다.

이와 같이 저금리 정책 자체가 잘못된 것이 아니라 저금리로 인해 풍부해진 시중의 유동성이 한사코 부동산으로만 몰리는 현금의 현상이 문제인 것이다. 물론 시중의 유동성이 결사적으로(?) 부동산으로만 몰리는 이유가 불로소득에 대한 기대감 때문임은 긴 설명이 필요치 않을 것이다.

그렇다면 정부는 지금과 같은 투기광풍을 수수방관할 수밖에 없다는 말인가? 다행히도 그렇지 않다. 부동산 투기꾼들을 익사시키고 불로소득을 쫓아 투기에 가담하는 불나방들을 공포에 떨게 할 비장의 무기가 아직 정부의 수중에 있다. 이제 부동산 투기를 확실히 근절시킬 수 있는 비책을 공개하겠다. 아래 내놓는 대책들은 공통적으로 시장참여자들의 부동산 불로소득에 대한 기대감을 철저히 꺾고, 토지에서 발생하는 불로소득 환수를 겨냥하고 있음을 명심하자!

■ 땅부자집부자, 부동산 소유 현황 공개해야

첫째, 정부는 부동산 소유 현황에 관한 통계를 공개해야 한다. IT초강국인 대한민국에 아직 부동산 소유 현황에 대한 통계가 구축되지 않았다고 믿을 사람은 별로 없을 것이다. 역대 정권이 부동산 소유 현황에 대한 통계를 발표하지 않은 것은 그 사안이 지닌 폭발성 때문이었을 것이다. 토지와 건물이 한 줌도 되지 않는 사람들에게 집중되어 있다는 사실이 서민들에게 공개되었을 때 닥칠 파장을 염려했다는 말이다.

전강수 대구가톨릭대 교수는 '양극화 해소를 위한 토지정책 방향'이란 논문을 통해, "2002년 종합토지세 과세자료를 분석했더니 우리나라의 토지는 상위 1%가 전체의 45.3%를 갖고 있는 것으로 나타났다"고 밝힌 바 있다. 상위 5%는 59.1%, 상위 10%까지 넓혀 보면 전체의 72%를 갖고 있는 것으로 분석됐다는 것이다. 전 교수에 따르면 2000년부터 2003년까지의 3년 동안 땅 가진 사람들이 거둔 평가차익이 물경 212조 원에 이르고, 땅부자 상위 1%인 10만 명이 땅값 상승분의 45%를 차지한다고 볼 때, 이들의 평가익은 96조 원에 이른다고 한다.

주택에 대한 소유편중도 만만치 않다. 행정자치부가 내놓은 2002년 말 기준 세대별 주택 소유 현황을 보면 전체 세대의 절반에 해당하는 841만 세대 −50.3%−가 무주택자이다. 집을 두 채 이상 갖고 있는 1세대 다주택은 276만 세대 −전체 세대의 16.7%−로, 이들이 차지한 집은 모두 814만 호 −전체 아파트의 71%−에 이른다. 점입가경인 것은, 이들 집부자 중에서 집을 5채씩 차지한 세대가 11만 5천 세대, 6~10채를 차지한 세대는 14만 세대에 이르고, 3만 세대는 11채에서 20채까지 독차지하고 있다는 사실이다. 결국 전체의 절반이 넘는 사람들은 내 집도 없이 여러 곳을 전전하는 데 반해, 전체의 1.7%에 불과한 29만 세대가 집을 적게는 다섯 채에서, 많게는 스무 채까지 소유하고 있는 것이다.

이렇듯 대강 드러난 토지와 주택에 대한 소유 집중도만 보아도 한국사회가 직면하고 있는 부동산 문제의 실체는 공급부족이 아니라 투기적 가수요임이 명백하다. 현금의 부동산 가격 폭등을 공급부족에서 찾는 자칭, 타칭의 시장주의자들이 위의 통계에 대해서 어떻게 항변할지 자못 궁금하다. 쉽게 말해서 대부분의 서민들이 피땀 흘려 이룩한 사회적 부가 고스란히 부동산 부자들의 호주머니로 옮겨지고 있는 것이 작금의 현실인 것이다.

따라서 이제라도 정부가 진정으로 부동산 투기를 진압할 마음이 있다면 부동산 소유 통계를 투명하게 공개해서 국민들로 하여금 문제의 원인이 무엇인지를 뚜렷이 알 수 있도록 해야 한다. 부동산 소유 통계를 접한 국민들이 정부의 부동산정책에 힘을 실어 주어야만 정부의 부동산대책이 비로소 효과를 발휘할 수 있을 것이다.

■ 신도시건설, 토지는 공공임대·건물은 민간분양

둘째, 현재 부동산 가격 폭등의 진앙지 노릇을 하고 있는 판교 신도시개발과 관련해서 토지는 공공임대로 하고, 건물에 대해서만 민간 분양하는 방식을 취하는 것이 필요하다. 정부에서 야심 차게 추진하고 있는 기업도시와 향후 건설될 신도시에도 이와 동일한 방식이 적용되어야 할 것이다.

부동산 불로소득은 본디 토지에서 발생하기 때문에 토지만 공공임대로 하면 족하다. 일부에서는 토지와 건물 모두를 공공임대로 하자고 주장하는데 이는 정부의 역할이 지나치게 비대해져 큰 정부를 지향하게 된다는 점, 비능률과 부정부패가 개입될 가능성이 커진다는 점 등에서 적절치 못한 방식으로 생각된다. 만약 판교 신도시에서 토지는 공공임대로 하고, 건물에 대해서만 민간 분양하는 방식을 취하는 분양이 이루어진다면 판교 발 투기 열풍을 상당히 진정시킬 수 있을 것이다. 또한 이는 불로소득을 좇아 부동산 시장에 뛰어들거나 호시탐탐 뛰어들 기회를 엿보는 이들에게 향후 부동산에서 불로소득을 얻는 것이 매우 어려울 것이라는 신호로 작용할 것이 분명하다.

■ 보유세율 높이고 인상시기 앞당겨야

셋째, 정부는 5·4 부동산대책에서 제시한 바 있는 보유세 실효세율을 좀 더 상향하고, 그 인상시기도 최대한 앞당겨야 할 것이다. 정부는 2017년까지 시가 대비 보유세 실효세율 3% 달성과 참여정부 임기 내 1% 달성을 목표로 하는 것이 옳을 듯하다.

한편 정부는 보유세 실효세율을 상향하는 대신 취·등록세 등의 거래세와 양도소득세에 대한 감세를 병행해서 추진해야 할 것이고, 추후 보유세의 담세율이 높아져 타 조세에 대한 감세 여력이 생기는 때에는 부가세 등에 대한 감세조치를 과감히 취해야 할 것이다. 또한 정부가 보유세 실효세율을 상향시킬 때 반드시 기억해야 할 것은 토지와 건물을 분리해서 토지에 더 많이 과세하고 건물에 대해서는 적게 과세해야 한다는 점이다. 물론 궁극적으로는 토지에만 과세하고 건물에 대해서는 면세하는 것이 옳다. 부동산에서 발생하는 불로소득은 건물이 아니라 토지에서 발생한다는 진리를 정책당국자들이 잊어서는 결코 안 될 것이다.

만약 보유세율 현실화로 인해 서민들이 많은 부담을 느낀다면, 정부는 1가구 1주택 소유자들 중 일정 시가 이하에 해당하는 주택을 소유하고 있는 서민들을 한시적으로 보유세 감세 대상에 포함시키는 방안도 강구함직하다. 일부에서는 가파른 보유세율 인상에 비명을 지르는 것은 부자들이 아닌 서민들이라고 강변하고 있다. 그러나 정부에서 부동산 소유자들로부터 거둔 막대한 규모의 보유세를 교육·의료·실업·노후·육아·장애 등의 사회복지 부문에 아낌없이 사용한다면 그 혜택은 고스란히 서민대중에게 돌아갈 것이 자명하기에 위의 주장은 단견에 불과하다고 감히 말할 수 있다.

최근 불고 있는 부동산 폭풍은 국내에만 국한된 것이 아니라 전 세계적인 현상이라는 것이 전문가들의 공통된 견해이다. 일각에서는 전 세계적 규모의 부동산 거품의 붕괴가 임박했다는 불길한 예측을 내놓고 있는 중이다. 따라서 지금 전국을 붉게 물들이고 있는 부동산 투기의 불길을 잡지 못한다면 대한민국의 장래는 암울한 회색빛으로 물들 것이 자명하다. 부동산 투기는 단지 한 정권의 문제가 아니라 대한민국 전체의 문제인 것이다. 참여정부는 부동산 투기 진압에 정권의 명운을 걸어야 한다. 시간이 많지 않다.

『*OhmyNews*』 2005. 6. 15.

'백약무효' 부동산대책, 대통령 결단만 남았다

전국 방방곡곡이 부동산 투기 열풍에 휩싸인 가운데 현재 대한민국 구성원들의 정신수준을 정확하게 말해줄 만한 사건이 알려졌다.

언론의 보도에 따르면, 경기도 용인시 죽전 지구에 위치한 현대 홈타운 7차 아파트 주민들이 아파트 값을 올릴 욕심에 시유지인 아파트 앞도로 부지를 시의 허가도 없이 마음대로 공원으로 조성했다고 한다. 더욱 가관인 것은 주민들이 아파트 소유자도 아닌 임차인들에게까지 공원조성 비용 분담을 강요했을 뿐만 아니라 용인시의 원상복구 명령에도 불응하고 있다는 사실이다. 아파트 주민들은 여기서 멈추지 않고, 시가 할 일을 주민들이 대신해 주었으니 오히려 감사하게 생각하라는 취지의 발언을 용감하게(?) 했다고 한다. 참으로 '후안무치'에 '적반하장'이 아닐 수 없다. 이에 자극(?) 받아서일까? 이 아파트 건너편에 위치한 아파트까지 도로부지에 공원을 조성하겠다고 나섰다 한다.

■ 일부 용인시민들의 행태는 한국사회의 자화상

위에 소개한 사건은 단순한 해프닝으로 치부할 수 없을 만큼 중대한 사회적 함의를 가지고 있다. 집값을 올리자고 시유지를 불법 점유하고도 일말의 수치심이나 양심의 가책을 느끼지 못하고 있는 일부 용인시민들의 정신수준은 일견 과격하고 예외적으로 보이는 것이 사실이지만, 지금 대한민국 구성원들의 평균적인 정신상태도 일부 용인시민들의 그것과 본질상 별반 다르지 않다.

일부 용인시민들을 저렇듯 무모하게 이끌고, 한국사회 구성원들의 대부분을 느닷없는 열병에 시달리게 만들고 있는 병균(病菌)의 정체는 다름 아닌 '부동산 불로소득에 대한 기대감'이다. 그리고 위의 사례에서 잘 알 수 있듯이 이 음습하고도 치명적인 병균은 이미 한국사회 구성원들 대부분의 머릿속에 똬리를 틀고 앉아 사회 구성원들을 온통 부동산 투기에 골몰하게 만들고 있다.

사정이 한결 고약한 것은 이 병균이 남녀노소와 계층을 가리지 않고 감염되는 데다 감염의 속도도 매우 빠르다는 데 있다. 지금 대한민국에는 두 종류의 사람이 있다. '부동산 불로소득에 대한 기대감'이라는 병균에 감염된 다수와 그렇지 않은 소수! 물론 이 병균에 감염되지 않은 사람의 숫자는 빠르게 줄어들고 있다. 결 고운 윤리의식이나 도덕적 감화를 통해서 이 병균을 퇴치시키는 것은 불가능하다. 오직 이 병균이 서식할 수 있는 환경을 없애는 것만이 좀비와도 같이 죽지 않는 이 병균을 퇴치할 수 있는 길이다.

■ '공급부족 때문에 투기 발생' 주장은 잠꼬대에 불과

17일 노무현 대통령이 주재할 '부동산 관련 대책회의'를 주목하는 것은 그런 까닭이다. 과연 대통령은 국민들의 몸을 숙주 삼아 번성할 대로 번성한 이 불사의 괴물을 처치할 수 있는 묘방을 내놓을 수 있을까?

주지하다시피, 지금 세간에는 '세제개혁 등을 통한 투기적 가수요 억제'라는 처방과 '규제완화를 통한 공급확대'라는 처방이 팽팽히 맞서고 있다. 눈 밝은 독자라면 과거와 현재의 뼈저린 경험을 통해 어떤 처방이 보다 옳은지를 금방 알 수 있을 것이다. 한마디로 작금의 부동산 투기사태를 공급부족에서 찾는 보수언론과 주류경제학자들, 자칭 부동산 전문가들의 주장은 한낱 헛된 잠꼬대에 불과하다. 이는 각종 통계와 경제이론들이 뚜렷이 증거하고 있는 바다.

공급론자들은 부동산 투기의 원인을 근본적으로 잘못 파악한 나머지 국민경제에 치명적인 타격을 줄 수 있는 처방을 제시하곤 한다. 불행한 것은 다른 곳은 말할 것도 없고 여당 내에서조차 공급론자들이 압도적 다수라는 사실이다. 대통령의 통찰력과 리더십이 그 어느 때보다 절실히 필요한 것은 그래서다. 대통령의 선택에 대한민국의 미래가 달려있다.

『*OhmyNews*』 2005. 6. 16.

강남에 중대형아파트 부족하지 않은 이유

'강남 집값을 잡으려면 강남과 판교 등에 중대형 평형 아파트를 더 공급해서 수요를 충족시켜야 한다!' 최근 공급확대론자들이 이구동성으로 하는 소리다. 공급확대론자들의 주장을 요약하면 다음과 같다.

이른바 '강남벨트'에 중대형 평형 아파트에 대한 수요는 많은데 공급이 이를 받쳐주지 못한다. 이를 보완해주리라 여겼던 판교 신도시의 중대형 평형 아파트 공급물량이 애초 계획보다 크게 줄어 강남의 중대형 아파트 수요를 흡수하지 못할 가능성이 커지자 강남·서초·송파구 소재 아파트 가격이 중대형 평형 위주로 가파르게 상승하고 있다. 이러한 상승여파가 분당과 용인, 평촌 등으로 확산되고 있다. 따라서 청와대와 정부는 이제라도 세금을 통해서 주택가격을 안정시키려는 생각을 접고 강남과 판교 등에 중대형 평형 아파트를 공급해서 주택가격을 안정시켜야 할 것이다.

강남의 중대형 아파트 공급 부족이 이른바 '강남벨트' 등의 국지적 가격상승을 초래했다는 공급확대론자들의 주장은 한층 세련되고 진화한 공급확대론의 최신 버전이라 할 만하다.

■ 중대형 아파트 부족이 주택가격을 상승시킨다고?

공급확대론자들은 현금의 문제는 주택의 양 - 소형 아파트 - 이 아니고 주택의 질 - 중대형 아파트 - 이라고 하면서, 청와대와 정부가 이런 시장의 변화와 실수요자들의 욕구는 도외시한 채 세금을 통해 가수요를 억제하겠다는 단견(短見)에 사로잡혀 있다고 매섭게 질타하고 있다. 쉽게 말해 최근의 국지적 주택가격상승은 시장의 생리를 전혀 이해하지 못하고 반시장적 부동산정책만을 고집한 참여정부에 내리는 시장의 복수라는 것이다. 언뜻 들어보면 그럴 듯해 보인다. 그런데 과연 그럴까? 강남권의 중대형 아파트 부족이 현금의 국지적 가격상승을 낳았다는 공급확대론자들의 주장은 진정 참일까?

강남권의 중대형 아파트 부족이 현금의 국지적 가격상승을 낳았다는 공급확대론자들의 주장은, 아쉽게도 이렇다 할 구체적이고도 실증적인 근거가 없기에 이러한 주장에 의심을 품은 사람들이 진위를 밝힐 수밖에 없다. 수고롭지만 어쩌랴! 좋은 일은 이루기가 어렵고, 진실을 밝히는 데에는 많은 노력이 따르는 것이 세상이치인 것을.

■ 공급확대론자들의 주장이 허구인 5가지 이유

이제부터 공급확대론자들의 주장이 허구인 5가지 이유를 차근차근 밝히고자 한다.

첫째, 이른바 '강남벨트'에는 주택 수요를 촉발시킬 만한 인구 증가가 눈에 띄지 않는다. 강남·서초·송파구의 인구추이를 보면 90년대 후반부터 정체되거나 오히려 줄고 있음을 알 수 있다. 반면에 주택보급률은 꾸준히 향상되고 있다.

통계를 보면 1996년 55만 7533명이던 강남구 인구는 2004년 53만 1517명으로 줄었고, 1996년 40만 8781명이던 서초구 인구는 2003년 40만 220명으로 줄었으며, 1996년 67만 1560명이던 송파구 인구는 2003년 62만 3267명으로 줄었다. 한편 서울시 주택기획과와 서초구 건축과, 송파구 주택과에서 발행한 자료를 보면, 2003년 기준 강남구의 주택보급률은 94%, 서초구는 90%, 송파구 85%에 이른다.

실수요에 의해서 특정지역에 주택가격상승이 일어나는 것은 급격한 인구유입이나 주택물량의 절대적 부족이 주요한 원인이라 할 것이다. 그러나 위의 통계가 잘 보여주는 것처럼 현재 강남권에는 급격한 인구유입도 없으며, 주택물량의 절대적 부족 현상도 없다.

둘째, 지금도 이른바 '강남벨트'에 중대형 평형 아파트들은 그리 모자람이 없다. 아래 〈한겨레〉 6월 14일자를 보면 금방 수긍할 수 있을 것이다.

기존에 있는 아파트도 강남권 3개구는 30평 이상이 63%로 서울 평균(54%)보다 높다. 40평 이상은 강남구는 27%로 서울 평균(16%)의 두 배에 가깝고 서초(31%), 송파구(24%)도 훨씬 많다. 강남권 안에서 중대형 평형으로의 이동도 어렵지 않은 편이다.

셋째, 추가 공급 물량이 넘친다. 아래 〈한겨레〉 6월 14일자를 보면 이러한 사실을 잘 알 수 있다.

건교부는 서울 강남지역의 내년 아파트 입주 물량이 올해보다 6천 가구 가량 증가한 1만 5천 가구에 육박해 1982년 이후 24년 만에 최고치를 기록할 것으로 예상하고 있는데, 구별로는 강남구 8077가구, 송파구 3857가구, 서초구 3035가구 등이다. 이는 서울시 전체 입주 물량 4만 4508가구의 33.6%에 해당하는 것이다. 이 물량 가운데 절반 이상은 중대형이다. 2007년에도 1만 가구 이상이 공급될 것으로 추정된다.

뿐만 아니라 판교 신도시에 25.7평형 초과 중대형 아파트 등 6343호가 건설되고, 판교 신도시 이외에 7곳에 신도시가 건설되고 있기 때문에 중대형 아파트가 부족하다는 전망은 설득력이 크지 않다. 오히려 얼마 지나지 않아서 중대형 평형 아파트의 공급과잉과 그에 따른 가격폭락을 걱정해야 할지도 모른다.

넷째, 전세가격의 안정이 두드러진다. 〈중앙일보〉 조인스랜드와 부동산 114에 따르면 서울 강남구의 매매가 대비 전세가 비율은 2001년 51.4%에서 16일 현재 31.7%로 떨어졌으며 분당은 34.4%, 용인도 32.6%에 불과하다고 한다. 강남구의 매매가 대비 전세가 비율이 전국 최고 수준에 해당될 만큼 낮은 것은 투기적 가수요에 의해서 주택을 여러 채 사놓은 사람들이 그만큼 많은 증거라 할 것이다. 특정 지역의 매매가 대비 전세가 비율이 높으려면, 인구유입의 급증으로 인해 전세수요가 갑자기 늘어나거나 주택 소유자들이 대부분 1가구 1주택을 소유해서 전세를 줄 만한 여분의 주택이 적어야 한다. 강남권역은 둘 중 어느 경우에도 해당하지 않는다.

■ 강남, 서초, 송파 주택구입용 대출비중 대폭 늘어

다섯째, 이른바 '강남벨트'에는 대출 등을 통한 투기적 가수요가 창궐하고 있다. 한국은행이 발표한 〈주택구입용 가계대출비중추이〉를 보면 강남, 서초, 송파구 등 강남권은 2001년 1월부터 1년 3개월간 가계대출 중 주택구입비중이 19.1%에서 48.2%로 1.5배 이상 뛰었고, 서울은 26%에서 53.1%로 100% 늘었다. 수도권과 비수도권은 각각 65%, 49% 늘었다. 특기할 점은 2000년 대비 2003년 집값이 강남-서울-수도권-지방 순으로 많이 상승하여 가계대출 중 주택구입의 비중이 높은 순서와 정확히 일치했다는 사실이다. 이는 강남권역에 실수요가 아닌 투기적 가수요가 기승을 부리고 있다는 방증이다.

위에서 조목조목 살핀 바와 같이 강남권에 중대형 아파트의 공급이 부족해서 국지적 가격상승이 초래되고 있다는 공급확대론자들의 주장은 구체적이고 실증적인 근거가 없는 '선동'에 가깝다. 또한 공급확대론자들은 객관적 사실관계를 일부 왜곡하는 행태를 보이기도 하는데 그 좋은 예가, 판교에 공급될 중대형 아파트의 공급물량이 애초 계획과 달리 격감해서 강남권의 가격상승을 촉발했다는 주장이다. 애초 판교 신도시에 분양될 25.7평 초과 공농수택은 7465호였고 그중 아파트가 5611호였다. 이것이 공동주택 6343호, 아파트 4566호로 각각 변경되었다. 즉 공급확대론자들의 주장과는 달리 고작 1000호가 줄었을 따름이다. 터 잡은 이론이나 관점이 사뭇 다를 수는 있지만 기초적인 사실관계마저 왜곡하는 공급확대론자들의 위와 같은 태도는 도덕적 비난을 면키 어려울 것이다.

이른바 '강남벨트'의 주택가격 앙등이 중대형 아파트의 공급 부족 때문이 아니고 투기적 가수요 때문이라는 또 하나의 자료를 덤으로 밝히겠다. 지난 2003년 11월 24일 행자부가 발표한 '전국 가구별 주택소유 현황'을 보면 강남 - 강남·서초·송파구 - 은 5만5천여 가구가 20만여 채의 - 평균 3.67채 - 주택을 소유하고 있고, 4만2천여 가구가 전국에 집을 세 채 이상 - 평균 5.1채 - 갖고 있는 것으로 드러났다. 이 가운데 8천여 가구는 아파트만 3채 이상 - 평균 3.8채 - 을 소유하고 있었다.

결국 공급확대론자들의 주장과는 달리 이른바 '강남벨트'의 주택가격 폭등의 배후에는, 불로소득을 노린 투기적 가수요가 도사리고 있었음이 명명백백한 사실로 드러나고 있는 것이다.

『*OhmyNews*』 2005. 6. 27.

🌵 〈조선〉손바닥으로 해를 가린다고 가려지나?

"정부, 땅부자 통계왜곡 왜?" 〈조선일보〉 20일자 1면에 실린 머리기사의 제목이다. 시종일관 참여정부의 부동산정책에 대해서 전방위적인 비판을 가해오던 〈조선일보〉가 지난 15일 발표된 행자부의 토지소유 통계가 왜곡되었다며 신문지면 가운데 가장 중요한 면을 할애한 것이다. 공연한 오해를 불러일으킬 염려가 있으므로 〈조선일보〉 기사 중 일부를 직접 인용하기로 하자!

정부가 부동산 관련 통계를 발표하면서 정부 입맛에 맞춰 부풀리거나 조사대상·기준을 자의적으로 설정, 실상을 왜곡하고 있다는 지적을 받고 있다. 지난 15일 행정자치부는 "상위 1%가 전체 사유지의 51.5%, 상위 5%가 82.7%의 토지를 보유하고 있다"며 "땅을 1평이라도 소유하고 있는 사람은 전체의 28.7%(1397만 명)"라고 발표했다. 이 자료에서 행자부는 대부분 토지가 가구주 명의로 되어 있음에도 불구하고 토지소유자를 전체 가구수 대신 전체 인구로 나눠 계산했다. 인구수로 나누면 젖먹이를 포함한 1318만 명의 미성년자가 모두 통계에 포함되기 때문에 토지를 갖고 있지 않은 사람들의 비율이 급격히 늘어난다. 만약 전체 인구 대신 전체 가구수(6월 말 기준·1765만 5000가구)를 이용해 토지소유율을 계산하면 현재 1평 이상 땅을 보유하고 있는 사람은 28.7%가 아니라 79.1%로 올라간다. 또 82.7%의 사유지는 상위 5%가 아니라 이보다 3배 많은 14%가 소유하고 있는 것으로 집계된다. 현실의 토지 집중 정도가 적어도 정부 발표보다는 덜하다는 얘기다. 과거 딱 한 차례 발표됐던 지난 1989년 정부의 토지소유율 보고서(토지공개념 연구위원회 작성)에서도 인구수 아닌 가구수 통계를 이용해 토지소유율을 계산했었다.

위의 〈조선일보〉 기사를 알기 쉽게 요약하면, 대부분의 토지가 가구주 명의로 되어 있는 현실을 감안하건대 토지소유자를 전체 가구수로 나누어 계산하는 것이 타당함에도 불구하고, 정부는 이를 전체 인구로 나누어 계산하여 국민들이 오해할 수밖에 없는 통계를 발표했다, 정도가 될 듯싶다. 기실 〈조선일보〉는 정부가 땅부자들에게 불리한 여론을 조성하기 위해서 통계조차 왜곡하고 있으니 양식 있는 독자들은 정부의 질 낮은 선동에 부화뇌동하지 말라고 목청 높여 외치고 있는 것이다.

좋다! 〈조선일보〉의 주장대로 토지소유자를 전체 가구수로 나눈 최근의 결과가 89년 토지공개념 연구위원회에서 발표한 토지소유율과 별 다른 차이가 없다고 인정해 주자. 그렇다고 해서 '토지소유의 극심한 편중'이라는 본질이 추호라도 변화하는 것은 아니다. 89년 토지공개념 연구위원회에서 발표한 토지소유율에 따르면 상위 2.8%의 가구가 51.5%, 상위 5%의 가구가 65.2%의 토지를 소유하고 있음을 알 수 있다. 더욱이 위의 통계는 땅을 한 평도 갖지 못한 가구를 제외한 통계였으므로, 이들을 포함했을 경우 실제로는 상위 1.3%의 가구가 65.2%의 땅을, 상위 3.9%가 87.7%의 땅을 소유하고 있다는 분석도 가능하다고 한다.

즉 〈조선일보〉의 주장이 사실에 가깝고, 정부가 실수(?) - 물론 〈조선일보〉는 이를 결코 인정하지 않을 것이다 - 한 것이 맞다 하더라도, '토지소유의 극심한 집중'이라는 본질에는 아무런 변화가 없는 것이다. 또한 토지소유자를 인구수가 아니라 가구수로 나누는 것이 옳다는 〈조선일보〉의 주장에는 치명적인 약점이 내장되어 있다는 것을 지적하지 않을 수 없다.

주위에서 보면 쉽게 알 수 있지만, 땅부자들은 자신들의 직계존비속 및 배우자 명의로 막대한 규모 - 면적과 가격, 양 측면에서 - 의 토지를 보유하고 있다. 즉 진정한 의미의 땅부자들은 가구주뿐 아니라 가구원들조차 엄청난 규모의 토지를 소유하고 있는 것이다. 이런 실정을 감안하건대, 토지 대부분이 가구주 명의로 되어 있기 때문에 토지보유자를 전체 가구수로 나누는 방식이 옳다는 〈조선일보〉의 주장은, 현실에 대한 무지의 소산이거나 땅부자들을 위한 배려일 가능성이 높다고 평가해도 그리 지나친 말은 아닐 것이다.

■ 〈조선일보〉, 늪에 빠지다

참여정부에 대한 비판정신이 지나치게 왕성(?)했기 때문인지 아니면 땅부자들의 이익을 수호하려는 의지가 너무 결연했던 탓인지 알 수는 없지만, 20일자 〈조선일보〉 기사를 꼼꼼히 살피다 보면

〈조선일보〉가 도처에서 방향을 잃고 좌충우돌하는 것을 쉽게 발견
할 수 있다. 〈조선일보〉 기사를 좀 더 인용해 보기로 하자!

이에 앞서 국세청은 지난 1일 "2000년 이후 서울 강남권 아파
트 취득자의 58.8%가 이미 집 2채 이상을 갖고 있었던 다주택
보유자"라며 강남 아파트 값 상승의 원인을 투기적 수요로 돌렸
다. 하지만 조사 대상이 된 9개 아파트 단지가 재건축 아파트나
대치동 선경아파트 등 평소 투기수요가 몰리는 곳들이어서 표본
선정이 편중돼 있다는 지적을 받고 있다. 부동산업계 관계자는
"재건축 아파트는 큰 평수를 받을 수 있다는 기대감 때문에 원
래 실수요보다 투자목적 취득이 많은 곳"이라면서 "강남 아닌
다른 지역도 재건축 아파트 취득자 대부분은 다주택 보유자"라
고 말했다.

실로 놀랍지 않은가? 위의 기사를 읽다 보면 이 기사가 〈조선일
보〉에서 작성한 기사인지 〈한겨레〉에서 작성한 기사인지 전혀 분간
할 수 없을 지경이다. "재건축 아파트는 큰 평수를 받을 수 있다는
기대감 때문에 원래 실수요보다 투자목적 취득이 많은 곳", "강남
아닌 다른 지역도 재건축 아파트 취득자 대부분은 다주택 보유자"
라는 부동산업계 관계자의 말을 인용하여 현금에 횡행하고 있는 부
동산 투기 사태의 본질이 '투기적 가수요'임을 꿰뚫어 보는 〈조선일
보〉의 혜안을 보라! 대한민국 최고를 자랑하는 신문이라는 명성이
허명이 아님을 보여주는 살아 있는 증좌가 아니고 무엇이랴!
　물론 〈조선일보〉라고 해서 실수가 없으란 법은 없다. 예컨대 20
일자 사설 '통계까지 왜곡하며 불평등 선동하는 정권' 중에서 "뿐
만 아니라 사유지의 95% 정도는 林野임야와 농경지다. 先山선산이

나 대대로 농사짓고 있는 땅이 많다"라는 부분은 그냥 넘어가기에
는 큰 실수(?)이다. 민주노동당 소속 손낙구 보좌관이 쓴 '통계로
보는 부동산 투기(2)'를 보면 이런 대목이 나온다.

> 전체 국토는 300억 평이 약간 넘는데 그 가운데 중앙과 지방
> 정부가 보유하고 있는 국공유지는 30%가 채 안 되고 나머지
> 70%가 넘는 땅은 사유지(민간, 법인소유)로 투기에 노출돼 있
> 다. 국공유지 비율은 싱가포르 81%, 이스라엘 86%, 대만 69%,
> 미국 50%, 스웨덴 40% 등 외국에 비해서도 낮을 뿐만 아니라,
> 그마저 대부분 임야와 도로, 학교 등의 공공시설용지로 이용되
> 고 있으며, 공공부문이 주거용·상업용·공업용 등의 도시용지
> 보유비율은 0.1%에 불과한 실정이다.(정회남, 진정수, 2003.)

〈조선일보〉는 위의 사설에서 사유지의 95%가 임야와 농경지라
고 주장하고 있다. 그런데 손낙구 보좌관이 재인용한 자료(정회남,
진정수, 2003.)를 보면 공공부문이 보유하고 있는 주거용, 상업용,
공업용 등의 도시용지 보유비율은 불과 0.1%에 그친다고 한다. 그
렇다면 높은 땅값을 자랑하는 주거용·상업용·공업용 등의 도시
용지는 도대체 누가 소유하고 있는 걸까? 사인(私人)도 아니고 국
가와 지자체도 아니면 베일에 싸인 누군가가 소유하고 있다는 말
이 될 터인데, 그가 누구인지 참으로 궁금하다. 정작 국민들이 궁
금해 하는 것은, 형질 변경이 불가능한 임야와 농지를 누가 소유하
고 있느냐가 아니고 값나가는 도시와 개발예정지역의 노른자위 땅
을 누가 얼마나 가지고 있느냐이다. 설마 〈조선일보〉가 이런 사실
을 모르는 것은 아닐 터인데, 무슨 의도로 선량한 농부들을 끌어들

이는지 참으로 알다가도 모를 일이다.

한편, 한양대 나성린 교수는 "정부가 최근 발표하는 부동산 통계에는 부동산을 옥죄기 위해 국민감정을 자극하려는 의도가 엿보인다."며 "정부가 통계를 쥐고 구미에 맞고 필요한 것만 제한적으로 발표하지 말고 객관적 검증이 가능하도록 통계의 전모를 공개해야 한다."고 말했다고 한다. 나 교수의 고견(?)에 전적으로 찬성한다. 정부는 이제라도 부동산 소유 현황 통계의 전모를 공개해야 할 것이다. 아울러 정부는 부동산 소유 현황과 관련해서 한 해의 편중도뿐 아니라 매년도의 편중도를 공개해 국민들로 하여금 그 추이를 알 수 있도록 해야 할 것이고, 개인 사유지뿐 아니라 사유지 중 법인과 기타 단체가 보유하는 토지의 소유 현황도 공개해야 할 것이다. 또한 부동산을 소유하고 있는 가구주 및 가구원들의 소유 현황도 일목요연하게 공개할 필요가 있다. 여기에다 토지 불로소득의 크기도 추산해 그 결과를 공개한다면 더할 나위 없이 효과적일 것이다.

『OhmyNews』 2005. 7. 20.

🌵 〈조선〉은 부디 '서민'과 '강북'을 팔지 말라

8.31 부동산대책⋯⋯다가오는 '세금폭탄' 〈상〉 어디가 얼마나 오를까
8.31 부동산대책⋯⋯ 〈하〉 애꿎은 피해자 쏟아진다

위에 인용한 문구들은 8월 23일과 24일 〈조선일보〉에 각각 게재된 기사의 제목이다. 제목부터 벌써 예사롭지 않다. 〈조선일보〉의 주장을 보다 분명히 알기 위해서 다소 길더라도 기사의 일부를 직접 인용해 보자!

■ 〈조선일보〉, 8.31대책을 정조준하다

먼저 8월 23일자 기사 중 일부이다.

– 취득·등록세, 비(非)강남도 25% 이상 증가

취득 · 등록세 부과 기준이 현행 기준시가에서 내년부터 실거래 가로 바뀐다. 이 경우 서울 강남권과 분당 등의 주택거래신고지역 아파트는 세금이 늘지 않는다. 주택거래신고지역은 이미 실거래가 를 기준으로 취득·등록세를 내고 있기 때문이다. 그러나 주택거래 신고지역이 아닌 서울 강북 지역과 대부분 지방은 과세 기준이 바 뀜에 따라 세 부담이 올해보다 최소 25% 늘어난다. 예컨대 현재 실거래 가격이 4억 원인 서울 성북구 길음동 B아파트(43평형)는 올해 구입하면 취득·등록세가 1264만 원(기준시가의 4%)이지만, 내년부터는 1600만 원으로 세금이 26.5% 늘어난다. 또한 이 아파 트는 보유세 실효세율(실거래가에서 차지하는 실질 세금 비중)이 1%로 인상되는 2009년에는 올해보다 3배나 많은 400만 원의 보유 세를 내야 한다.

– 보유세, 내년부터 1가구 1주택자도 40%까지 증가

정부·여당은 주택에 대한 종합부동산세 부과대상 기준을 9억 원(기준시가)에서 6억 원으로 낮추고, 나대지는 6억 원에서 3억~4 억 원으로 낮추는 방안을 추진 중이다. 또 전년에 낸 세액보다 최 대 1.5배까지 올리지 못하도록 한 보유세액 증가 상한선이 폐지되 면 일부 주택보유자들은 세액이 곧바로 2배 이상 증가한다. 내년부 터는 1가구 1주택자도 보유세 폭등에서 벗어나기 힘들다. 현재 기 준시가(토지는 공시지가) 대비 50% 수준인 보유세 과표 적용률이 내년에 70%로 올라가기 때문이다. 당정은 또 보유세 과표 적용률 을 2009년까지 100%로 올리겠다고 밝혔다. 우선 내년 보유세 과표 적용률이 50%에서 70%로 오를 경우, 1가구 1주택을 포함한 모든 주택 보유자의 보유세 부담은 올해보다 40% 오르게 된다. 과표 적용률이 100%가 되면 보유세 부담은 올해의 2배로 급증한다.

이번에는 8월 24일자 기사 중 일부이다.

- 주택대출 많은 중산층이 가장 큰 타격

강남·분당 등 집값 급등 지역에 거주하는 중산층 1주택자들의 경우 거액 자산가들과는 달리, 보유세 등 급등하는 세금을 버텨내기가 쉽지 않을 것으로 전문가들은 보고 있다. 주택의 호가(呼價)가 많이 뛰었지만 실제로는 자녀 교육 등을 위해 수억 원의 빚을 내 이주한 사람들이 적잖기 때문이다. 빚 부담에 세금 부담까지 겹치게 되면 이들 중 상당수는 집을 내놓고 이주할 수밖에 없는 처지에 놓이게 된다.

하지만 집을 팔려고 해도 막막하다. 양도소득세를 물게 되면 오히려 손실이 발생하기 때문이다. 세금 때문에 주택재산 원본을 까먹는 셈이다.

- 세입자 월세 부담도 늘 듯

강남·분당·목동 등 인기지역의 전·월세 세입자들도 이번 대책으로 큰 피해를 볼 것으로 전문가들은 예상하고 있다. 전례에 비추어, 집주인들이 늘어난 보유세 부담을 월세 등의 형태로 세입자에게 전가할 가능성이 크다는 것이다. 이 지역들은 공급에 비해 수요가 훨씬 많은 '공급자 우위 시장'이어서 세입자들은 불리한 입장에서 오른 집세를 부담할 수밖에 없게 된다.

– 1가구 2주택자 피해, 불가피할 듯

정부가 양도소득세율을 60%로 올릴 방침인 1가구 2주택자 중에서 적지 않은 피해자가 나올 전망이다. 정부는 이사, 전근, 부모 공양 등의 이유로 일시적으로 1가구 2주택자가 된 사람들은 최대한 구제하겠다는 입장을 밝히고 있다. 또 2주택자들에게 2년 정도 집을 팔 수 있는 유예기간을 줄 방침이다. 하지만 지방의 경우 투기지역 내에서도 집 2채 가격을 합쳐봐야 1억~3억 원이 안 되는 경우가 많은데 이들을 투기꾼으로 몰아 양도세를 중과하는 것은 부당하다는 지적이다. 또한 지방의 단독주택이나 연립주택은 집을 내놓아도 잘 팔리지 않아 유예기간 내에 처분하지 못해 결국 많은 세금을 내야 할 가능성이 크다.

〈조선일보〉의 기사는, 정부가 부동산의 취득·보유·처분 등의 전 과정에 무차별적으로 세금폭탄을 퍼부을 준비를 하고 있지만, 결국 그로 인한 피해자는 서민들이 될 것, 정도로 요약할 수 있을 듯하다. 위의 기사를 읽다 보면 〈조선일보〉의 주장이 상당히 설득력 있게 들리는 것이 사실이다. 또한 언제나 부동산 부자들과 건설업계의 이익을 옹호한다고 알려진 〈조선일보〉가 의외로 강북시민들과 서민들을 위하는 마음이 애틋하다는 사실에 놀랄 수도 있을 것이다. 그러나 실상을 알고 나면 이런 생각은 씻은 듯이 사라질 것이다.

■ 무지인가? 의도적 왜곡인가?

위의 기사에서 〈조선일보〉가 범하고 있는 잘못들을 조목조목 지적해보겠다. 첫째, 〈조선일보〉는 주택을 기준으로 할 때 종부세 과세 대상과 그렇지 않은 대상에 적용되는 과표 및 세율이 판이하게 다름에도 불구하고 이를 의도적으로 무시하고 있다. 예컨대 8월 23일자 기사에서 "현재 실거래 가격이 4억 원인 서울 성북구 길음동 B아파트(43평형)는 … 또한 이 아파트는 보유세 실효세율(실거래가에서 차지하는 실질 세금 비중)이 1%로 인상되는 2009년에는 올해보다 3배나 많은 400만 원의 보유세를 내야 한다"라는 부분이 대표적인데 〈조선일보〉 기사에서도 언급한 것처럼 종부세 대상 주택은 정부안대로 개정되더라도 6억 원-기준시가-이상이어야 한다.

그런데 〈조선일보〉는 기준시가도 아니고 실거래 가격이 4억 원에 불과한 아파트를 종부세 부과대상으로 취급해서 향후 납부할 보유세가 폭증할 것으로 호도하고 있다. 이는 종부세 부과대상이 아닌 저가주택을 소유하고 있는 서민들의 불안감을 자극하기 위한 목적으로 밖에 달리 해석할 길이 없다. 이미 정부는 종부세 대상이 아닌 저가주택들에 대해서는 서민들의 부담을 덜어주기 위해서 재산세 과표를 현행 기준시가 50%에서 5% 포인트씩 점차 올려 2015년까지 100%에 이르게 할 계획이라고 밝힌 바 있다. 또한 현재 재산세 세율 체계도 기준시가의 50%만 과표로 잡아 4000만 원 이하는 0.15%, 4000만~1억 원 0.3%, 1억 원 초과분은 0.5%의 누진체계로 되어 있고 이는 향후에도 유지될 전망임을 감안하면 서민들의 보유세 부담이 생각만큼 과중하지는 않을 것으로 예측된다.

여기서 우리가 간과하지 말아야 할 대목은 기준시가는 시가의

60%-정부 주장으로는 70~80%-정도만을 반영하고 있다는 사실이다. 시가가 아닌 기준시가로 과표를 정하기 때문에 세 부담이 그만큼 경감된다는 사실을 잊어서는 안 될 것이다.

둘째, 〈조선일보〉는 "강남, 분당 등 집값 급등 지역에 거주하는 중산층 1주택자들의 경우 거액 자산가들과는 달리, 보유세 등 급등하는 세금을 버텨내기가 쉽지 않을 것"이라고 주장하고 있다. 또한 경로효친 정신(?)이 투철한 〈조선일보〉는 "강남 지역 등에 아파트 1채만 달랑 갖고 있는 50~60대 은퇴 생활자들"에 대한 염려를 잊지 않고 있다.

물론 강남벨트와 분당 등지에 거주하는 사람들 중 상당수는 대출을 얻거나 그렇지 않거나 간에 실수요 차원에서 집 한 채만을 소유하고 있는 중산층일 것이다. 집값 급등으로 말미암아 졸지에 종부세 부과대상이 된 이들의 입장에서는 정서상 억울하다고 느낄 법도 하다. 그렇지만 단기간에 집값이 급등하여 평당 2000만 원을 훌쩍 넘는 수준의 아파트 가격이 형성된 것은 그만큼 집값에 엄청난 규모의 거품이 끼어 있다고 해석할 수 있을 것이고, 이를 제거하지 않으면 국민경제에 두고두고 부담이 될 것이 자명하다. 따라서 적어도 고가 주택에 대한 보유세 실효세율 상향은 불가피한 것이고, 향후 거품이 빠지고 집값이 하향 안정화되면 보유세 부담도 저절로 줄어들 테니 너무 근심하지 마시라!

또한 은퇴 생활자들에 대한 〈조선일보〉의 배려는 갸륵하지만, 그리 가슴에 와 닿지는 않는다는 게 솔직한 심정이다. 10억 원에 육박하는 아파트를 달랑(?) 한 채씩 소유하고 있는 은퇴생활자들이 정기적인 수입이 없을까도 의문이지만, 그 무서운 보유세를 부담하면서 굳이 강남에 살겠다고 하는 선택을 합리적이라고 보기는 어려울 듯하다. 따라서 〈조선일보〉가 할 일은, 은퇴생활자들로 하여금 자신이 소유한 고가의 아파트를 처분하고 그 대금으로 용인같이 공기 좋은 곳에 주거를 마련하여 여생을 편안히 보내시라고 권면하는 것이 아닌가 한다.

■ 전월세 가격상승? 그러면 정부의 중대형 임대주택 공급은 뭔가?

셋째, 〈조선일보〉는 집주인들이 늘어난 보유세 부담을 월세 등의 형태로 세입자에게 전가할 가능성이 크고, 특히 강남·분당·목동 등 인기지역의 전·월세 세입자들이 큰 피해를 볼 것이라고 예측하고 있다. 이런 예측이 터무니없는 것은 아니지만, 그리 걱정할 일도 아니다. 〈조선일보〉의 염려가 현실이 되더라도 종부세 대상이 되는 고가주택들이 밀집한 강남·분당·목동 등지만 보유세 전가 문제가 발생할 것인데, 이런 전가가 전·월세 가격상승으로 나타나기까지는 상당한 시일이 소요되게 마련이다. 마침 정부에서 중대형 임대주택 공급에 박차를 가하겠다고 하니 보유세 전가에 따른 전·월세 가격상승은 너무 걱정하지 않아도 좋을 듯싶다.

넷째, 〈조선일보〉는 1가구 2주택자들이 양도소득세 중과로 말미암아 피해를 입을 가능성이 크다고 주장하고 있다. 〈조선일보〉는 "지방의 경우 투기지역 내에서도 집 2채 가격을 합쳐봐야 1억~3억 원이 안 되는 경우가 많은데 이들을 투기꾼으로 몰아 양도세를 중과하는 것은 부당하다는 지적이다. 또한 지방의 단독주택이나 연립주택은 집을 내놓아도 잘 팔리지 않아 유예기간 내에 처분하지 못해 결국 많은 세금을 내야 할 가능성이 크다."며 열변을 토하고 있다.

〈조선일보〉에게 묻겠다. 양도소득세가 주택 등을 매도할 때 차익이 발생하지 않는데도 불구하고 과세하는 세금인가? 양도소득세는 말 그대로 많건 적건 주택 등의 매수가격보다 매도가격이 클 때 그 차액에 대해서 부과되는 세금이다. 따라서 좀 과격하게 말하자면 필요경비 등을 공제한 양도차액 전부에 대해서 과세한다고 하더라도 매도인 입장에서 손해 보는 것은 거의 없는 셈이다. 사정이 이와 같은데도 불구하고 〈조선일보〉는 무슨 까닭에 1가구 2주택자들 가운데 피해자가 다수 나올 것이라는 허황된 주장을 하는가?

아울러 정부에서도 1가구 2주택자들에 대한 양도세 중과 방침을 흔들림 없이 밀고 나가야 할 것이다. 1가구 2주택자들에 대한 양도세 중과 유예시기를 2년으로 하고, 이사·전근·부모 공양 등의 여러 가지 예외 사유에 대해서 구제하겠다는 이야기가 정부와 여당 일각에서 나오고 있는 모양인데 이는 결코 안 될 일이다.

■ 7억 원 아파트의 중개수수료가 700만 원?
   수수료 조례부터 읽어라

마지막으로 〈조선일보〉에 한 가지 충고를 하겠다. 〈조선일보〉가 부동산 부자들을 옹호하려는 충정은 이해하지만 앞으로는 좀 더 설득력 있는 사례를 드는 것이 좋겠다. 〈조선일보〉가 8월 24일자로 든 사례 중 「1주택자 A씨가 대출이자와 보유세 부담 때문에 집을 팔 경우 손익계산서」를 보면 쓴 웃음이 절로 나온다.

〈조선일보〉는 서울 강남구 대치동 A아파트 31평형을 2005년 7월, 7억 원에 취득한 사람이 대출이자와 보유세 부담 때문에 이를 팔아 손해를 보는 경우를 들고 있는데 무슨 중개수수료가 700만 원이나 하는지 모를 일이다. 「서울특별시 부동산중개수수료 및 실비의 기준과 한도 등에 관한 조례」를 보면 매매가 6억 원 이상의 고가 주택인 경우 법정중개수수료의 한도는 매매인 경우 0.2~0.9% 내에서 중개의뢰인과 중개업자 간의 상호계약에 따라 결정하도록 되어 있음을 알 수 있다. 위의 조례만 보더라도 〈조선일보〉가 정부의 8·31대책을 무력화하기 위해서 얼마나 극단적인 사례를 상정했는지 금방 알 수 있다.

■ 〈조선일보〉, 부자 옹호 위해 서민과 강북 얘기는 그만하라

〈조선일보〉가 정부의 8·31대책을 대폭 후퇴시키기 위해서 사용하고 있는 키워드는 단연 '서민'과 '강북'이다. 그런데 이는 위에서 살핀 바와 같이 철저히 부동산 부자들을 위한 핑계거리에 지나지 않는다. 한편 〈조선일보〉가 '서민'과 '강북'을 빙자해서 옹호하려고 하는 부동산 부자들-종부세 과세대상-은 올해 6만 명 안팎에 불과하고 세대별 합산과세 등이 이루어지는 내년에도 약 17만 명 정도일 것으로 추정된다.

실제로 한 줌도 되지 않는 부동산 부자들을 위해서 '서민'과 '강북'을 이용하는 것은 이것으로 족하다. 〈조선일보〉는 이제라도 부동산 부자들을 위해서 '서민'과 '강북'을 방패막이로 삼는 일을 그쳐야 할 것이다.

『OhmyNews』 2005. 8. 25.

어울리지 않는 남녀 억지로 짝지은 격

말도 많고 탈도 많았던 8·31부동산종합대책(이하 8·31대책이라 한다)이 드디어 발표되었다. 대한민국 국민이라면 누구나 관심을 가지고 있는 부동산과 관련된 대책인데다 임기를 감안하면 사실상 참여정부의 마지막 부동산대책이라고 볼 수 있기에 8·31대책에 대한 관심은 그 어느 때보다 뜨거웠다.

31일 발표된 8·31대책은 주택, 토지, 세제, 금융 등 부동산에 관련된 모든 정책 수단들이 총망라되어 있다고 평가할 수 있다. 자! 이제 구체적으로 8·31대책에 어떤 내용들이 포함되어 있는지 살펴보기로 하자!

■ 8.31대책에는 어떤 내용이 담겼나?

8·31대책은 크게 주택부문, 토지부문, 세제부문으로 나누어 분석할 수 있다. 주택부문에는 실거래가 신고의무화를 핵심으로 하는 거래투명성, 미니신도시 건설 및 강북 광역 개발 등을 수단으로 하는 주택공급확대, 공공택지 지역 내에서 분양되는 아파트들에 대한 원가연동제와 채권입찰제, 전매제한 등을 내용으로 하는 공공부문 역할 확대 등이 포함되어 있다. 토지부문에는 취득요건 강화, 전매요건 강화, 기반시설 부담금과 개발 부담금 부과를 내용으로 하는 개발이익 환수 등의 조치가 담겨 있다. 많은 사람들이 지대한 관심을 가졌던 세제부문에서는 보유단계에서 종부세 과세대상과 실효세율을 현실화했고, 양도단계에서 1가구 2주택 보유자들에 대한 양도세율을 상향했으며 투기우려 지역 내 비사업용토지에 대해서 양도세를 중과하고 있다. 참고로 금융부문에서는 투기지역 내에서 가구별 아파트담보대출을 제한함으로써 투기적 가수요가 시중의 풍부한 유동성을 쌈짓돈으로 삼는 일을 차단하려고 고심한 점이 눈에 띈다.

위에서 8·31대책의 구체적인 내용을 조목조목 살펴보았다. 주의 깊게 살펴보면 쉽게 알 일이지만 8·31대책 안에는 현재 정부가 사용할 수 있는 거의 모든 정책수단들이 담긴 것이 사실이고, 나름대로 심혈을 기울였다는 점도 인정할 만하다. 그럼에도 불구하고 8·31대책을 적극 지지할 수 없는 이유는, 이 대책이 투기적 가수요에 의해서 철저히 왜곡된 현재의 부동산 시장을 실수요자 위주로 정상화시키는 데 많이 미흡하기 때문이다.

■ *8·31대책의 문제점과 남은 과제*

8·31대책은 부동산정책의 두 가지 큰 흐름인 '가수요억제론'과 '공급확대론' 양쪽에 다 기대고 있다. 물론 8·31대책이 '공급확대론'보다 '가수요억제론'에 방점을 찍은 건 분명하지만 과도하리만큼 공급확대를 꾀하고 있는 것도 부인할 수 없다. 추측컨대 정부와 여당은 최근에 계속된 국지적 부동산 가격상승의 원인이 투기적 가수요에 있다고 의심은 하지만, 확신은 못하고 있는 것으로 보인다. 또한 당정은 부동산정책의 최우선 목표를 불로소득 환수에 두어야 함에도 불구하고 집값 안정에 두는 선택을 함으로써 '공급확대론'의 자장(磁場) 안에 끌려들어가고 말았다.

아울러 공급확대만이 부동산 시장 안정의 유일한 해법이라고 연일 목청을 높이는 자칭 '시장주의자'들과 보수언론들의 대대적인 공세를 견디지 못하고 양보한 것이 아닌가 하는 생각도 강하게 든다. 이런 여러 요인이 복합적으로 작용하여 결국 당정은 '가수요억제'와 '공급확대'라는 서로 어울리지 않는 남녀를 억지로 짝지어 결혼식장에 내몬 셈이 되고 말았다. 물론 그 결혼식장의 이름은 8·31대책이다.

송파 미니신도시를 건설하고 5년간 150만 채─그중 42만 채가 중대형 아파트이다─의 주택을 공급하겠다는 원대하지만 무모한(?) 계획은 보유세 인상, 거래세 인하라는 조세개혁의 탁월한 효과와 의미를 크게 반감시켰다. 정부와 여당은 대척점에 있는 '가수요억제책'과 '공급확대책'을 동시에 사용함으로써 시장 참여자들의 혼란을 초래했을 뿐만 아니라, 투기꾼들과 부동산 부자들에게 꿈과 희망을 심어주는 어리석음을 범했다.

한편 '가수요억제' 및 '불로소득환수'를 목적으로 설계된 세제개혁도 썩 만족할 만한 수준은 아니다. 종부세 과세대상은 한 줌에 지나지 않고, 양도세 중과의 그물망은 너무 성기며, 개발이익환수 장치도 그리 정교하지 않다. 그러나 어쩌랴! 이미 시위를 떠난 화살이고, 엎질러진 물인 것을! 어쩌면 이 정도 부동산대책이 참여정부가 할 수 있는 최대치일지도 모른다. 이제 공은 국민들과 시민단체에 넘어갔다. 8·31대책의 성과 중 하나인 조세개혁을 더욱 심화 발전시키고 지나치게 비대해진 공급확대를 축소시킬 수 있는 힘은 오직 국민에게서 나온다.

백보를 양보하더라도 8·31대책이 입법과정에서 열린우리당과 한나라당 의원들의 협력으로 크게 후퇴하는 일만은 막아야 한다. 지금이야말로 국민들이 '부동산 정의 없이 경제정의 없고, 경제정의 없이 사회정의 없다'는 경구를 명심하고 직접 행동에 나설 때다. '대 투기전쟁'은 지금부터 시작이다.

『*OhmyNews*』 2005. 8. 31.

한나라당은 부동산 부자 위한 당인가?

정부가 8·31부동산종합대책(이하 '8·31대책'이라 함)을 발표한 지 며칠이 흘렀다. 아직까지 시장의 반응은 '8·31대책'에 대해서 반신반의하는 기미가 역력한 것으로 보인다. 시장 참여자들이 '8·31대책'에 대해서 의구심을 품고 있는 데는 대책 자체의 미흡함도 일정 부분 작용하고 있겠지만, 그보다는 '8·31대책'이 제대로 입법화될 수 있을지에 대한 불신이 더 크게 작용하고 있는 게 사실이다. 그간 시장 참여자들은 참여정부가 발표했던 무수히 많은 부동산 관련 대책들이 입법과정에서 누더기로 변한 경험을 충분히 했고, 이런 학습효과가 '8·31대책'에도 예외 없이 적용되고 있는 것이다.

따라서 향후 '8·31대책'의 성패는 국회에서의 입법화가 얼마나 충실히 되느냐에 달려있다고 해도 과언이 아니며, 같은 맥락에서 제1야당인 한나라당의 입장이 참으로 중요하다고 하지 않을 수 없다.

■ 한나라당이 내놓은 부동산정책에는 어떤 내용들이 담겨 있나?

한나라당은 '8·31대책'에 대해서 "부동산대책 당정협의안에 대한 한나라당의 입장"이라는 제목의 정책성명을 발표하였는데, 이 성명에는 '8·31대책'에 대한 한나라당의 관점이 집약되어 있다. "부동산대책 당정협의안에 대한 한나라당의 입장"에 제시되어 있는 한나라당의 부동산정책 주요골자를 보면, 주택공급 확대, 분양제도 개선, 주택투기 억제, 서민주거 안정, 토지투기 방지 등으로 구성되어 있음을 알 수 있다. 이제 그 세부적인 내용을 살펴보도록 하자!

첫째, 주택공급 확대에는 대규모 신도시 추가건설, 공영개발로 분양가 대폭 인하, 뉴타운 활성화 지원 등의 내용이 담겨 있다. 둘째, 분양제도 개선에는 분양권 전매금지 전국 확대, 분양원가 공시, 후분양제 확대 등의 세목이 있다. 셋째, 주택투기 억제에는 종합부동산세 세대별 합산 과세, 1가구 2주택 양도소득세 중과 기준 강화, 거래세-취득세·등록세-인하, 주택담보 대출 제한, 부동산 실거래가 투명화 등의 방안이 실려 있다. 넷째, 서민주거 안정에는 국민임대 주택단지 조성 활성화, 렌탈단지 시범조성, 임대주택 정부 매입 방식 개선 등의 내용이 있다. 다섯째, 토지투기 방지에는 기반시설 부담금을 통한 개발이익 환수, 대체농지 구입 시 양도소득세 비과세 철폐, 토지의 철저한 사후관리 등의 방안이 담겨있다.

위의 부동산정책을 자세히 살펴보면 알겠지만, 한나라당이 이번에 내놓은 정책안은 다방면에 걸쳐 고심한 흔적이 역력히 보인다고 평해도 좋을 만한 내용들을 담고 있는 것이 사실이다. 또한 한나라당이 제안하고 있는 부동산정책을 흔들림 없이 밀고나가기만

한다면 지긋지긋한 부동산 투기와 작별하고 서민들도 쉽게 내 집을 마련할 수 있을 것처럼 보이기도 한다. 그러나 안타깝게도 한나라당의 부동산정책에는 치명적인 약점들이 내장되어 있어 정책 전반의 신뢰성을 훼손하고 있다.

■ '가수요억제 없는' 공급확대는 투기를 부채질 할 뿐

최근 정부가 내놓은 '8·31대책'에는 부동산정책의 두 축이라 할 '가수요억제책'과 '공급확대책'이 다 사용되고 있다. 그런데 정부의 '8·31대책'이 적극적 지지를 받지 못하고 있는 가장 큰 이유는 세제개혁을 통한 '가수요억제'가 다소 미흡한 데다 과도한 수준의 공급확대를 천명하고 있기 때문이다.

애석하게도 한나라당이 발표한 부동산정책은 '가수요억제'라는 측면에서 정부의 그것에 훨씬 미치지 못한다. 한나라당이 공급확대 측면에서는 3기 신도시 건설계획을 확정 발표하라고 정부를 압박할 만큼 적극적인 것이 사실이지만, 이는 최근의 부동산 가격상승, 좀 더 좁게는 강남벨트 등의 국지적 아파트 가격상승을 중대형 아파트 공급 부족으로 잘못 판단한 결과일 뿐이다.

널리 알려져 있는 것처럼, 10·29대책으로 안정된 흐름을 보이던 강남벨트 등의 아파트 가격이 올해 들어 가파르게 상승한 것은 단연 '투기적 가수요' 때문이다. 이는 송파구를 제외한 강남벨트의 주택보급률이 100%를 넘었다는 점, 매매가 대비 전세가의 비율이 유례없이 낮다는 사실, 강남벨트 등의 주택담보 대출 비율이 전국 최고라는 점, 수년 전부터 1가구 다주택자들이 강남벨트 소재 아파트를 집중적으로 매수한 사실 등만 보아도 쉽게 알 수 있다. 또한 최근 행자부에서 발표한 자료를 보면 전국 세대 가운데 5%에 불과한 89만 세대가 주택의 21%에 해당하는 약 240만 채를 소유하고 있고, 1가구 다주택자들 중 상당수가 강남벨트에 거주하고 있는 것으로 드러나고 있다. 토지에 대한 소유 집중도는 주택의 그것보다 한결 심해서 면적 기준으로 상위 1%의 세대가 전국 사유지의 34%, 상위 5%가 62%를 소유하고 있는 것으로 나타났다.

위와 같은 실증적 자료들이 지시하고 있듯이 불로소득을 쫓는 '투기적 가수요'의 존재야말로 수년 전부터 계속된 부동산 가격 폭등의 주범이자 원흉인 셈이다. 따라서 세제개혁 등을 통해서 '투기적 가수요'를 제거하지 않은 채 제3기 신도시 건설을 추진하겠다는 등의 공급확대책을 섣불리 들고 나온다면 투기꾼들과 부동산 부자들에게 먹잇감을 던져주는 꼴이 되고 말 것이다.

■ 한나라당이 옹호하려는 서민들의 정체는?

한나라당이 발표한 부동산정책의 오류는 비단 무분별한 공급확대책에만 국한된 것이 아니라는 데 문제의 심각성이 있다. 한나라당이 내놓은 주택투기 억제대책 가운데 종합부동산세에 관한 것을 살펴보면, 과세대상을 기존처럼 주택은 기준시가 9억 이상, 나대지는 공시지가 6억 이상으로 하고 실효세율은 0.5%를 목표로 하고 있는 것을 알 수 있다.

이는 정부가 '8·31대책'에서 발표한 과세대상과 세율 — 주택은 기준시가 6억 원 이상, 나대지는 공시지가 3억 원 이상, 실효세율은 2009년까지 1% — 에 훨씬 미치지 못하는 것이다. '투기적 가수요'를 억제하는 데 있어 가장 좋은 처방이 보유세율을 현실화하는 것임은 누구나 인정하는 일종의 공리이다. 이번 '8·31대책'이 여러 가지 약점에도 불구하고 적어도 세제개혁 부문에서 높은 평가를 받는 것은 '보유세율 현실화'를 지향하고 있기 때문이다. 그러나 한나라당은 투기와 무관한 서민, 중산층까지 보유세를 1%로 인상하는 것은 부당하다는 이유를 들어 정부 안에 반대하고 있다.

한나라당의 주장을 좀 더 자세히 살펴보면, "정부가 추진하려는 보유세율 1%는 미국을 벤치마킹한 것인데 미국은 보유세를 높이 부과하는 대신 거래세는 없는 등 다른 부동산 세금이 적다. 백보를 양보해서 미국의 보유세율 1%를 벤치마킹한다 하더라도 명목세율을 동일하게 하는 것이 아니라 실질적인 세 부담을 동일하게 해야 한다. 미국의 경우 주택가격이 낮아 연소득 대비 주택가격이 3.7배이므로 동 비율이 8.9배에 달하는 우리나라의 실정과는 판이하게 다르다. 만약 주택가격의 일정비율로 매겨지는 보유세(재산세)를 미국의 수치를 기준으로 하여 우리나라에 그대로 적용할 경우 실질적인 세 부담은 2배 이상 가중된다. 따라서 미국의 1% 보유세와 실질적인 부담을 유사하게 하는 세율은 한나라당이 주장하는 0.5%이다"로 요약할 수 있을 것이다.

언뜻 들어보면 한나라당에서 주장하고 있는 바가 보다 합리적으로 여겨질지도 모르지만, 한나라당의 주장에는 다음과 같은 논리적 오류가 내포되어 있다. 먼저, 보유세율을 1%로 올리면 투기와 무관한 서민과 중산층에 피해가 간다는 한나라당의 주장은 실소를 자아내게 만든다. 10억이 넘는 주택을 소유한 사람들이 언제부터 서민으로 분류됐는지 모르겠다. 참고로 정부 발표에 따르면 종부세 과세대상은 올해 7만 8000명에서 내년에 27만 8000세대로 늘어나는데, 이는 전체 970만 세대의 2.8%밖에 안 되며, 이 가운데는 중복 계산된 세대도 많아 실제 종부세 과세대상은 전체의 2% 안팎에 불과할 것이라고 한다.

또한 우리나라 주택가격이 소득에 비해서 지나치게 높기 때문에 소득에 비해서 주택가격이 그리 높지 않은 미국을 벤치마킹하면 곤란하다는 주장도 억지스럽기 그지없다. 소득과 비교할 때 우리나라의 주택가격이 지나치게 높다는 것은 그만큼 부동산 가격에 거품이 형성되어 있다는 증거이며, 이는 적절한 정책을 동원해서 부동산 가격을 낮추어야 하는 이유일 따름이다. 그리고 이를 위한 최적의 수단이 바로 보유세율 현실화이다. 아울러 보유세는 소득세가 아니다. 정 보유세를 낼 능력이 없으면 종부세 부과대상에 해당하는 부동산을 팔고 다른 곳으로 이사 가면 그만이다. 어떤 사람이 고급승용차인 에쿠스를 구입한다고 해서 그 사람의 담세능력을 따지는 경우는 없지 않은가?

사정이 이와 같은데도 불구하고 한나라당은 고작 한 줌도 되지 않는 종부세 과세대상자들을 위해 과세대상을 기존대로 주택은 9억 원 이상, 나대지는 6억 원 이상으로 하고, 세율은 0.5%로 하자고 주장하고 있는 중이다. 결국 한나라당은 '8·31대책'의 핵심이라 할 세제개혁의 성과를 무력화시키고, 자신들이 부동산 부자들의 이익을 수호하기 위해 애쓰는 정당이라는 사실을 스스로 고백하고 있는 것이다.

■ 한나라당, 이러고도 다음 대선에서 승리를 바라는가?

　위에서 살핀 바와 같이 한나라당이 정부의 '8·31대책'을 비판하면서 발표한 부동산정책은 '8·31대책'보다 개악된 것임이 분명히 드러났다. 한나라당이 발표한 부동산정책은, 서민들 및 중산층의 이익과는 반대편에 있는 부동산 부자들만을 위한 것에 불과하다. 한국 사회 구성원들 중 대다수를 차지하고 있는 서민들의 삶을 옥죄는 부동산 문제에 대한 한나라당의 인식과 처방이 이런 수준에 머문다면 2007년 대선에서의 승리도 요원한 일인 듯싶다.

　집 없는 서민들과 달랑 한 채의 저가(低價) 주택을 보유하고 있는 서민들의 수가 강남벨트에 거주하고 있는 부동산 부자들의 숫자보다 훨씬 많다는 사실을 기억하는 일이 그리도 어려운 것일까?

『*OhmyNews*』 2005. 9. 4.

🌵 국회는 부동산 부자들의 '꿈과 희망'

8·31대책의 약발이 다 떨어진 탓인지 강남 등의 아파트 가격이 눈에 띄게 회복세를 보이고 있다. 강남이나 분당 등에서는 급매물이 급속도로 소진되면서 호가가 가파르게 상승하고 있다. 상황이 이렇게 되자 매도인들도 자신들이 시장에 내놓은 매물을 재빨리 거둬들이고 있다. 눈 밝은 시인의 표현을 빌어보자! 어째서 이런 일이 벌어졌을까?

■ 열린우리당은 또 자살골?

주지하다시피 대한민국 부동산 시장에 참여하고 있는 부동산 부자들의 후각은 예민하기로 정평이 나있다. 8·31대책 발표 이후 자신들이 소유하고 있던 부동산 중 일부를 시장에 급매로 내놓은 것이, 이전보다 한층 무거울 것으로 예상되는 세 부담을 덜기 위한 합리적 선택이었던 것처럼, 세금 중과의 가능성이 낮아지는 것에 반비례해 향후 부동산 가격상승에 대한 기대감이 커지자 자신들이 내놓은 매물을 발 빠르게 회수하고 있는 최근의 결정 역시 합리적인 선택으로 보인다.

만약 정부와 열린우리당이 8·31대책을 발표하면서 거창하게 표방한 '헌법만큼 고치기 어려운 부동산정책'과 같은 정치적 수사에 대한민국 부동산 부자들이 겁을 먹고 혼비백산하리라고 기대했다면, 지나치게 순진하다고밖에 달리 표현할 길이 없다. 부동산 부자들이 정작 중요하게 여기는 것은 허황된 엄포가 아니라 8·31대책이 후퇴 없이 입법화되느냐의 여부다. 그런데 8·31대책 발표 이후 지금까지 보여주고 있는 열린우리당과 한나라당의 태도는 부동산 부자들을 안도케 하기에 충분한 것이었다.

열린우리당은 특유의 우유부단함으로, 한나라당은 당론이 정해지지 않았다고 하면서도 몇몇 의원들이 각개 약진식으로 8·31대책의 근간을 훼손하는 입법발의를 통해 각각 부동산 부자들에게 꿈과 희망을 심어준 것이다. 10·29대책을 사실상 형해화(形骸化)시키는 등 자살골 넣기에 일가견이 있는 열린우리당의 태도는 예나 지금이나 별반 달라진 것 같지 않다. 열린우리당 소속 의원들에게는 정권의 명운을 걸고 부동산 투기를 뿌리 뽑겠다는 약속의 시발점이 '8·31대책의 온전한 입법화'라는 인식이 결여되어 있는 듯 보인다. 그렇지 않고서야 그토록 과감히 기반시설 부담금제를 원안보다 후퇴시킬 수야 없지 않겠는가?

■ 한나라당이여, 부동산 투기는 로또가 아니다

입만 열면 '민생'과 '경제'를 말하곤 하는 한나라당의 태도는 열린우리당의 그것보다 한결 고약하다. 열린우리당이 8·31대책의 온전한 입법화에 소극적이라면, 한나라당은 8·31대책의 무력화에 적극적인 인상을 강하게 주고 있다.

그간 한나라당 의원들이 발의한 법안들을 가만히 들여다보면 이런 인상은 곧 확신으로 바뀐다. 종부세 과세 기준을 현행대로 유지하면서 1세대 1주택 소유자에 대한 광범위한 예외조항을 두며, 세대별 합산에서 광범위한 예외를 인정하자는 이혜훈 의원의 대표 발의안과, 60세 이상 15억 이하 3600만 원 소득의 1세대 1주택도 면제해주자는 이종구 의원의 대표 발의안을 보고 있노라면 말문이 막힐 따름이다.

국세청의 발표에 따르면, 기존 종부세 과세 기준 ─ 주택은 기준시가 9억 원, 비업무용 토지는 공시지가 6억 원 ─ 을 적용할 때 올해 종부세 대상자는 법인을 포함해 모두 7만4212명 ─ 개인 6만5000여 명, 법인 9000여 명 ─ 이라고 한다. 이는 법인을 포함하더라도 전체 인구 ─ 4800만 명 기준 ─ 의 0.15%에 불과하다. 고작 한 줌밖에 되지 않는 부동산 부자들이 빠져나갈 구멍까지 친절히 만들어주는 한나라당 의원들의 솜씨에 그저 감탄할 수밖에 없다. 참고로 정부 발표에 따르면, 8·31대책에서 제시한 원안대로 입법이 될 경우 ─ 주택은 기준시가 6억 원, 토지는 공시지가 3억 원 ─ 종부세 과세대상은 내년에 27만 8000세대로 늘어나는데, 이는 전체 970만 세대의 2.8%밖에 안 되며, 이 가운데는 중복 계산된 세대도 많아 실제 종부세 과세대상은 전체의 2% 안팎에 불과할 것이라고 한다.

양도세와 관련해서도 한나라당 의원들의 활약은 계속되어 이혜훈 의원 같은 경우는 양도세 일반에 대해서 현행 9~36%를 6~24%로 낮추고, 장기보유특별공제율도 현행 10~30%를 15~50%로 높이자는 법안을 제출한 바 있다. 그러나 이미 1가구 1주택 소유자 중 상당수가 면세 혜택을 받고 있는 점, 양도세 인하의 실질적인 혜택은 막대한 규모의 상가와 토지를 보유하고 있는 부동산 부자들이 볼 것이라는 점, 본디 양도세의 본질이 불로소득에 대한 과세라는 점 등을 감안할 때 이러한 주장은 터무니없는 것이다.

심지어 이종구 의원 같은 이는 "(로또) 당첨 금액의 최고 세율은 33%이다. 그런데 (8·31대책을 보면) 1가구 2주택 양도소득세는 50%다. 부동산을 매매할 때 각종 세율을 포함하면 60%가 넘는다. 로또도(세금이) 30%인데 주택이 60%인 것은 너무 한 것 아니냐"라는 말까지 한 적이 있다. 이 의원은 '로또'와 '부동산 투기'가 똑같은 성격의 '투기'라고 생각하는 모양인데 그 둘의 경제학적 성격은 전혀 다르다.

우선 로또는 이를 구입하는 사람들 중 비당첨자 — 기실 이들이 입는 손해라는 것도 대개의 경우 무척 경미해서 무시해도 좋을 정도다 — 를 제외한 누구에게도 손해를 끼치지 않는 반면, 부동산 투기는 이를 통해 불로소득을 취하는 극소수의 사람들을 제외한 대부분의 국민들에게 손해를 끼친다. 또한 로또는 당첨의 행운을 누릴 확률이 구입자 간에 완전히 동일하지만, 부동산 투기는 적지 않은 자금이 필요하다는 점에서 불로소득의 행운(?)을 누릴 확률이 동일하지 않다. 이와 같이 로또와 부동산 투기는 사회에 미치는 해악이나 기회의 균등성 측면에서 결코 동일선상에서 취급할 수 없는데도 불구하고 이종구 의원은 이를 등치시키는 용기(?)를 보이고 있는 것이다.

■ 8.31대책의 온전한 입법화에 여야가 적극 협력하길

위에서 살펴본 바와 같이 그간 8·31대책의 온전한 입법화를 둘러싸고 보인 열린우리당과 한나라당의 태도는 국민들의 실망과 공분을 자아내기에 모자람이 없다. 그러나 아직 늦지 않았다. 지금이라도 열린우리당과 한나라당은 당리당략을 떠나 8·31대책의 온전한 입법화를 위해 대승적 차원에서 손을 잡아야 한다.

익히 알다시피 부동산만큼 국민의 실생활은 물론 경제 전체에 파급력을 갖는 부문도 드물다. 우리 사회가 현재 노정하고 있는 계층 간 양극화 문제, 노사 갈등 문제, 실업문제 등과 그 밖의 크고 작은 문제들의 배후에 부동산 문제가 도사리고 있다.

8·31대책은 '만악의 근원'이라 할 부동산 문제를 해결하기 위한 첫 걸음에 불과하다. 모쪼록 여야는 국민전체의 이익을 위해 8·31대책의 온전한 입법화에 힘써 주길 바란다. 그 길만이 난마처럼 얽혀있는 한국사회의 구조적 문제들을 풀 수 있는 실마리임을 여야는 명심해야 할 것이다. 언제까지나 대한민국이 극소수 부동산 부자들만을 위한 공화국으로 머물 수는 없지 않은가?

『*OhmyNews*』 2005. 12. 1.

김근태 의원님! 2% 부족합니다

김근태 의원이 사회적 양극화 해소와 부동산 투기문제 해결을 위한 '시장 친화적 부동산 공개념'을 주장해 눈길을 끌고 있다. 언론 보도에 따르면, 열린우리당 당의장 선거에 출마한 김근태 의원은 지난 1월 30일 부동산 투기근절 대책과 관련하여 "시장 친화적인 부동산 공개념을 도입하기 위해 헌법개정을 논의하는 방안도 검토해야 한다."고 밝혔다고 한다.

김 의원의 발언이 더욱 주목받는 이유는 그의 발언이 일회성이 아니라는 데 있다. 그는 얼마 전부터 사회적 양극화 해소와 부동산 투기문제 해결을 위해 '부동산 공개념'이 필요하다고 줄기차게 주장해 왔다. "시장 친화적인 부동산 공개념을 도입하기 위해 헌법개정을 논의하는 방안도 검토해야 한다."는 이번 발언은 거기서 한 발짝 더 나아간 듯한 인상을 준다. 기실 부동산 ─ 사실은 토지 ─ 만큼 국민의 실생활은 물론 경제 전체에 파급력을 갖는 부문도 달리 찾아보기 어렵다. 이제는 한국사회의 고질이 된 사회적 양극화, 내수 위축, 노사갈등, 실업, 대박심리 등의 문제들이 발생하는 근원을 파헤치다 보면 어김없이 부동산이 그 근원에 똬리를 틀고 있음을 발견하게 된다. 이와 같은 점을 감안할 때 만악의 근원이라 할 부동산 문제를 반드시 해결해야 하며, 그 해법이 '시장 친화적 부동산 공개념'이라고 주장하는 김근태 의원의 현실인식은 높이 평가할 만하다. 그러나 김 의원이 주장한 '시장 친화적 부동산 공개념'은 아쉬운 대목도 적지 않다.

■ 불로소득은 건물이 아니라 토지에서 발생

먼저 부동산 투기를 근절하기 위해서 반드시 기억해야 할 원칙이 있는데, 그건 부동산에서 발생하는 불로소득은 건물이 아닌 토지에서 발생한다는 사실이다. 기실 건물은 토지라는 실체의 그림자에 불과한데도 사람들은 흔히 이 그림자에 현혹되곤 한다. 예컨대 강남에 소재한 5층짜리 재건축 대상 아파트가 그토록 비싼 이유를 곰곰이 생각해 보면 이해가 쉬울 것이다. 건물로만 따지면 전혀 재산가치가 없는 이 아파트는, 장래에도 계속 상승할 것으로 기대되는 토지가치로 인해 놀랄 정도로 비싼 것이다.

따라서 지금부터라도 부동산 문제는 토지문제라는 인식과 발언을 하는 것이 필요하다. 불로소득을 환수해야 하는 대상은 토지이지 건물이 아니다. 만약 건물을 토지와 함께 공개념의 범주에 포함시킨다면 건물의 신축이나 개조를 위축시키는 부정적 경제효과가 나타나게 마련이다. 이런 여러 경제적 사정들을 고려해볼 때, 김 의원이 주장한 '부동산 공개념'은 '토지 공개념'으로 명칭과 내용이 바뀌는 것이 바람직하다.

■ '시장 친화적 부동산 공개념'의 내용은 패키지형 조세개혁으로 채워야

김 의원이 주장한 '시장 친화적 부동산 공개념'이 아쉬운 또 다른 이유는 이를 실천할 구체적 방법이 제시되고 있지 않아서이다. 생각건대 '시장 친화적 부동산 공개념'이라는 총론을 채울 각론으로는 패키지형 조세개혁이 제격이다.

토지에서 발생하는 토지가치를 소유자가 독식하는 것이 일종의 사회적 범죄인 이유는, 토지에서 발생하는 토지가치는 개별 토지소유자의 노력이 아니라 '사회전체의 노력'으로 생성되기 때문이고, 우리 경제를 고비용·저효율구조로 만들 뿐 아니라, 빈부격차를 심화시키며, '땀 흘려 일한 사람이 잘사는 사회'라는 보편적 정의감을 훼손시키기 때문이다.

토지 불로소득을 환수하는 방법으로는 보유세 실효세율을 높이는 것이 특히 효과적인데, 보유세 실효세율을 높이면 장래 발생할 기대이익이 현저히 줄어들기 때문에 부동산 투기도 사라지게 된다. 또한 강력한 보유세의 도입은 부동산 가격의 하락·안정을 가져올 것이고, 이는 자연스럽게 토지 불로소득을 노리고 시중에 떠돌고 있는 수백조에 달하는 부동자금을 생산부분에 대한 투자로 돌리게 할 수 있을 것이며, 이는 고용창출로 이어질 것이다.

뿐만 아니라 강력한 보유세의 도입은 주택가격을 낮추어 실질임금의 상승으로 이어질 것이며, 이는 자연스럽게 구매력을 신장시켜 소비를 진작시킬 것이다. 이렇듯 토지 불로소득을 조세로 환수하면 경제정의와 효율을 모두 달성할 수 있다.

한편 토지 불로소득을 조세로 환수함에 있어 반드시 병행해야 할 조치가 있는데 그것은 생산 및 교환에 부과되는 세금에 대한 감면조치이다. 생산 및 교환에 부과되는 세금은 경제의 활력을 떨어뜨리고 근로의욕과 창의를 저해하기 때문이다. 토지불로소득에 대해 과세하고 생산 및 교환활동에 부과하는 세금에 대해 감면하는 조세개혁을 '패키지형 조세개혁'이라 명명한다.

패키지형 조세개혁을 구체적 방법으로 취하는 '시장 친화적 토지 공개념'은 지난 89년에 도입되었던 '토지 공개념'보다 여러 모로 우수하며 위헌 가능성도 없다. 기존의 토지 공개념은 토지초과이득세제, 택지소유상한제, 개발이익환수제로 입법화되었지만, 과도한 재산권 제한 등의 이유로 위헌결정을 받은 바 있다.

따라서 지금이라도 김 의원은 개인의 재산권을 침해하지 않으면서 경제정의와 효율을 담보할 수 있는 '시장 친화적 토지 공개념'을 주창하는 것이 옳을 것이다. 또한 김 의원이 말한 것처럼 차제에 '시장 친화적 토지 공개념'을 헌법에 명기(明記)하는 방향으로 헌법개정이 논의되는 것이 바람직할 것이다.

■ 초심을 잃지 말기를

위에서 살핀 바와 같이 패키지형 조세개혁을 핵심으로 하는 '시장 친화적 토지 공개념'은 한국사회를 여러 단계 발전시킬 수 있는 개혁 프로그램임에 분명하다. 모쪼록 김 의원이 '시장 친화적 토지 공개념'의 철학과 방법론을 깊이 숙지하고 이의 실현을 위해 노력하길 바라마지 않는다.

『OhmyNews』 2006. 2. 1.

송파 신도시는 '토지 임대부 건물 분양'으로

이해찬 국무총리가 지난달 28일 송파 신도시의 분양방식과 관련, "(건물은 분양하되 토지는 임대하는 개념의) '토지 임대부 주택분양'을 검토하고 있다."고 밝혔다고 한다.

이 총리는 이날 국회 교육·사회·문화 분야 대정부 질문에서 한나라당 홍준표 의원이 송파 신도시의 토지 임대부 주택분양 방식 도입 용의를 물은 데 대해 "송파 신도시는 대부분 국공유지로, 국가가 소유권을 행사하는 형식이기 때문에 다양한 분양방식을 취할 수 있다."면서 이같이 말했다고 한다. 또한 이 총리는 "4만5000가구 규모의 송파 신도시 중 일부는 군인 복지시설로 활용하고, 나머지는 분양도 하고 임대도 하는 형태로 하면서 토지 임대부 분양도 검토하고 있다."고 밝혔다고 한다. 마지막으로 이 총리는 "송파 신도시는 판교처럼 (일반분양 방식으로) 분양할 계획은 아니다."라며 "25.7평형 이상에 대해서도 장기 임대하는 방식 또는 토지 임대부

분양방식을 검토하고 있다.”고 말했다.(이상 〈경향신문〉 3월 1일자
〈송파에 '토지 임대부 분양' 검토〉 발췌)

'토지 임대부 건물분양' 방식의 공영개발이 최적의 신도시개발
방식임을 생각해볼 때 이 총리의 발언은 크게 환영할 만한 일이다.
주지하다시피 '토지 임대부 건물분양' 방식은 '시장 친화적 토지 공
개념'의 구체적인 방법 가운데 하나로서 특히 신도시개발 등에 적
합한 개발방식이다. 신도시 등을 개발할 때 토지 불로소득을 탐하
여 상어 떼처럼 덤벼드는 투기적 가수요를 잠재우는 최선의 방책
이 바로 '토지 임대부 건물분양' 방식인 것이다.

■ 왜 '토지 임대부 건물분양' 방식이 최선인가?

이제부터 송파 신도시 건설을 '토지 임대부 건물분양' 방식으로
해야 하는 이유를 상세히 설명하겠다.

첫째, '토지 임대부 건물분양' 방식은 토지 불로소득을 지속적으
로 제거하기 때문에 아파트 가격을 평당 500만 원 이하대로 계속
유지시킬 수 있어, 아파트 가격의 하향 안정화에 큰 효과를 발휘할
수 있다. 토지만 공공이 임대하고 건물은 민간이 지어 분양하는 이
방식은 지속적으로 토지 임대료를 공공이 환수하는 것이기 때문에,
토지가격이 건축비에서 빠져 평당 500만 원 이하에 아파트를 공급
할 수 있게 된다. 그리고 여기서 더 중요한 것은, 이 방식이 불로
소득이 원천적으로 제거되도록 토지 임대료를 지속적으로 환수하
기 때문에, 전매제한이라는 반시장적 조치도 필요 없고, 토지 불로
소득을 노리고 발생하는 부동산 투기를 확실하게 제거하며, 결과적
으로 부동산 가격의 하향 안정화에 크게 기여할 수 있다는 사실이

다.

둘째, '토지 임대부 건물분양' 방식의 공영개발은 큰 시장, 작은 정부라는 세계적 흐름에도 정확히 부합한다. 이 방식에서 공공이 하는 일은, 매년마다 토지 임대료를 정확히 환수하는 일에 한정되기 때문에 공공부문의 비대화 가능성은 전혀 없다. 그리고 토지 임대료를 징수하는 것은, 사람의 육안으로 직접 확인할 수 있는 토지에 부과하는 것이기 때문에, 다른 어떤 것을 징수하는 것보다 간편하고 확실하여 부정부패의 가능성도 거의 없다.

널리 알려져 있듯이 공공부분은 '사회적으로 필요하지만 민간이 할 수 없는 일 또는 하기 어려운 일'을 담당하는 것이 원칙이다. 따라서 주공 등 공공부문은 민간에서 잘 공급하지 않으려고 하는 소형주택과 저비용 실용주택, 그리고 민간이 절대로 공급하지 않을 사회주택 – 시세 이하로 제공하는 주택 – 등의 공급을 담당하는 것이 옳다. 이는 '토지 임대부 건물'도 분양받을 능력이 되지 못하는 사회적 약자들을 위해서 반드시 필요한 일이다.

셋째, 송파지구는 국공유지이기 때문에 초기재원 마련을 걱정할 필요가 없다. 일각에서는 국공유지가 아닌 개인소유 토지를 수용하여 신도시를 건설하는 경우 천문학적 재원이 소요되는데 건물소유자들로부터 지급받을 토지 임대료만으로 이를 회수할 수 있을지에 대한 회의가 있다. 그러나 송파신도시의 경우 개발 예정지구 내 토지에서 국공유지가 차지하는 비중이 82.4%나 되기 때문에 초기 재원 조달의 어려움은 한결 덜할 것이다. 따라서 송파신도시와 같은 국공유지에서 먼저 '토지 임대부 건물분양' 방식의 공영개발을 적용해 보는 것이 옳을 것이다.

■ 몇 가지 의문점들에 대하여

국공유지가 아닌 개인소유 토지를 수용하여 신도시 등을 개발하는 경우에도 초기 재원 마련 및 회수에 대해서 크게 걱정할 필요는 없다. 만약 건물 소유자들로부터 지급받을 토지 임대료를 시장가치대로 징수할 경우 임대료 수입이 토지 비용의 이자를 금방 상회할 것이고, 시간이 갈수록 임대가치가 상승하여 양자 간의 격차가 커지기 때문에 각종 금융기관이나 민간 펀드 등에서 안심하고 투자할 수 있다.

한편 토지 임대료를 시장 가치보다 낮게 책정하는 경우에는 토지 비용이 문제가 될 수 있는데, 이때에는 편법이기는 하지만 택지 개발지구 내의 상업용지를 시장가치대로 매각하여 주택 용지의 초기비용을 조달할 수도 있을 것이다. 또한 토지 임대료를 인위적으로 낮게 책정할 경우, 주택 소유자가 토지 개발이익을 얻게 되고 그로 인해 투기가 일어날 수 있다. 이 문제는 싱가포르 식으로 주택을 팔 때 정부를 통하도록 하고, 매매차익의 일정 비율을 환수함으로써 해결할 수 있다.

'토지 임대부 건물분양' 방식의 공영개발에 대해서 회의적인 시선 가운데에는 "투자가치도 없는 주택을 분양받을 사람이 있을 것인가?"라는 것도 있다. 그러나 이런 우려는 기우(杞憂)에 지나지 않는다. 한국사회에는 장래 발생할 불로소득에 대한 기대 없이 싼 값에 맘 편히 살 수 있는 보금자리를 원하는 사람들이 차고 넘친다.

위에서 꼼꼼히 살펴본 것처럼 '토지 임대부 건물 분양' 방식의 공영개발은 별다른 부작용 없이 토지에서 발생하는 불로소득을 환수하여 집값을 안정시키는 최적의 개발방식이다. 모쪼록 이해찬 총

리와 정부가 송파신도시를 '토지 임대부 건물분양' 방식으로 건설
하여 '불로소득 환수'와 '부동산 가격 안정'이라는 두 마리 토끼를
다 잡을 수 있기를 바란다.

『*OhmyNews*』 2006. 3. 2.

✿ 강남 집값이 뛰는 진짜 이유

"주택 실수요 대책은 공급확대뿐"(〈국민일보〉 3월 20일자 사설)
"가수요란 도깨비를 잡고 나도 뛰는 강남 집값"(〈조선일보〉 3월
20일자 사설)
"시장 무시 부동산정책이 화근이다"(〈문화일보〉 3월 20일자 칼럼)

정부가 지난 17일 강남, 서초, 송파, 강동 4구에 2010년까지 매년
3만 호씩 약 15만 호의 주택을 공급하겠다고 발표한 후 보수언론
에서 쏟아 낸 사설과 칼럼의 제목이다. 8·31대책 발표 이전부터
공급을 늘려 강남 집값을 잡아야 한다고 줄기차게 주장해 온 보수
언론은 정부의 발표에 의기양양(意氣揚揚)해하고 있다. 벌써부터
보수언론은 참여정부가 야심차게 입안한 8·31대책이 실패했음을
소리높이 외치고 있다.

한편 8·31대책의 온전한 입법에도 불구하고 강남 등에 소재한

아파트 가격이 상승하는 현상을 접한 정부도 당황하는 기색이 역력하다. "이제 부동산 투기는 끝났다"고 호기롭게 외치던 정부가 강남에 대규모 주택공급을 천명하는 걸 보면 정부도 어지간히 급했나 보다. 하긴 정권의 명운을 걸다시피 해서 만든 부동산정책이 이렇다 할 효과를 발휘하지 못하고 있는 현금의 상황에 정부가 당황하는 것도 무리는 아니다.

■ 투기적 가수요 억제책으로는 너무나 미흡한 8.31대책

그렇다면 참여정부가 온 힘을 기울여 마련한 8·31대책이 국회를 통과한 이후에도 강남, 목동, 분당, 용인 등에 소재한 아파트 가격이 도무지 꺾일 기미를 보이지 않고 있는 진정한 이유는 무엇일까? 자칭 '시장주의자'들의 주장처럼 공급이 부족해서인가? 참여정부가 여느 정권과는 다르게 공급확대보다는 투기적 가수요 억제에 부동산정책의 방점을 찍어왔고 8·31대책이 그 결정판이라고 할 때 현금의 상황은 '공급 부족이 아파트 가격상승의 원인'이라는 시장주의자들의 주장이 옳았음을 증명하는 것이 아닌가 하는 생각을 하기에 족하다.

그러나 정말 그럴까? 8·31대책 등을 통해 투기적 가수요를 거의 완전히 제거했음에도 강남 등의 아파트 가격이 계속 상승하는 이유는, 바로 공급이 실수요를 따라가고 있지 못하기 때문이라는 주류 경제학자들과 보수언론의 주장이, 진정 참일까?

주류경제학자들과 보수언론의 주장이 얼마나 현실에 적합한가를 검토하기 위해 반드시 선행되어야 할 것은, 참여정부가 내놓은 8·31대책이 얼마만큼 투기적 가수요 억제에 효과적이었는지를 밝히

는 것이다.

세인들의 유례없는 관심 속에 발표된 8·31대책은 '부동산 종합 대책'이라는 명칭에 값할 만큼 포괄적인 내용을 담고 있다. 8·31 대책은 크게 주택부문, 토지부문, 세제부문으로 나누어 분석할 수 있다.

주택부문에는 실거래가 신고의무화를 핵심으로 하는 거래투명성, 미니신도시 건설 및 강북 광역 개발 등을 수단으로 하는 주택공급 확대, 공공택지 지역 내에서 분양되는 아파트들에 대한 원가연동제 와 채권입찰제, 전매제한 등을 내용으로 하는 공공부문 역할 확대 등이 포함되어 있다. 토지부문에는 취득요건 강화, 전매요건 강화, 기반시설 부담금과 개발 부담금 부과를 내용으로 하는 개발이익 환수 등의 조치가 담겨 있다. 많은 사람들이 지대한 관심을 가졌던 세제부문에서는 보유단계에서 종부세 과세대상과 실효세율을 현실 화했고, 양도단계에서 1가구 2주택 보유자들에 대한 양도세율을 상 향했으며 투기우려 지역 내 비사업용토지에 대해서 양도세를 중과 하고 있다. 참고로 금융부문에서는 투기지역 내에서 가구별 아파트 담보대출을 제한함으로써 투기적 가수요가 시중의 풍부한 유동성 을 쌈짓돈으로 삼는 일을 차단하려고 고심한 점이 눈에 뛴다.

눈 밝은 독자라면 금방 알아챘겠지만, 기실 8·31대책은 보유세 및 양도세 강화로 대표되는 투기적 가수요 억제책과 송파신도시 건설로 상징되는 공급확대책의 절충이라고 평할 수 있을 것이다.

그렇다면 8·31대책이 담고 있는 투기적 가수요 억제책은 얼마 나 강력한 것이었나? 주지하다시피 8·31대책에 포함된 투기적 가 수요 억제책은 주로 세제개혁을 통해서 나타나고 있다.

세제개혁안 중 먼저 보유세 부문은 과세 기준의 인하 ─ 주택의 경우 공시가격 9억 원 → 6억 원, 토지의 경우 공시지가 6억 원 → 3억 원 ─, 과표 적용율의 인상, 세대별 합산 과세, 세 부담 상한 조정 등의 방법을 통해 2009년까지 종합부동산세 대상자에 대해 보유세 평균 실효세율을 1% 수준으로 끌어올리겠다는 것이 그 핵심이다. 그 대신 거래세는 개인 간 주택거래에 한해 세율을 1% 포인트 인하하기로 했다. 또한 양도세 부문에서는 실거래가 기준으로 전환하고, 1세대 2주택에 대해서는 50%의 세율을 적용하여 과세를 강화하는 동시에 동결효과를 유발하는 장기보유 특별공제 적용을 배제하기로 했다.

위에서 살펴본 것처럼 8·31대책 가운데 세제개혁 부문은 매우 촘촘하게 짜인 투기적 가수요 억제책처럼 보인다. 그러나 8·31대책의 세제개혁 부문은 다음과 같은 치명적 약점을 내장하고 있다.

첫째, 투기적 가수요 억제의 특효약이라 할 보유세 중과 대상이 극소수로 제한되었다. 8·31대책 발표 당시 정부 발표에 따르면, 종부세 과세대상은 2006년 27만8000세대로 늘어나는데, 이는 전체 970만 세대의 2.8%밖에 안 되며, 이 가운데는 중복 계산된 세대도 많아 실제 종부세 과세대상은 전체의 2% 안팎에 불과할 것이라고 하였다. 비록 최근의 아파트 가격 급등으로 말미암아 종부세 과세대상이 40만 명 가까이 증가했다고는 하지만 여전히 전체 세대 가운데 한 줌도 되지 않는 세대만이 보유세 중과 대상에 해당한다는 것은 8·31대책이 투기적 가수요 억제책으로는 많이 미흡함을 증명한다.

둘째, 종합부동산세 부과대상이 아닌 경우 보유세 증가 속도가 너무 느리다. 5·4대책에서는 이들에 대해 2017년까지 실효세율 1%를 달성하겠다는 취지의 방안이 포함되어 있었지만 8·31대책에서는 이에 대한 언급조차 없었다. 그 결과 목동, 분당, 용인 등 강남 외에 위치한 아파트 가격이 급등하는 이른바 '풍선효과'가 나타나고 있다. 정부는 서민들의 세 부담이 증가하지 않도록 해야 한다는 데 너무 신경을 쓴 나머지, 부동산 보유자는 마땅히 보유세를 사회에 납부해야 한다는 또 하나의 중요한 원칙을 허물고 만 것이다.

셋째, 양도소득세 중과 대상자가 크게 축소되고 중과세 시 적용 세율이 60%에서 50%로 완화되었다.

이렇듯 미흡하기 그지없는 투기적 가수요 억제책에다 대규모 공급확대책이 결합하면서 애초부터 8·31대책은 '투기적 가수요 억제' 및 '실수요자 위주의 부동산 시장 재편'이라는 소기의 목적을 달성할 수 없었다. 투기적 가수요 억제책으로는 함량미달인 8·31대책의 불철저성 및 강남 재건축에 대한 여전한 기대감, 판교 분양, 선거를 앞둔 지자체들의 선심성 재산세 인하정책 등이 복합적으로 작용하면서 최근의 국지적 가격상승으로 나타났다고 보는 것이 보다 정확한 진단일 것이다.

■ 여전히 투기적 가수요가 강남을 지배하고 있어

위에서 조목조목 따져본 바와 같이 현금의 국지적 부동산 가격 상승은, 공급이 실수요를 못 따랐기 때문이 아니라 부실한 8·31대책이 투기적 가수요 억제에 실패한 데서 기인한다. 실수요자가 강남에 차고 넘친다는 공급확대론자들의 주장을 무색하게 만드는 증거들은 얼마든지 있다. 여러 번 되풀이해서 식상한 감이 없지 않지만 다시 한번 복기해 보자!

첫째, 이른바 '강남벨트'에는 주택 소유 편중 현상이 극심하다. 지난 2003년 11월 24일 행자부가 발표한 '전국 가구별 주택소유 현황'을 보면 강남 - 강남, 서초, 송파구 - 은 5만5000여 가구가 20만여 채 - 평균 3.67채 - 주택을 소유하고 있고, 4만2000여 가구가 전국에 집을 세 채 이상 - 평균 5.1채 - 갖고 있는 것으로 드러났다. 이 가운데 8000여 가구는 아파트만 3채 이상 - 평균 3.8채 - 을 소유하고 있었다. 더욱 놀라운 통계는 2000년 이후 서울 강남 지역의 아파트 취득자의 60% 가량이 3주택 이상의 다주택 보유자라는 사실이다. 즉 다주택 보유자들이 투기를 목적으로 가격상승이 가장 높을 것으로 예상되는 강남권역에 소재한 아파트들을 집중적으로 매수한 것이다. 이들의 노력(?)은 헛되지 않아서 강남 지역의 평균 아파트가격은 2000년 1월 3억7700만 원이었지만 작년 6월에는 10억6500만 원으로 무려 2.82배나 상승한 것으로 드러났다.

둘째, 이른바 '강남벨트' 등에는 대출 등을 통한 투기적 가수요가 창궐하고 있다. 작년에 한국은행이 열린우리당 오제세 의원에게 제출한 자료에 따르면 서울 강남권과 경기도 분당, 용인 지역의 작년 주택담보 대출은 재작년 말과 비교할 때 7.9% 늘어난 것으로 밝혀졌는데, 이는 다른 지역 증가율의 세 배에 가깝다. 또한 작년에 강남, 분당, 용인의 주택 담보대출증가액이 전국 증가분의 43%를 차지한 것으로 밝혀졌다. 특기할 만한 것은 같은 기간 전국 평균 집값 상승률이 1.6%였는 데 비해 이 지역 집값은 8.4%나 올랐다는 사실이다. 쉽게 말해서 근래 집값 급등을 경험한 바 있는 강남, 분당, 용인 등에 집을 소유한 많은 사람들이 주택담보대출을 받아 장래 더 오를 것으로 예상되는 강남, 분당, 용인 등지의 타인 소유 아파트를 집중적으로 매수한 결과 이 지역에 소재한 아파트 가격 이 전국 최고 수준의 상승률을 기록한 것으로 풀이할 수 있는 것이다.

'강남벨트'에 대출 등을 통한 투기적 가수요가 창궐하고 있다는 사실을 증명할 만한 통계는 또 있다. 한국은행이 발표한 '주택구입용 가계대출 비중추이'를 보면 강남, 서초, 송파구 등 강남권은 2001년 1월부터 1년 3개월간 가계대출 중 주택구입 비중이 19.1%에서 48.2%로 1.5배 이상 뛰었고, 서울은 26%에서 53.1%로 100% 늘었다. 수도권과 비수도권은 각각 65%, 49% 늘었다. 특기할 점은 2000년 대비 2003년 집값이 강남－서울－수도권－지방 순으로 많이 상승하여 가계대출 중 주택구입의 비중이 높은 순서와 정확히 일치했다는 사실이다. 이는 강남권역에 실수요가 아닌 투기적 가수요가 기승을 부리고 있다는 방증이다.

셋째, 전세가격의 안정이 두드러진다. 〈중앙일보〉 '조인스랜드'와 '부동산114'에 따르면 서울 강남구의 매매가 대비 전세가 비율은 2001년 51.4%에서 작년 6월 현재 31.7%로 떨어졌으며 분당은 34.4%, 용인도 32.6%에 불과하다고 한다. 강남구의 매매가 대비 전세가 비율이 전국 최저 수준에 해당될 만큼 낮은 것은 투기적 가수요에 의해서 주택을 여러 채 사놓은 사람들이 그만큼 많은 증거라 할 것이다. 특정 지역의 매매가 대비 전세가 비율이 높으려면, 인구 유입의 급증으로 인해 전세 수요가 갑자기 늘어나거나 주택 소유자들이 대부분 1가구 1주택을 소유해서 전세를 줄 만한 여분의 주택이 적어야 한다. 강남권역은 둘 중 어느 경우에도 해당되지 않는다.

자, 어떤가? 강남벨트에 존재하는 수요의 대다수가 '실수요'가 아니라 기실은 '투기적 가수요'에 불과하다는 평가가 지극히 정당한 것으로 보이지 않는가? 게다가 '강남벨트'에는 주택 수요를 촉발시킬 만한 인구 증가가 눈에 띄지 않는다. 강남, 서초, 송파구의 인구 추이를 보면 90년대 후반부터 정체되거나 오히려 줄고 있음을 알수 있다. 반면에 주택보급률은 꾸준히 향상되고 있다.

사정이 이와 같은데도 불구하고 주류경제학자들과 보수언론은 수요에 비해 공급이 부족해 강남집값이 뛴다고 여론을 호도하고 있으니 이 노릇을 어찌할까!

『*OhmyNews*』 2006. 3. 23.

🌵 부동산정책이 내수 위축시킨다고요?

3·30부동산대책이 발표된 후 이를 비판하는 보수언론의 기세가 자못 매섭다. 재건축 추진단지에 대한 개발이익 부담금 부과는 강남에 아파트 공급을 줄이는 요소로 작용할 것이고 이는 다시 아파트 가격 폭등으로 귀결될 것이라는 게 이들 주장의 요지이다.

■ 홍 교수, 정부의 부동산대책을 공격하다

그런데 〈한국경제〉 2005년 4월 6일자에 실린 홍기택 교수의 칼럼은 기존 보수언론의 주장과는 사뭇 다른 관점을 선보이고 있다. 여기서 홍기택 교수의 칼럼 중 일부를 직접 인용해 본다.

……내수가 회복되기 위해선 소득 증가가 필수적이지만, 소득 증가가 곧바로 소비로 연결되는 건 아니기 때문이다. 이를 위해

선 가계가 편안하게 소비할 수 있는 여건이 조성돼야 한다. 그
러나 최근의 정부 정책들은 그렇지 못하다. 가장 대표적인 게
부동산정책이다. 지난 8·31부동산대책으로 올해 부동산관련 세
금이 크게 올랐다.

　종합부동산세(종부세) 대상자만도 지난해 7만 4000명에서 올
해는 40만 명에 달할 것으로 예상된다. 이들이 추가로 부담하는
세금이 평균 250만 원이라면 1조 원에 달하는 막대한 금액이다.
……확실치는 않지만 정부의 희망처럼 보유세를 감당할 수 없는
부동산과 주택이 매물로 쏟아져 나와 부동산과 주택가격의 안정
을 가져올지도 모른다. 그러나 한 가지 확실한 것은 이들의 소
비는 위축될 것이다. 이들이 전체 가구에서 차지하는 비중은
1%에 불과하지만, 이들이 전체 소비에서 차지하는 비중은 훨씬
크다.

　재건축 아파트에 대한 개발이익 부담금을 부과하는 '3·30부
동산대책'도 내수 증진에는 도움이 되지 않는다. 소형평형건립
의무제도 등 기존규제에 개발이익 부담금까지 부과하면 현실적
으로 아파트 재건축은 불가능해진다. 그렇지 않아도 침체해 있
는 주택건설경기는 더욱 냉각된다. 이로 인해 가까스로 살아나
고 있는 내수 회복의 불이 꺼질지도 모른다.

　이런 정책들이 사회적 위화감을 해소하기 위해 국민이 정작
원하는 정책이라면 정책에 대한 결과, 즉 성장률의 둔화와 실업
의 증대라는 비용도 기꺼이 감수해야 한다.

위에서 인용한 것처럼, 홍 교수는 내수가 살아나려면 소득 증가
못지않게 편안하게 소비할 수 있는 여건이 마련되어야 하는데 정
부가 8·31대책과 3·30대책 등을 통해 종부세를 중과하고 재건축
을 사실상 못하게 함으로써 내수와 건설경기를 위축시키고 있다며

정부의 부동산정책을 강력하게 비판하고 있다.

언뜻 들으면 홍 교수의 지적은 매우 적확한 것처럼 보인다. 종부세 과세대상에 해당하는 사람들이 아무래도 부동산이 많은 부자일 가능성이 큰데 이들이 가진 부동산에 대해 세금을 중과하면 이들의 소비가 위축되게 마련일 것이고, 이들이 소비영역에서 차지하는 비중이 매우 큰 만큼 내수가 더디게 회복될 것이라는 홍 교수의 지적은 8·31대책이 지닌 맹점을 정확하게 지적하고 있는 듯하다.

3·30대책에 대한 홍 교수의 지적도 예리하기는 마찬가지다. 기존의 소형평형건립 의무제도 등이 온존한 상태에서 개발이익 부담금까지 부과된다면 사실상 재건축을 하지 말라는 의미이고, 이는 가뜩이나 침체돼 있는 건설경기를 더욱 냉각시킬 것이며, 궁극적으로는 내수 회복에 찬물을 끼얹는 격이 될 것이라는 홍 교수의 지적 역시 3·30대책이 내장한 문제점을 밝히는 듯하다.

■ 부동산부자들이 내수(內需)의 주체라고?

위에서 살핀 것과 같이 일견 그럴 듯하게 보이는 홍 교수의 주장은 그러나 치명적인 논리적, 실증적 약점들을 내포하고 있다. 종부세 중과로 인해 내수 시장에서 큰 손으로 기능하고 있는 부자들이 소비를 줄일 것이라는 홍 교수의 지적은 잘못된 인식이 얼마나 엉뚱한 결론을 낳을 수 있는지를 보여주는 생생한 실례라 할 것이다.

우선 홍 교수는 종부세 중과가 내수 위축의 주범인 것처럼 주장하고 있는데 이는 소도 웃을 주장에 불과하다. 홍 교수 말대로 종부세 부과대상이 올해 40만 명 정도 늘어난 것도 사실이고 이들이 납부해야 할 종부세가 과거에 비해 크게 증가한 것도 사실이다. 그러나 여전히 종부세 과세대상은 극소수이고 이들이 납부해야 할 종부세의 규모도 2009년까지 실효세율 0.89% 정도에 지나지 않는다. 극히 미미한 종부세 부과대상과 실효세율을 두고 부동산 부자들의 주머니 사정을 걱정하는 것도 우습지만, 정작 홍 교수는 그간 이들이 벌어들인 천문학적 규모의 불로소득은 안중에도 없는 모양이다.

국토연구원 정희남, 김승종 연구원과 박동길 한국토지공사 대리가 함께 추산한 데 따르면 1980년도에는 땅값 총액이 134조 원이었으나, 2001년도에는 1419조 원으로 증가하여 21년 동안 땅값이 올라 발생한 개발이익은 1284조 원에 달한다. 이 같은 천문학적 개발이익조차 시가 현실화율이 매우 낮은 개별공시지가를 기준으로 한 것이다. 한편 앞의 연구가 토지매매와 상관없이 땅값 상승에 따라 단순 발생하는 개발이익 또는 자본이득 즉 미실현 이득에 대한 추산이라면, 이정우 경북대 교수는 1991년 발표한 연구 결과에서 토지를 매각했을 때 물가상승분을 고려하고도 발생한 '실현된 자본이득'이 1979년부터 1990년까지의 12년 동안 157조 원에 달하는 것으로 추산한 바 있다.

주택의 경우는 또 어떤가? 〈부동산뱅크〉 조사에 따르면 전국 아파트 시가총액은 2000년 4월 조사 결과 353조였으나 5년 뒤인 2005년 4월 조사 결과 1000조가 넘는 것으로 나타났다. 따라서 불과 5년 사이에 전국 아파트 가격 시가 총액 변동에 따라 발생한 자본이득은 646조 원에 달한다. 물론 이것은 아파트 매매와 상관없이 시세변동에 따라 발생한 미실현 자본이득이다. 특기할 점은 강남벨트에 소재한 아파트 가격의 상승폭이 유독 두드러졌다는 사실이다. 〈부동산뱅크〉에 따르면 강남, 서초, 송파구 등 강남권 아파트 시가총액은 2002년 4월~2005년 4월까지 3년 동안 무려 67조 원이 올랐다 한다.

위와 같이 그간 부동산 부자들이 벌어들인 불로소득은 상상을 초월하는 규모다. 사정이 한결 나쁜 것은 참혹할 만큼 낮은 수준의 보유세와 양도세로 말미암아 부동산 부자들이 불로소득을 독차지했다는 사실이다. 참여정부의 8·31대책은 부동산 부자들이 수취하는 불로소득을 보유세와 양도세 강화를 통해 조세로 환수한다는 측면에서 미흡하나마 환영할만한 조치이다. 사정이 이와 같음에도 홍 교수는 부동산 부자들의 세금 부담만 걱정하고 있으니 참으로 답답한 노릇이 아닐 수 없다.

또 홍 교수는 부동산 부자들이 마치 내수에서 큰 비중을 차지하고 있는 것처럼 주장하고 있으나 이는 사실과 다르다. 본디 부동산 부자들을 위시한 고소득층의 소비패턴이 해외여행과 고가수입품 구입에 치중되었음은 누구나 다 아는 사실이다. 아래의 기사는 이를 잘 보여주고 있다.

우리나라 가계가 100만 원을 소비지출할 때, 이 중 4만 5천 원가량은 해외에서 소비하고 있는 것으로 집계됐다. 또 가계의 전체 소비지출 회복세가 미약한 가운데 가계의 해외 소비지출은 4분기째 20%대가 넘는 급격한 증가세를 보이고 있다. 2일 한국은행 자료를 보면, 3분기 중 가계의 최종 소비지출액은 87조 3568억 원으로 지난해 같은 기간에 비해 3.96% 늘어난 데 견줘 가계의 국외 소비지출은 3조 9097억 원으로 27.0%나 급증했다. ……3분기 중 국외 소비지출액 3조 9097억 원은 외환위기 때인

1998년 1분기의 5204억 원에 견줘 8배 가까이 급증한 것이다.

한은은 "가계의 국외 소비지출은 해외여행 경비와 유학·연수 비용이 대부분을 차지한다"며 "원-달러 환율 하락과 국내의 취약한 서비스산업 인프라로 인해 고소득층을 중심으로 해외 소비가 급증하는 추세"라고 설명했다.

〈한겨레〉 2005년 12월 3일자

홍 교수의 주장과는 달리 기실 대한민국의 내수를 떠받치는 기둥은 중산층과 샐러리맨들의 소비이다. 그러나 2000년부터 시작돼 지금까지 계속되고 있는 부동산 가격의 앙등은 대부분의 중산층과 샐러리맨들에게 궤멸적인 타격을 안겨주었다. 불과 2, 3년 새에 2~3배가 올라버린 집값에 넋이 나간(?) 이들은 집값이 더 오를까 두려워 서둘러 대출을 받아 주택을 구입했고, 과도한 원리금을 상환하기 위해서 극도의 내핍(耐乏)을 감수하고 있는 실정이다.

이는 통계상으로도 금방 확인되는데 한국은행에 따르면, 1999년 200조가 안 되던 가계부채 규모는 2000년부터 급격히 늘어 2004년도 말에는 450조 원 규모로 늘었다. 하나경제연구소가 분석한 데 따르면 이 가운데 부동산 관련 대출은 2004년 2분기 현재 전체 가계부채 433조 7593억여 원의 57.9%에 달하는 265조 2930억여 원에 이른다. 놀랍게도 이는 1999년 1분기의 29.1%보다 두 배가량 높은 수치이다. 또한 소득 상위 30~40%-가구당 월평균 소득 323만 원-인 중산층이 처분 가능 소득의 29.4%를 빚을 갚는 데 쓰고 있는데 이는 전체 평균보다 6.2% 포인트가 높은 것이다.

한편 중산층의 부채 상환비율은 2001년까지만 해도 10% 중반으로 전체 평균과 비슷하거나 낮았으나 2001년 1분기부터 20%대로 올라간 후 급증해 30%에 육박하게 되었다.

결국 종부세가 과중해 내수의 주체인 부동산 부자들의 소비가 위축되며 이는 내수의 부진을 낳는다는 홍 교수의 주장은 어느 것 하나 사실과 부합하지 않는 것으로 드러난 셈이다.

■ 불로소득 없으면 재건축은 안 한다!

홍 교수의 3·30대책 비판에도 많은 허점이 발견된다. 소형평형 건립 의무제도 등 기존 규제에 개발이익 부담금까지 부과되면 현실적으로 아파트 재건축이 불가능해지며 이는 주택건설경기 냉각으로 이어져 결국 내수 침체를 낳을 것이라는 것이 홍 교수의 주장이다.

홍 교수는 아파트 재건축을 불로소득을 얻는 수단으로 인식하는 잘못을 은연중 범하고 있다. 아파트가 노후해 불편을 가져오고 안전에 문제가 있는 경우에 추진하는 것이 재건축일진대 홍 교수는 소형평형건립 의무제도에 더해 개발이익부담금까지 부과되면 재건축 조합원들이 얻을 수 있는 불로소득의 규모가 현저히 줄어들 것이기 때문에 현실적으로 재건축이 불가능하다고 예언하고 있는 것이다. 이 얼마나 무책임하고 위험한 발상인가?

또한 홍 교수는 아파트 재건축이 백지화되면 주택경기도 급랭할 것이라고 염려하고 있는데 너무 걱정 마시라! 정부에서 수년 간 수도권에 수십만 호에 달하는 주택을 공급하기로 결정했으니.

■ 학자로서 책임 다하길

칼럼 끝에 홍 교수는 "이런 정책들이 사회적 위화감을 해소하기 위해 국민이 정작 원하는 정책이라면 정책에 대한 결과, 즉 성장률의 둔화와 실업의 증대라는 비용도 기꺼이 감수해야 한다"며 준엄하게 정부와 국민을 꾸짖고 있다. 유감스럽게도 홍 교수의 꾸지람 속에는 정확한 현실 인식도, 객관적 근거도, 진지한 고뇌도 들어있지 않기에 아무런 감동이 없다. 홍 교수가 국민과 정부에 한 고언을 본인에게 돌려주는 것을 끝으로 글을 마무리하는 것이 좋을 성싶다.

"학자가 적확한 현실인식과 객관적 근거도 없이 사회적 발언을 하려 한다면 그 발언에 대한 결과, 즉 도덕적 비난과 학자로서의 불명예라는 비용도 기꺼이 감수해야 한다."

『*OhmyNews*』 2006. 4. 6.

🌵 세금폭탄 걱정하는 〈동아〉가 기가 막혀

"'버블세븐'이 기가 막혀" 〈동아일보〉 6월 9일자 1면 머리기사의
제목이다. 기사를 조금 인용해 보자!

"정부가 '버블세븐'으로 지목한 서울 강남구 등 7개 지역에 집
이 1채라도 있는 사람은 내년에 집값이 떨어져도 보유세를 올해
보다 더 내야 하는 것으로 나타났다. 과세표준(과표·세금을 매
기는 기준금액)이 늘어나기 때문이다. 이런 보유세를 피하기 위
해 버블세븐 지역에서 올해 30평형대의 집을 팔면 평균 1억 원
남짓한 양도소득세를 내야 한다. 이에 따라 '3·30부동산대책'
발표 이후 버블세븐 지역의 주택거래 건수는 발표 전보다 23%
가량 줄어들었다.
…… 이번 분석은 집주인이 2003년에 아파트를 샀고 매년 집
값이 대세하락기인 1991~98년의 평균 하락률(1.9%)만큼 떨어
지거나 대세상승기인 1999~2006년 평균 상승률(11.7%)만큼 오
른다는 가정을 전제로 했다. 이에 따르면 내년에 집값이 떨어져

도 버블세븐 지역에 집이 있는 사람은 재산세와 종합부동산세를
합해 평균 223만 3000원을 낸다. 올해 평균 보유세 113만 8000
원의 2배에 가깝다.

종부세 대상 주택의 과표가 내년엔 공시가격의 80%로 올해보
다 10% 포인트 오르는 데다 공시가격이 현실화되기 때문이다.
과표는 2009년까지 매년 상승하게 돼 있어 집값이 내려도 보유
세는 늘어날 수 있다. 집값이 내년에 대세상승기 평균인 11.7%
오르면 버블세븐 지역의 평균 보유세는 올해의 2.5배인 285만
9000원으로 늘어난다.

정부는 보유세가 부담스러우면 집을 팔라고 하지만 버블세븐
지역에서 양도세 비과세 대상이 아닌 집주인이 올해 주택을 팔
면 평균 1억 214만 6000원의 양도세를 내야 한다. 보유세가 대
폭 늘어 집을 팔려고 해도 양도세 부담 때문에 이러지도 저러지
도 못하는 실태는 주택거래가 크게 줄어든 데서 잘 나타난다.
3·30부동산대책 이후 집주인들은 세금 부담 때문에 매물을 내
놓지 않고, 집을 사려는 사람들은 집값 하락을 기대하면서 매수
를 늦춰 거래가 이루어지지 않고 있다."

위의 인용문을 보면 쉽게 알 수 있지만, 〈동아〉의 주장을 요약하
면 '정부의 8·31 조치에 따라 이른바 버블세븐 지역에 위치한 주
택 소유자들의 보유세 부담이 크게 늘어나게 되는데 이들은 보유
세 부담 때문에 자신들이 소유한 주택을 팔고 싶어도 양도세가 무
서워 팔수도 없는 상황이며, 이에 따라 버블세븐 지역에서 주택거
래가 크게 위축되었다' 정도가 될 것이다.

이른바 버블세븐 지역에서 주택거래가 위축되고 있는 원인을 예
리(?)하게 짚어 낸 〈동아〉는 전문가들의 입을 빌어 해법을 제시하
고 있다. 이를 그대로 옮겨 본다.

"서울시립대 임주영(경제학) 교수는 '현 부동산 세제는 그대로 유지될 수 없을 정도로 지나친 면이 있다'며 '지금이라도 고쳐야 한다'고 말했다. 거래의 숨통을 틔워 주기 위해 양도세 등 세제를 손질할 필요가 있다는 것. 아주대 현진권(정책분석학) 교수는 '조세도 경제정책의 한 부분인 만큼 거시경제 환경이 바뀌었다면 수정할 필요가 있다'고 했다. 이에 대해 건설산업전략연구소 김선덕 소장은 '집값 안정을 위해 2, 3년 전부터 금리를 점진적으로 올렸어야 하는데 뒤늦게 세금으로만 해결하려다 보니 문제가 생긴 것'이라며 '취득·등록세를 낮춰 집을 사는 사람의 부담을 줄일 필요도 있다'고 말했다."

버블세븐 지역이 동맥경화증에 걸린 원인을 명확하게 밝힌 〈동아〉는 이 문제를 해결하기 위해 양도세 등을 낮추어 거래에 숨통을 틔워 주라고 친절하게 조언하고 있다. 버블세븐 지역의 주택거래가 위축되고 있는 원인이 무엇이며 이를 어떻게 극복할 수 있을지를 설명하고 있는 〈동아〉의 주장은 이로정연(理路整然)하다. 이제 남은 일은 〈동아〉의 주장을 정책에 반영하여 부동산 시장이 정상적으로 작동할 수 있도록 돕는 일만 남은 듯하다. 그러나 조금만 생각해보면 버블세븐 지역에 소재한 주택거래가 위축된 원인 및 해법에 대한 〈동아〉의 주장이 잘못된 것임을 알게 될 것이다.

■ 문제와 해답, 모두 틀린 〈동아〉

위에서 살핀 바와 같이 〈동아〉는 버블세븐 지역에서 주택거래가 동결된 원인으로 과중한 보유세 및 양도세 부담을 들고 있다. 8·31부동산대책으로 말미암아 버블세븐 지역에 소재한 주택들이 대거 종부세 과세대상이 되는 바람에 보유세가 크게 늘었고 보유세가 무서워 주택을 매도하려는 사람들은 양도세 부담 때문에 이러지도 저러지도 못하는 형편이라는 지적이다.

먼저 보유세가 과중해진다는 〈동아〉의 주장은 다양한 예시에도 불구하고 설득력이 전혀 없다. 기실 보유세 부담 운운할 수 있는 대상은 종부세 과세대상 정도인데 정부에서 2005년 8·31대책 발표 당시 2006년 종부세 과세대상을 전체 970만 세대 가운데 중복 세대를 포함하여 약 2%로 예상한 바 있다. 이러한 사실만 보더라도 보유세로 인해 다소나마 신경이 쓰일(?) 사람들은 대한민국에서 한 줌도 되지 않음을 금방 알 수 있다. 또한 종부세 과세대상이라고 하더라도 종부세 과세대상자들이 부담해야 할 세액은 2009년이 되어도 공시가격의 1%에 미치지 못하는 수준이다. 여기서 명심할 점은 정부에서 종부세 과표로 삼는 공시가격이 시가에 많이 미치지 못한다는 사실이다. 터무니없이 적은 종부세 과세대상자들과 시가 대비 1%에도 크게 모자라는 보유세율을 가지고 과중한 보유세 운운하는 〈동아〉의 주장은 참으로 개탄스럽다.

한편 일각에서는 보유세를 마치 징벌적 세금인양 묘사하고 있는데 이는 매우 위험한 인식이다. 주지하다시피 보유세는 개인이 국가와 사회로부터 받는 각종 서비스에 대해 당연히 지불해야 할 대가일 뿐이다. 보유세가 개인이 국가와 사회로부터 받는 각종 서비스에 대한 대가라는 점, 한국사회의 보유세 수준이 기형적일 만큼 낮았다는 점 등을 감안하면 8·31부동산대책에도 불구하고 여전히 한국사회의 보유세는 과세대상과 세율, 과표 현실화 등 모든 면에서 만족스럽지 못한 실정이다.

보유세가 과중해 주택을 팔려고 해도 양도세가 무서워 주택을 팔지 못하고 있는 버블세븐 지역 주민들에 대한 〈동아〉의 근심(?)은 갸륵하긴 하나 번지수를 잘못 찾은 듯싶다. 누구나 알고 있는 것처럼 양도세는 양도차익이 발생해야 낼 수 있는 세금이다. 주택이나 토지 등의 거래에서 발생하는 양도차익이 대표적인 불로소득임은 긴 설명이 필요치 않을 것이다. 좀 심하게 표현하면 필요경비 등을 제외한 양도차익은 전부 세금으로 환수해도 무방하다 할 것이다. 사정이 이러한데도 버블세븐 지역 주민들이 양도소득세가 무서워 주택을 매각하지 못하고 이에 따라 동결 효과가 나타나니 거래 활성화를 위해 양도소득세를 내려주는 것이 옳다고 주장하는 〈동아〉의 속내는 도무지 알 길이 없다.

물론 버블세븐 지역에 주택을 소유하고 있는 사람들 가운데에는 주택가격이 더 상승할 것으로 예상하고 뒤늦게 대출을 받아 무리하게 주택을 장만한 사람도 있을 것이며 이들 중에는 등록세 및 취득세, 대출이자, 양도소득세 등을 제외하고 나면 수중에 남는 것이 없는 사람들도 있을 수 있다. 그러나 그런 사람들을 구제하고자 양도소득세를 인하할 수는 없는 일이다. 투기심리건, 투자심리건 간에 자신이 판단으로 주택을 구입했으면 그에 따른 책임도 자신이 지는 법이다. 양도세 인하는 보유세가 충분히 현실화되었을 때 검토할 수 있을 것이다. 그러나 아직은 때가 아니다.

■ 부동산정책 변화에 대한 기대가 거래 동결의 원인

〈동아〉의 주장과는 달리 버블세븐 지역에서 매물이 나오지 않고 있는 이유는 지방 선거에서 여당이 대패한 이후 부동산정책의 기조가 바뀔 것이라는 기대감과 내년 대선에서 한나라당이 정권을 장악할 것이라는 예측이 시장에 팽배한 탓이라고 보는 것이 보다 합리적일 것이다. 부동산 시장에 참여하고 있는 사람들의 후각, 그 중에서도 부동산 부자들의 후각은 가히 동물적이라고 할 수 있다. 이들은 지방 선거 직후 여당이 보이는 행태를 보면서 부동산정책이 자신들의 이익을 옹호하는 방향으로 변할 수도 있음을 직감하고 있음에 틀림없다.

게다가 정권교체 가능성마저 커져가고 있는 마당에 이들이 매물(賣物)을 서둘러 시장에 내놓을 이유는 전혀 없는 것이다. 설혹 보유세가 조금 부담이 되더라도 내년까지만 버티자는 것이 이들의 속내가 아니겠는가?

여론을 오도하는 '세금폭탄론'에는 이제 신물이 난다. 모쪼록 〈동아〉도 이쯤에서 '세금폭탄론' 유포를 그만 두는 것이 좋겠다.

『OhmyNews』 2006. 6. 9.

상위 1.2% 감싸는 여당, 왜 존재하나?

■ 부동산 보유세 때문에 선거에서 참패했다?

열린우리당이 여전히 정신을 못 차리고 있다. 5·31지방 선거 패배 후 구성된 과도지도부 소속 의원들이 12일 언론과의 인터뷰에서 한 발언들을 보면 열린우리당의 앞날에 별다른 희망이 보이지 않는다는 느낌을 지울 길이 없다.

언론의 보도에 따르면, 열린우리당 비대위 상임위원인 김부겸 의원은 12일 오전 KBS 라디오 〈안녕하십니까, 이몽룡입니다〉에 출연, "정부는 정책의 일관성 때문에 당연히 저런 소리(현행 정책의 유지)를 하는지 몰라도 저희(우리당)로서는 고민을 해야 한다."며 "계급장을 떼어놓고 치열하게 토론해봐야 하는 게 아닌가 싶다."고 말했다고 한다. 또한 김 의원은 이어 "선거과정에서 '단지 집을 오래 보유하고 있었을 뿐인데 내 지역의 집값이 뛰었다는 이유로 왜 투기꾼으로 몰려야 하느냐, 왜 더 많은 세금을 중과 받아야 하느냐'는 지적이 많았다."고 설명했다고 한다.

부동산정책에 대한 사실상의 개악검토를 시사한 것은 김부겸 의원만이 아니다. 언론의 보도에 따르면 열린우리당의 비상임 비상대책위원인 이호웅 의원도 이날 SBS 라디오 〈최광기의 SBS 전망대〉에 출연, "주택가격이 높다고 해서 1가구 1주택에도 보유세를 많이 부과하는 부작용을 막거나 선의의 피해자가 나타나지 않도록 하는 배려나 조치들을 깊이 강구해야 한다."고 말했다는 것이다. 또한 이 의원은 "주택을 투기수단화해선 안 된다는 부동산정책의 기본 방향은 불변"이라며 "그러나 처방이 진실로 유효한 것인가, 당장 국민에게 불안감을 주고 신뢰를 못주는 점이 없는가는 검토할 필요가 있다."고 지적했다고 한다.

김 의원과 이 의원의 얘기를 듣고 있자니 말문이 막히고 어안이 벙벙할 따름이다. 아마도 이들은 지방 선거에서 여당이 참패한 원인 중의 하나가 8·31부동산대책으로 상징되는 참여정부의 부동산정책 때문이라고 생각하는 것이 틀림없는 듯하다. 쉽게 말해 이전보다 훨씬 많은 부동산 보유세를 납부하게 된 서민들이 여당에 등을 돌린 결과 여당이 전무후무한 선거 패배를 했으니 이제라도 부동산 관련 세제를 재검토하여 이반된 민심을 되돌리자는 것이 김부겸 의원과 이호웅 의원의 생각인 성 싶다.

■ 종부세 과세대상자가 여당이 말하는 서민인가?

이들의 주장이 참이려면 8·31부동산대책 등으로 인해 서민들의 부동산 보유세 부담이 크게 늘어났어야 한다. 그러나 실증적 근거들은 이들의 주장과는 정확히 상반된다. 주지하다시피 8·31부동산 대책의 핵심이라 할 세제개혁안 중 보유세 부문은 과세 기준의 인하-주택의 경우 공시가격 9억 원 → 6억 원, 토지의 경우 공시지가 6억 원 → 3억 원-, 과표 적용율의 인상, 세대별 합산 과세, 세부담 상한 조정 등의 방법을 통해 2009년까지 종합부동산세 대상자에 대해 보유세 평균 실효세율을 1% 수준으로 끌어올리겠다는 것이 그 골자다. 그 대신 거래세는 개인 간 주택거래에 한해 세율을 1% 포인트 인하하기로 했다. 또한 양도세 부문에서는 실거래가 기준으로 전환하고, 1세대 2주택에 대해서는 50%의 세율을 적용하여 과세를 강화하는 동시에 동결효과를 유발하는 장기보유 특별공제 적용을 배제하기로 했다.

반면 8·31부동산대책 발표 당시 정부는 종부세 대상이 아닌 저가주택들에 대해서는 서민들의 부담을 덜어주기 위해서 재산세 과표를 현행 기준시가 50%에서 5% 포인트씩 점차 올려 2015년까지 100%에 이르게 하고 세율은 종전대로 유지할 계획이라고 밝힌 바 있다.

결국 8·31 조치로 인해 보유세가 신경(?)쓰이게 될 사람들은 백보를 양보해도 종부세 부과대상자들 정도라고 할 수 있는데 이들의 숫자는 얼마나 될까? 금년 4월 건교부와 지자체에서 발표한 개별주택 공시가격 발표에 따르면 종부세 부과대상이 되는 주택은 -공동주택+단독주택-은 약 15만 8000호로서 전국 1301만 호 주택의 1.2%에 불과하며 이 가운데 99.5%가 수도권에 집중되어 있다고 한다. 물론 종부세 부과대상이 토지에도 해당되기 때문에 전체 세대 가운데 종부세를 납부해야 할 세대비율은 위의 통계보다 다소 높겠지만 여전히 전체 세대 가운데 극소수임이 자명하다.

사정이 이러함에도 불구하고 김부겸 의원과 이호웅 의원은 보유세 부담 운운하고 있으니 이들에게 서민이란 종부세 과세대상자들 정도 되어야 하나 보다. 또한 김 의원과 이 의원의 발언을 살펴보면 이들이 부동산 보유세를 일종의 징벌적 세금으로 인식하고 있음을 알 수 있다. 그러나 부동산 보유세는 국가와 사회가 개인에게 제공하는 서비스에 대해 개인이 지불하는 대가이며 이런 관점에서 보자면 1가구 1주택 실수요자라고 해서 부동산 보유세 과세대상에서 예외가 되어야 할 하등의 이유가 없는 것이다.

■ 국민에게 신뢰를 못 준 건 여당

이호웅 의원은 "당장 국민에게 불안감을 주고 신뢰를 못주는 점이 없는가는 검토할 필요가 있다"라고 말하고 있다. 옳은 말이다. 그러나 정작 국민과 부동산 시장에 불안감을 준 건 여당이다. 멀리 갈 것도 없이 정부가 내놓은 10·29부동산대책을 사실상 형해화(形骸化)시킨 것이 다름 아닌 여당이었다. 그 결과가 어떠했는지에 대해서는 긴 설명이 필요치 않을 것이다.

8·31부동산대책의 입법도 이런저런 핑계로 미적대다 시민사회의 압력에 밀려 겨우 성사시킨 여당이 아니었던가? 정부의 각종 부동산대책 발표에도 불구하고 아직까지 부동산 시장이 동요하고 있는 주요 원인 중 하나가 여당의 반개혁적 태도 때문임은 새삼스런 사실이 아니다. 그런 여당이 이제 와서 불안감 운운하는 것은 어불성설이라 아니 할 수 없다.

■ 5·31지방선거 패배는 사이비 개혁의 파산

돌이켜 보면 4·15총선 이후 여당이 보여준 행태는 '개혁'이라는 단어에 대한 환멸과 염증을 국민들에게 각인시키기에 조금도 모자람이 없는 수준이었다. 여당은 한국사회를 모든 부면에서 업그레이드시키겠다는 강철 같은 의지와 비전, 확고한 개혁 프로그램 중 어느 하나도 가지고 있지 못했다.

5·31지방 선거의 참패는 수사(修辭)와 구호(口號)에만 의존한 '사이비 개혁'의 파산에 다름 아니다. 사정이 한결 나쁜 것은 그래도 조금은 다를 것으로 생각했던 김근태 의원이 여당의 당의장이 된 이후에도 여당이 여전히 반개혁적이고 반서민적인 정책으로 일관할 조짐을 역력히 드러내고 있다는 사실이다. 김 의장이 연초에 '시장 친화적 토지 공개념'을 주창했던 사람이기에 실망감은 더욱 크다. 불과 반년도 지나지 않아서 자신의 주장을 정면으로 뒤엎는 김 의장의 언행은 이른바 여당 내 '개혁파'의 실력과 수준을 알몸 그대로 보여준다 하겠다.

여당에게는 미안한 말이지만, 지금과 같은 현실인식과 대안수립 능력을 가지고 여당이 권토중래할 가능성은 제로에 가깝다는 것이 솔직한 심정이다. 개혁을 표방하고 창당하여 원내 과반 의석을 차지한 후 줄곧 개혁의 파산에 몰두해온 열린우리당! 이쯤에서 '개혁'에 대한 모독은 그만두고 차라리 해산하는 것이 어떨까? 자당 소속 국회의원들에게 국회의원 자리를 보장하기 위한 목적 이외에 열린우리당이 존재해야 할 어떤 이유도 찾지 못하겠으니 말이다.

『OhmyNews』 2006. 6. 13.

대한민국 있기에 강남이 존재하거늘

역시 강남구 의회는 다르다. 독일 월드컵 본선에서 대한민국 축구 대표팀이 토고 대표팀을 꺾은 감격의 여운이 채 가시기도 전인 지난 14일 강남구의회는 '재산세 탄력세율 50%'를 적용해 재산세를 깎아주기로 확정했다. 지역 구민들의 이익을 지키려는 저 투철한 투쟁정신과 재산세율 인하를 결정하는 타이밍 포착의 절묘함까지, 강남구의회는 진정 지방자치의 모범(?)이 무언지를 보여주고 있다.

■ 강남구의회, 8.31대책을 무력화하다

월드컵 열기에 가려져 있어서 그렇지 강남구의회의 재산세율 인하 결정은 가볍게 볼 일이 아니다. 부동산 시장에 만연한 투기적 가수요 억제를 위해 참여정부가 '세금폭탄'이라는 그릇된 비난까지 받아가며 추진해 온 보유세 강화방침이 강남구의 재산세율 인하로 심대한 타격을 받을 처지에 놓인 것이다.

재산세의 경우에는 이미 세 부담 상한선 -50% -이 있는데 여기에다 재산세율까지 인하한다면 재산세 부담이 크게 줄게 된다. 이는 종합부동산세 과세대상 -주택은 공시가격 6억 이상, 토지는 3억 이상 -의 경우 2009년까지 보유세 실효세율을 1%로 현실화하겠다는 정부의 8·31부동산대책이 커다란 난관에 봉착했음을 의미한다. 예를 들어 공시가격이 10억 원인 아파트를 강남구에 가지고 있는 A씨의 경우 10억 원 가운데 6억 원까지는 지자체에 재산세를 납부하고 나머지 4억 원에 대해서만 국세인 종합부동산세를 납부하게 되는데, 재산세율 인하로 재산세 부담이 줄어들게 되면 당연히 재산세와 종부세를 합한 전체 보유세 부담도 줄어들게 되는 것이다. 이렇게 되면 A씨가 소유한 아파트를 상대로 2009년까지 보유세 -재산세+종부세 -실효세율 1%를 달성하려고 하는 정부의 계획이 물거품이 되는 것이다.

물론 강남구의회의 재산세율 인하 결정이 종부세 과세대상자들에게만 혜택을 미치는 것은 아니다. 상대적으로 값싼(?) 주택 소유자들도 당연히 두루두루 혜택을 입게 된다. 강남구의 재산세율 인하 결정이 특히 우려되는 것은 그 파급력 때문이다. 강남구의회의 뒤를 따를 지자체가 우후죽순처럼 늘어나지 않을 것이라고 누가 장담할 수 있을 것인가? 결국 강남구의회는 지자체에 부여된 재산세 탄력세율을 이용하여 정부가 심혈을 기울여 만든 부동산대책을 유명무실화시키고 있는 것이다.

■ 보유세는 사회적 서비스에 대한 대가

건설교통부와 한국감정원에 따르면 올해 1월 1일을 기준으로 지난달 말 고시된 서울지역 아파트 -120만 4175가구 -의 공시가격

총액은 345조 3637억 원으로 조사됐다. 이 중 강남구와 서초구, 송파구의 구별 아파트 공시가격 총액은 각각 61조 6000억 원, 41조 9000억 원, 36조 8000억 원으로 강남 3개구의 아파트 공시가격 총액이 140조여 원에 달했다. 공시가격의 시가 반영률이 아직 60~80%선에 머물고 있기 때문에 실제 이 3개구의 아파트 시가총액은 140조 원을 훨씬 상회할 것으로 보인다.

또한 부동산뱅크에 따르면 2005년 4월 기준으로 강남, 서초, 송파 3개구의 아파트 시가총액은 무려 163조 1968억 원에 이르며, 그 중 강남구의 전체 아파트 가격 총액은 69조 4307억 원에 이른다. 2002년 4월 현재 강남권역 3개구 아파트의 시가총액은 95조 7744억 원이었다. 3년 만에 무려 67조 4224억 원이나 폭등한 것이다. 이를 강남권 3개구 소재 아파트를 소유하고 있는 세대수로 나누면 한 세대 당 1년에 평균 1억 1395만 원, 3년 동안 3억 4185만 원에 해당하는 불로소득을 얻은 셈이다. 1년간 발생한 전국 평균 자본이득이 2887만 원임을 감안할 때 강남권 소재 아파트를 소유한 사람들이 취한 불로소득의 규모가 얼마나 큰지가 확연히 드러난다. 강남권역에 소재한 아파트가 본격적으로 가격상승을 시작한 때가 2000년경이었다는 점, 2005년 4월 이후에도 강남권역 3개구의 아파트 가격은 상승을 계속했다는 점 등을 감안한다면 이들이 취한 불로소득의 규모는 이보다 훨씬 클 것으로 보인다.

주지하다시피 강남의 아파트 가격이 상상을 초월할 만큼 높은 이유는 바로 사회적 인프라, 즉 도로, 지하철, 공원, 의료시설, 학교, 상권 등이 다른 지역에 비해 월등히 좋기 때문이며 이는 곧 삶의 질이 타 지역에 비해 높다는 것을 의미한다. 그리고 그 사회적 인프라는 대부분 국세로 구축된 것이다. 물론 기초단체에서 구민들을 상대로 징수하는 지방세 중 일부가 사회적 인프라 구축에 사용되고 있지만, 이는 중앙정부와 서울시에서 그간 살기 좋은 강남 건설을 위해서 투입한 비용에 비하면 매우 미미한 수준임에 분명하다.

쉽게 말해서 강남권역에 소재한 토지와 아파트 등을 소유한 사람들은 공동체의 전적인 기여에 의해서 형성된 가치를 독차지한 셈이다. 따라서 이제라도 강남구민들은 그간 자신들이 사회와 국가로부터 거의 무상으로 누리다시피한 서비스에 대해서 반대급부를 지급함이 마땅하다. 이치는 알겠는데 구체적인 실천방법을 모르겠다고? 어렵지 않다. 재산세율 인하나 종부세 위헌 법률 심판제청 신청 등의 꼼수를 부리지 말고 정부에서 정한 대로 부동산 보유세를 꼬박꼬박 내면 된다.

■ 대한민국이 있기에 강남이 존재하는 것

거듭 강조하거니와 강남구민들이 납부하기 싫어 극력 저항하고 있는 보유세는 징벌적 성격의 세금이 결코 아니라 국가와 사회로부터 제공받는 서비스에 대한 대가일 뿐이다.

재산세율 인하에 찬성한 강남구의회 의원들과 종부세 취소 소송에 나선 강남구민들에게 말하고 싶다. 재산세건, 종부세건 부동산 관련 세금을 납부하는 것이 그렇게 싫으면 내지 않아도 좋다. 그대신 앞으로는 대한민국으로부터 독립해서 국방부터 의료보험까지 전부 자력구제 하시기를 바란다. 강남구 의원들과 강남구민들은 잊지 마시라! 대한민국이 있기에 강남이 존재한다는 사실을……

절반의 성공 8·31대책······남은 과제는?

8·31부동산종합대책(이하 8·31대책)이 발표된 지 어느덧 1년이 지났다. 1년 전, 8·31대책발표를 앞두고 8·31대책에 담길 정책과 관련해 치열한 갑론을박이 벌어졌던 것처럼, 1년이 지난 지금도 그에 대한 평가가 분분하다.

조·중·동을 필두로 하는 주류언론에서는 8·31대책이 실수요마저 위축시켜 결과적으로 건설경기 부진을 초래했다고 주장하고 있다. 한마디로 교각살우(矯角殺牛)의 어리석음을 범했다는 진단인 셈이다. 참여정부의 생각은 이와는 사뭇 달라서 8·31대책이 비등하던 부동산 투기심리를 진정시켜 결과적으로 부동산 가격 안정에 기여했다고 자평한다.

동일한 대책을 두고 이렇듯 평가가 상반되니 국민들은 혼란스러울 수밖에 없다. 8·31대책에 대해서 공정한 평가를 하자면 우선 8·31대책의 내용을 대강이나마 확인하는 것이 필요할 성싶다.

■ 8·31대책은 어떤 내용들로 채워져 있나?

8·31대책은 부동산 종합대책이라는 이름에 걸맞게 주택부문, 토지부문, 세제부문을 전부 포괄하고 있다.

먼저 주택부문에는 실거래가 신고의무화를 핵심으로 하는 거래 투명성, 미니신도시 건설 및 강북 광역 개발 등을 수단으로 하는 주택공급확대, 공공택지 지역 내에서 분양되는 아파트들에 대한 원가연동제와 채권입찰제, 전매제한 등을 내용으로 하는 공공부문 역할 확대 등이 주요내용으로 포함되어 있다.

토지부문에는 취득요건 강화, 전매요건 강화, 기반시설 부담금과 개발 부담금 부과를 내용으로 하는 개발이익 환수 등의 조치가 담겨 있다.

보수언론과 한나라당에서 '세금폭탄'이라고 집요하게 공격했던 세제부문에서는 보유단계에서 종부세 과세대상 - 주택의 경우 공시가격 9억 원→6억 원, 토지의 경우 공시지가 6억 원→3억 원 - 과 실효세율 - 2009년까지 종합부동산세 대상자에 대해 보유세 평균 실효세율을 1% 수준으로 인상 - 을 현실화했고, 양도단계에서 1가구 2주택 보유자들에 대한 양도세율을 상향했으며 투기우려 지역 내 비사업용토지에 대해서 양도세를 중과하고 있다. 특기할 만한 점은, 부동산의 보유와 처분단계에서는 세 부담이 늘어나지만, 취득단계 - 거래세 - 에서는 세 부담이 경감되도록 8·31대책이 설계되었다는 점이다. 아울러 종합부동산세 과세대상이 아닌 중산층과 서민들의 재산세 부담은 급격히 늘지 않도록 배려한 점도 인상적이라 할 것이다.

참고로 금융부문에서는 투기지역 내에서 가구별 아파트담보대출을 제한함으로써 투기적 가수요가 시중의 풍부한 유동성을 쌈짓돈으로 삼아 투기를 일삼는 것을 차단하려고 고심한 점이 눈에 띈다.

위에서 상세히 살펴본 것처럼 8·31대책은 부동산과 관련해서 정부가 취할 수 있는 거의 모든 조치들이 망라되어 있다고 해도 과언이 아니다.

■ 8·31대책의 성과와 한계

8·31대책의 공적은 무엇보다 보유세를 핵심으로 하는 부동산 세제(稅制)를 통해 투기적 가수요를 잠재우려고 노력한 데 있다. 물론 송파신도시로 상징되듯 공급확대론의 그림자가 8·31대책에 드리워져 있는 사실을 부인할 수는 없지만, 그럼에도 불구하고 참여정부가 보수언론과 한나라당의 격렬한 반발을 무릅쓰고 부동산 세제의 큰 틀을 지켜낸 건 분명 칭찬해야 마땅하다. 이는 국민의 정부 후반기에 시작된 부동산 투기 광풍이 공급부족 때문이 아니라 투기적 가수요 때문임을 정부가 미흡하게나마 인식하고 적절히 대처했음을 의미한다.

특히 과세대상이 지나치게 한정된 점에서 아쉽기는 하나 보유세 실효세율 1% - 기실은 0.89% - 를 천명하고 이에 대한 시간표를 마련한 것은 높게 평가해야 할 것이다. 투기적 가수요를 진정시키는 데 있어 보유세만한 특효약이 없다는 사실은 누구나 알고 있지만, 이를 정책으로 실현한 것은 참여정부가 최초이다. 또한 정부와 여당이 8·31대책에 부동산 불로소득 환수 측면에서 세금과 쌍벽을 이루는 개발이익 환수제 - 기반시설 부담금 및 개발 부담금 - 를 새롭게 정비하는 내용을 담은 점도 평가할 만하다.

이러한 8·31대책이 들끓던 투기심리를 어느 정도 진정시키고 부동산 가격 안정에 기여한 것은 주지의 사실이다. 비록 자신의 힘만으로는 모자라 3·30대책의 도움을 받기도 했고, '강남불패'의 신화를 깨는 데는 실패했지만 말이다.

물론 여느 정책들과 마찬가지로 8·31대책도 적지 않은 한계를 내장하고 있다. 그중 대표적인 것이 송파신도시 건설 및 현재 개발 중인 택지지구의 확대조치이다. 이는 정부와 여당이 자칭, 타칭의 시장주의자들이 줄기차게 설파했던 공급확대론의 유혹(?)을 뿌리치지 못한 결과라 할 것이다. 물론 수요에 비해 주택공급이 부족해서, 즉 실수요에 기인해서 주택가격이 상승하면 당연히 주택공급을 늘리는 것이 맞지만, 투기적 가수요가 주택가격상승의 원인인 경우에는 부동산 불로소득 환수 및 차단을 통해 투기적 가수요를 제거하는 것이 정석이다.

익히 알다시피 근래 기승을 부렸던 주택가격앙등은, 여러 실증적 통계가 증명하듯 단연 투기적 가수요가 원인이었다. 이처럼 주택시장에 투기적 가수요가 만연한 상황에서는 공급확대가 별 힘을 쓰지 못한다. 오히려 장래 거품이 꺼지고 투기적 가수요가 사라지면 주택가격은 공급과잉으로 인해 급락하기 마련이다. 사정이 이리함에도 불구하고 고강도의 공급확대정책이 8·31대책에 포함된 것은, 정부와 여당이 주택가격이 결정되는 원리, 투기적 가수요와 실수요의 차이 등에 대해 정확히 이해하지 못한 탓이 크다. 물론 공급확대론을 목 놓아 외쳤던 주류경제학자들과 보수언론의 역할도 간과해서는 안 될 것이다.

8·31대책의 중핵이라 할 세제부문도 썩 만족스럽지는 못하다.

보유세 현실화의 실질적 대상이라 할 종부세 과세대상은 한 줌도 되지 않고, 양도세 중과의 그물도 그리 촘촘하지는 못하며, 개발이익 환수제도 기대치를 하회하는 것이 사실이다. 이는 8·31대책이 부동산 불로소득의 환수 및 차단에 명백한 한계를 내포하고 있음을 의미한다.

위에서 살펴보았듯이 8·31대책 안에는 소중한 성과와 명백한 한계가 사이좋게(?) 공존하고 있다. 8·31대책 발표 이후 1년이 지난 지금도 부동산 시장이 분출을 일시 중단하고 있는 휴화산과 같은 느낌을 주는 것은 바로 이 때문이다.

■ 차기정부의 몫은?

참여정부가 역대정권이 취한 부동산정책보다 진일보한 정책－거래 투명화, 보유세 강화, 개발이익 환수장치의 정비 등－을 채택하고 추진하였다는 점에서는 후한 점수를 줄 만하다. 그러나 부동산 투기 등의 문제를 근본적으로 해결할 대안을 마련하지 못했다는 사실을 부인하기는 어려울 것이다. 이는 참여정부의 부동산정책이 집대성되었다고 할 8·31대책을 보면 쉽게 알 수 있다.

따라서 차기정부는 참여정부의 부동산정책의 공(功)과 과(過)를 명확히 인식하고 공(功)은 계승, 발전시키고 과(過)는 줄이는 방향으로 정책을 입안하고 추진해야 할 것이다. 이와 관련해서 차기정부에 두 가지를 당부하고 싶다.

먼저, 차기정부는 각종 부동산정책을 뒷받침할 새로운 패러다임을 확립하는 것이 급선무임을 명심해야 할 것이다. 참여정부는 투기적 가수요로 인해 부동산 가격이 들썩일 때마다 각종 부동산정책을 내놓았지만, 이러한 정부의 대응은 오히려 투기세력의 내성만 강화시키고 부동산 시장 안정화에는 실패하곤 했다. 이는 마치 월남전 당시 전력(戰力)을 축차적(逐次的)으로 투입하여 게릴라들의 대응 능력을 향상시킨 미국의 전술적 실패를 방불케 한다.

참여정부의 부동산정책들 중 우수한 것들이 적지 않았음에도 불구하고 그 효과가 제한적이었던 것은 무엇보다 이런 정책들을 뒷받침할 패러다임의 부재에 기인한 바 크다. 쉽게 말해 부동산정책을 입안하고 추진함에 있어 바탕이 되어 줄 철학과 구체적 목표가 존재하지 않았거나 희미했던 것이다. 사정이 이렇다 보니 참여정부의 부동산정책은 부동산 시장이 요동칠 때마다 이에 즉자적으로 대응하는 수준을 크게 벗어나지 못했을 뿐 아니라 거시적 목표를 갖지 못한 채 집값 안정에만 연연했던 것이다.

만약 참여정부가 부동산-특히 토지-이 그 특성상 공공재산적 성격을 가지고 있고 토지에서 발생하는 불로소득은 사회 전체의 기여라는 인식을 가지고 이의 환수 및 차단을 목표로 하여 여러 효과적인 정책수단들-예컨대 패키지형 세제개혁이나 토지공공임대제 등-을 사용하였더라면 한국사회의 고질(痼疾)인 부동산 문제가 근본적으로 해결되는 전기(轉機)를 마련할 수 있었을 것이다.

차기정부는 참여정부의 부동산정책이 곤경에 빠진 이유가 각종 부동산정책을 뒷받침할 패러다임의 빈곤에서 기인한 것임을 깨달아 새로운 부동산정책의 패러다임 수립에 전력을 다해야 할 것이다.

부동산정책과 관련해서 차기정부에 당부할 나머지 하나는 정책의 일관성을 유지하라는 것이다. 설령 정부가 새로운 패러다임에 기반 해 부동산정책을 운용한다 해도 부동산 시장이 정부의 뜻대로 움직이지만은 않을 것이다.

나름대로 우수했던 참여정부의 부동산정책들이 기대했던 것만큼의 효과를 발휘하지 못한 데에는 저금리로 인한 시중의 풍부한 유동성도 한몫 했던 사실을 차기정부는 잊지 말아야 한다. 즉 부동산 시장은 정부의 의지와 정책뿐 아니라 대내외적 경제여건 및 금리 등에 영향을 받게 마련이다.

대내외적 경제여건이 정부의 부동산정책에 반하는 방향으로 움직일 때 부동산 시장이 요동칠 가능성이 큰데 이렇게 되면 정부의 부동산정책을 비판하는 의견이 세를 얻어 부동산정책을 수정하라는 압력이 거세진다. 이때 정부는 중심을 잡고 부동산정책의 일관성을 유지해야 한다. 겸손한 자세로 국민들에게 상황을 설명하고 이해와 인내를 구하는 자세가 필요함은 물론이다.

『*OhmyNews*』 2006. 8. 30.

🌵 〈조선〉, 전세난이 정부 때문이라고?

틈만 나면 정부의 부동산대책을 공격하던 〈조선〉이 최근 아예 팔을 걷어붙이고 나선 듯싶다. 보수신문 가운데 맏형(?)격인 〈조선〉이 앞장서자 다른 신문들도 일제히 이에 가세하는 형국이다.

"태평한 정부 '전세難 일시적'" 〈조선〉 9월 14일자 2면에 실린 기사의 제목이다.

이 기사를 요약하면 '최근 서울 등에 나타나고 있는 전세난은 각종 규제로 인한 신규 주택물량의 급감, 신혼부부 및 단독가구주의 증가·집값 하락 기대감 등에 따른 전세수요의 급증, 보유세 및 양도세 강화로 인한 전세물량 감소-다주택자들은 전세용 주택을 처분, 보유세 벌충을 위해 주택소유자들이 전세에서 월세로 전환-등의 구조적 요인에 의한 것인데도 불구하고 정부는 계절적 수요 타령만 하며 고작 전세자금 확대나 임대주택 건설 등의 미봉책에 의

존하고 있다. 정부는 지금이라도 현실을 직시하고 획기적인 대책을
마련해야 한다.' 정도가 될 것이다.

현금의 전세대란(專貰大亂)이 어디서 비롯되었는가를 조목조목
지적하고 있는 〈조선〉의 기사는 매우 논리정연하다. 〈조선〉의 주장
을 따라가다 보면 지금의 전세가격 급등 현상이 참여정부의 잘못된
부동산정책 때문인 것으로 보인다. 그러나 정말 그럴까?

■ 〈조선〉 주장이 지닌 오류들

일견 그럴 듯하게 보이는 〈조선〉의 주장은, 그러나 다음과 같은
치명적 오류들을 내포하고 있다.

첫째, 〈조선〉은 현재 서울 등에서 전세가격이 폭등하는 원인 중
의 하나로 재건축 규제 및 기반시설 부담금 등 각종 정부 규제로
인한 신규 주택 물량의 공급 부족을 들고 있다. 그러나 〈조선〉의
주장처럼 단지 정부의 각종 규제때문에 신규 주택 물량 공급이 줄
어드는 것인지는 의문이다. 또한 백보를 양보해서 〈조선〉의 주장이
참이라 해도 정부의 각종 조치 – 재건축 규제 및 기반시설 부담금
제 등 – 는 부동산 불로소득의 차단 및 환수 차원에서 반드시 필요
한 것이다.

〈조선〉의 논지(論旨)를 따라가다 보면 정부의 각종 건축 규제 –
재건축 규제 및 기반시설 부담금제 등 – 를 풀어 건설사가 신규 주
택 공급을 늘리도록 하자는 결론과 만나게 된다. 이는 신규 주택
공급에 대한 반대급부로 건설업체들에게 막대한 규모의 부동산 불
로소득을 안겨주자는 의미로밖에 해석되지 않는다.

둘째, 〈조선〉은 집값 하락에 대한 기대감으로 전세수요자들이 주

택을 구입하기보다는 전세 재계약을 하는 추세가 두드러지고 있는데, 이것이 전세수요 증가로 이어져 결국 전세수급 불균형의 원인이 된다고 주장하고 있다.

주지하다시피 최근까지 계속된 서울과 수도권의 주택가격 상승은 한 줌밖에 되지 않는 부동산 부자들을 제외한 대한민국 모든 국민들의 큰 근심거리였다. 따라서 많은 시장참여자들이 집값이 하락할 것이라 예상하고 주택 구입을 유보하는 현상은 참으로 다행한 일이고 정부의 부동산대책이 주효했다는 증거일 터인데 유독 〈조선〉만은 전혀 달리 해석하는 듯싶어 놀랍기 그지없다. 설마 〈조선〉이 바라는 것이, 대한민국 모든 국민이 집값 상승에 대한 기대에 들떠 너도 나도 주택 구입에 나서고 그 결과로 전세가격이 안정되는 것은 아니겠지?

셋째, 〈조선〉은 정부가 주택소유자들에게 과중한 보유세와 양도세를 부과한 결과 다주택 소유자들이 전세용 주택을 처분하였고, 주택소유자들 중 일부는 전세를 월세로 전환하여 전세물량이 품귀현상을 빚고 있다고 지적하고 있다.

〈조선〉의 지적처럼 다주택 소유자들이 보유세와 양도세가 무서워(?) 전세용 주택을 처분하는 것이 사실이라면 이는 쌍수를 들어 환영할 일이다. 집값 안정을 목표로 내놓았던 정부 정책이 효과를 발휘하고 있다는 증거이기 때문이다. 익히 알려졌다시피 정부는 근년의 주택가격 상승의 주된 원인을 불로소득을 쫓는 투기적 가수요로 진단하고 이를 제거하는 수단으로 세제(稅制) - 보유세와 양도세 현실화 - 를 택한 바 있다. 다주택 소유자들이 투기적 가수요의 주력군임은 불문가지(不問可知)이다.

그런데 만약 투기적 가수요의 대표선수라 할 다주택소유자들이 정부의 부동산 세제로 인해 자신들이 소유한 주택을 처분하는 것이 사실이라면, 집값 안정을 목표로 취한 정부의 부동산대책이 진단과 처방 양 측면에서 모두 옳았음을 의미하는 것이 아니고 무엇이겠는가? 사정이 이러함에도 불구하고 〈조선〉은 다주택자들이 시장에 내놓는 주택이 집값 안정에 기여할 것이라는 점은 도외시 한 채 이로 인한 전세물량 품귀를 걱정하고 있으니 참으로 〈조선〉의 속내를 알 길이 없다.

일부 주택 소유자들이 보유세 부담을 덜기 위해 자신들이 소유한 주택을 전세에서 월세로 전환하고 있기 때문에 전세가격이 들썩인다는 〈조선〉의 주장 역시 저의(底意)가 의심스럽기는 마찬가지이다. 기실 주택소유자들이 전세를 월세로 전환한 것은 어제 오늘 일이 아니다. 저금리 기조가 정착된 이래 전세에서 월세로의 전환은 대세였다. 그런데도 〈조선〉은 마치 전세에서 월세로의 전환이 과도한 보유세 부담 때문인 것처럼 분석하고 있다.

물론 경제학적 관점에서 보면 토지와는 달리 건물에 부과되는 보유세는 전가(轉嫁)가 가능하다. 그러나 모든 정책에는 부작용이 따르게 마련이다. 정부의 부동산정책이 겨냥하고 있는 주된 목표가 집값 안정이고 이를 이루기 위한 주요수단이 보유세와 양도세 등의 세제라면 이에 수반되기 마련인 부작용은 차차 해결할 수밖에 없는 일이다. 구더기가 무서워 장을 담그지 않을 수는 없듯이, 전세가격이 동요할까 두려워 집값 안정을 포기할 수는 없는 일이 아니겠는가?

■ 〈조선〉, '반대를 위한 반대는 이제 그만

위에서 자세히 살핀 것처럼 전세대란의 원흉(元兇)이 정부라고 질타하는 〈조선〉의 주장은 다분히 '반대를 위한 반대'로 여겨진다. 부디 〈조선〉은 이쯤에서 '반대를 위한 반대'를 접고, 집값도 안정시키면서 전세가격도 안정시킬 수 있는 대안을 제시하기 바란다. '반대를 위한 반대'는 지금까지로 족하다.

『*OhmyNews*』 2006. 9. 14.

🖐 '대한민국1%' 위한 한나라당의 세법 개정안

언론의 보도에 따르면, 한나라당이 제출한 종합부동산세법 및 소득세법 개정안이 14일 국회 재경위 전체회의에 상정됐다고 한다. 한나라당이 제출한 종부세법 개정안은 종부세 과세기준 금액을 현행 공시가격 6억 원에서 9억 원으로 상향 조정하고, 세대별 합산을 인별 합산으로 변경하는 것을 골자로 한다. 또 한나라당이 제출한 법률안 속에는 현행 6억 원 이상인 1주택자에 대한 양도세 부과기준을 9억 원으로 높이고, 주택 한 채를 20년 이상 장기 보유하면 양도소득세를 면제하는 소득세법 개정안과 소득이 많지 않은 고령자 중 1주택 소유자에게 종부세를 감면해 주는 내용의 종부세법 특례안도 포함된 것으로 알려지고 있다.

이번에 한나라당이 국회 재경위에 제출한 종부세법 및 소득세법 개정안은, 사실상 8·31대책을 원점으로 회귀시키려는 개악안이라 할 것이다.

■ 8.31대책 무력화에 나선 한나라당

먼저 한나라당이 제출한 종부세법 개정안은 극소수에 불과한 국민들만을 위한 것임을 지적하지 않을 수 없다. 건설교통부에 따르면 올해 1월 1일 공시가격을 기준으로 하는 종합부동산세 부과대상 주택은 공동주택 14만 391가구, 단독주택 1만 8724가구 등 모두 15만 9115가구로 전체 주택의 1.2%에 불과하다고 한다. 종부세 과세기준이 6억 원인 지금도 전체 주택 가운데 고작 1.2%에 해당하는 주택만이 종부세 과세대상인 마당에 종부세 과세 기준을 9억 원으로 상향 조정하면 종부세 부과대상은 과연 얼마나 될까?

또 종부세 과세기준을 세대별 합산에서 인별 합산으로 바꾸려고 하는 한나라당의 의도는 고약하기 그지없다. 만약 한나라당의 뜻대로 종부세법이 개정되면, 8억 원-공시가격 기준-짜리 아파트 두 채를 각각 소유하고 있는 부부가 종부세를 내지 않고 소액의 재산세만 납부하게 되는 황당한 일이 벌어지게 된다. 현행 종부세법에서는 각자의 명의로 5억 원-공시가격 기준-짜리 아파트 두 채를 소유하고 있는 부부도 남편과 부인의 아파트 값을 합친 총액이 10억 원이 돼 종부세 부과대상이 된다.

아울러 지난해 7월 20일 한나라당은 부동산대책특별위원회 명의로 발표한 부동산 안정 정책 제안서에서 "현재 종부세가 개인별로 과세되고 있음을 악용해서 부부나 자녀의 명의로 소유를 달리함으로써 종부세의 적용을 회피하는 문제를 해결하기 위해 세대별로 과세하는 것으로 바꿔야 한다."고 역설한 바 있다. 그런데 불과 1년 남짓 지나서 자신들이 강하게 주장했던 정책을 아무런 설명도 없이 정면으로 뒤집는 한나라당의 행태는 자가당착이 아닐 수 없다.

마지막으로 소득이 많지 않은 고령자 중 1주택 소유자에게 종부세를 감면해주자는 한나라당의 개정안 역시 크게 잘못된 것이다. 부동산 보유세는 개인이 국가와 사회로부터 제공받는 서비스에 대해서 마땅히 치러야 하는 대가에 불과하다. 이런 관점에서 보면 소득이 적은 고령자라고 해서 보유세 ─ 특히 종부세 ─ 를 감면받아야 할 이유는 없다. 다만 소득이 적은 고령자를 위해 보유세 납부 연기제를 실시할 수는 있을 것이다. 이 제도는 소득이 적은 고령자의 처지를 고려해 고령자가 소유한 주택을 처분·매매·증여·상속 등을 할 때까지 보유세 납부를 유예해 주는 제도이다.

■ 부동산 양도차익은 대표적 불로소득

한나라당이 제출한 소득세법 개정안도 개악이라고 할 만한 내용으로 가득하다. 한나라당이 제출한 소득세법 개정안 속에는 현행 6억 원 이상인 1주택자에 대한 양도세 부과기준을 9억 원으로 높이고, 주택 한 채를 20년 이상 장기 보유하면 양도소득세를 면제하는 내용이 담겨 있다.

우선 한나라당은 부동산 양도차익이 대표적인 불로소득임을 명심하기 바란다. 토지와 주택의 가격상승은 정부나 사회 전체의 기여 요인이 압도적으로 작용한다. 만약 토지 및 주택의 소유자가 단지 토지 및 주택을 소유하고 있다는 이유 하나만으로 가격상승분을 전유(專有)한다면 이는 사실상 공동체의 기여를 노략질하는 것과 별반 다르지 않을 것이다. 사정이 이러함에도 불구하고 한나라당은 위와 같은 내용의 개악안을 제출하여 막대한 부동산 양도차익을 개인에게 안겨주려 하고 있으니 참으로 개탄할 일이 아닐 수 없다.

주지하다시피 지금도 대부분의 1가구 1주택 소유자들은 양도세 면세 혜택을 입고 있다. 한나라당은 여기서 더 나아가 6억 원 이상 인 1주택자에 대한 양도세 부과기준을 9억 원으로 올리고 주택 한 채를 20년 이상 장기 보유하면 양도소득세를 면제하자고 한다. 그 러나 양도세가 과세되는 6억 원 이상 고가주택은, 6억 원 초과분에 해당하는 양도차익에만 과세되고 보유기간에 따라 장기보유특별공 제를 적용한 후 정상세율로 과세한다. 그러므로 실질 양도세 부담 률은 10% 안팎으로 높지 않은 편이다.

또 20년 이상 장기 보유자에 대한 양도세 면세도 이치에 닿지 않기는 마찬가지이다. 한나라당에서는 20년 이상 장기 보유자는 투 기 목적이 아닌 것으로 간주해야 하므로 양도세 면세대상이 되어 야 한다고 주장하고 있는데, 양도소득세는 대표적 불로소득인 부동 산 양도차익에 과세되는 세금이라는 점을 기억했으면 좋겠다. 부동 산 양도차익이 발생하면 이에 대해 과세하면 그만이지 주택을 소 유한 목적이 무언지를 따질 이유는 전혀 없는 것이다.

물론 양도소득세가 주택거래를 위축시키는 효과를 발휘하는 것 은 사실이지만 실현된 불로소득을 환수하는 데에는 아직 이만한 장치가 없다. 따라서 보유세 실효세율이 현실화되기 전까지는 양도 소득세 중과(重課)가 불가피하다.

■ 부동산 부자들만 눈에 보이나?

한편 한나라당이 제출한 종부세법 및 소득세법 개정안을 대표 발의한 김애실 의원의 발언을 들어보면 부동산 문제에 대한 한나 라당의 인식 수준이 극명하게 드러난다.

한나라당 제3정조위원장이기도 한 김애실 의원은 14일 개정안을 발의한 뒤 "종부세 과세대상 선정은 부동산 가격과 물가상승률 등을 고려해 합리적으로 조정해야 한다."며 "특히 최근 주택 공시가격상승으로 종부세 과세대상이 급증해 과세기준 금액을 반드시 상향 조정해야 한다."고 주장했다고 한다. 아마 김애실 의원의 눈에는 종부세 과세대상 주택소유자들이 늘어나는 것만 보이고, 이들이 주택가격 폭등으로 인해 거둔 천문학적 규모의 불로소득은 보이지 않는 모양이다.

부동산뱅크에 따르면 2005년 4월 기준으로 강남·서초·송파 3개구의 아파트 시가총액은 무려 163조 1968억 원에 이르며, 그중 강남구의 전체 아파트 가격 총액은 69조 4307억 원에 이른다. 2002년 4월 현재 강남권역 3개구 아파트의 시가총액은 95조 7744억 원이었다. 3년 만에 무려 67조 4224억 원이나 폭등한 것이다. 이를 강남권 3개구 소재 아파트를 소유하고 있는 세대수로 나누면 한 세대 당 1년에 평균 1억 1395만 원, 3년 동안 3억 4185만 원에 해당하는 불로소득을 얻은 셈이다. 강남권역에 소재한 아파트가 본격적으로 가격상승을 시작한 때가 2000년경이었다는 점, 2005년 4월 이후에도 강남권역 3개구의 아파트 가격은 상승을 계속했다는 점 등을 감안한다면 이들이 취한 불로소득의 규모는 이보다 훨씬 클 것으로 보인다.

종부세 과세대상 주택 거의 대부분이 몰려 있는 이른바 강남벨트 소재 아파트를 소유한 사람들이 최근 얻은 불로소득의 크기는 위에서 살펴본 것처럼 천문학적인 규모이다. 김 의원이 이런 사실에 대해서는 뭐라고 말할지 몹시 궁금하다.

김 의원은 또 "가구별 합산방식은 위헌 소지와 가정해체의 위험이 있고, 6억 원이라는 과세 기준은 최근 부동산 가격이나 물가 상승률이 고려되지 않아 무고한 국민들에게까지 세 부담이 가중되고 있다."고 주장했다. 아마 김 의원 주변에는 종부세가 내기 싫어서 위장 이혼하는 가정만 있고, 치솟는 주택가격 때문에 해체되는 가정은 없는 모양이다. 아울러 김 의원이 말하는 무고(?)한 국민들은 잘 돼야 대한민국 국민 가운데 1.2%정도에 불과하다.

■ 한나라당, 이러고도 집권을 바라는가?

위에서 살핀 것처럼, 이번에 한나라당이 제출한 종부세법 및 소득세법 개정안은 한 줌도 되지 않는 부동산 부자들만을 위한 것임이 명약관화하다. 한나라당에게 서민 취급을 받으려면 적어도 대한민국 상위 1.2%안에는 들어야 할 성싶다. 1.2%의 국민만을 위해 법률을 입안하는 한나라당이 집권하면 나머지 98.8%의 국민들은 어찌될는지 생각만 해도 암담하다.

그러나 한나라당이 반드시 명심할 것이 있다. 대통령 선거는 여전히 1인 1표 원리하에 치러진다는 사실이 그것이다. 98.8%국민들은 안중에도 없고 나머지 1.2%국민들만 오매불망하는 한나라당! 그러고도 대선에서 승리하길 바라는가?

『*OhmyNews*』 2006. 9. 20.

03 사 회

✿ 이문열, 그대 아직도 꿈꾸고 있는가?

　이문열 소설의 강점은 넓이를 알 수 없을 정도의 박람강기(博覽强記)를 바탕으로 하는 압도적 교양주의와 이러한 교양주의를 매우 효과적으로 형상화시키는 문체에 있다는 것이 평론가들의 대체적인 평이다. 사실 그와 같이 폭넓은 작품세계를 보여준 작가는 한국소설사에서도 그리 흔치 않았다. 그는 신화와 전설부터 이데올로기와 권력의 문제에 이르기까지, 인류가 직면한 문제들과 인류가 쌓아올린 지적 성취들을 소설의 질료로 해서 수다한 작품들을 써냈다. 그리고 그러한 작품들은 대체로 평단의 우호적 평가와 독자들의 열광적 지지를 받곤 했다. 또한 소설들에 생기를 불어넣고 광휘를 덧씌우는 기능을 하는 이문열 특유의 문체는 타의 추종을 불허한다고 할 것이다.

　그의 소설들은 한국사회에서는 드물게도 작품성과 흥행성의 행복한 결합을 보여주었고, 그는 한국사회에서 소설가로 산다는 것이 반드시 배고픈 일이 아닐 수도 있음을 실증하는 좋은 모범이었다.

■ 논쟁의 중심에 선 소설가

아니다! 그에 대한 평가가 너무 박했다. 어느새 그는 베스트셀러 작가에서 권력에 비견되는 영향력을 행사하는 위치에까지 올라섰고, 정치적 논쟁의 중심에 등장했다.

'불의 시대'라고 불렸던 80년대에 그는 권력과의 불편함이나 길항관계에 있으려고 하지 않았고, 단지 '민주화'라는 시대정신과의 불화를 거듭하였을 뿐이었다. 또한 페미니즘이 새로운 시대정신이었던 90년대에는 페미니스트들에 맞서서 가부장제와 기존 질서를 적극적으로 옹호하였다.

2000년대 들어서 보여준 그의 행보는 자못 사람들의 이목을 끌기에 충분한 것이었다. 그는 2001년 세무조사 정국에서 "신문 없는 정부 원하나"라는 글을 기고하면서 '조·중·동'을 위한 언론자유를 외쳤다. 80년대가 아닌 2000년대에 나온 그의 발언을 접한 사람들의 반응은 대체로 생뚱맞다는 것이었다.

2002년 대선에서 보수 세력의 패배는 소설가 이문열에게 격렬한 위기의식을 안겨주었고, 무너져가는 한국사회의 자유민주주의(?)를 보수주의자들―그러나 그에게 수구와 보수의 경계는 언제나 모호하였다―이 지켜야 한다는 소명의식을 불러일으키게 했다. 4·15총선을 얼마 앞둔 시점에 그가 한나라당 공천심사위원에 들어가고, 드디어 정치의 한복판에 서게 된 것은 아마도 그런 소명의식의 발로였을 것이다.

최근의 탄핵정국의 소용돌이에서 보여준 소설가 이문열의 활약은 눈부시다. 역시 당대의 문장가답게 말의 성찬을 늘어놓고 있다. 탄핵발의 직후 "칼을 뽑았으면 휘둘러야 한다"고 한나라당과 민주당을 독전하였던 이 소설가는 탄핵소추안 가결 며칠 후 가진 한 방송사와의 인터뷰에서 그의 정치적 지향의 일단을 드러냈다.

그는 이번 탄핵소추안 의결의 합헌성을 의심하지 않았으며, 오히려 탄핵안 의결을, 국민들의 온정주의에 대한 기대를 가지면서 유도된 노무현 대통령의 계획이라고 의심하였다. 또한 그는 시민들의 광범위하고 자발적인 촛불집회를 변형된 개인숭배의 맹아로 걱정하였다. 그리고 망설임 끝에 결국 그는 "내가 서 있는 논리적 입장으로 본다면 탄핵이 되어야 하겠다."고 속마음을 털어 놓았다.

소설가 이문열은 탄핵소추에 관하여 헌법이 규정한 형식적 요건만 구비되면-국회 재적의원 과반수 발의와 3분의 2 이상의 찬성-언제라도 대통령을 탄핵하는 것이 가능하다고 생각하는 모양이다. 그에게는 헌법 65조가 정한 "그 직무집행에 있어서 헌법이나 법률을 위배한 때"라는 조문과 그에 대한 해석은 최대한 엄격히 해야 한다는 점, 그리고 탄핵소추안 의결과정의 위법성은 눈에 들어오지도 않는 듯하다. 물론 이문열 자신은 노무현 대통령이 그 직무집행에 있어서 헌법과 법률을 중대하게 위배했다고 생각할지도 모르겠지만, 불행하게도 대한민국에 그런 생각을 하는 시민들은 지금까지 나온 여론조사 결과에 따르면 30%도 되지 않는다.

또한 이번 탄핵정국을 바라보는 그의 관점과 인식은 매우 음모론적인데, 이는 노무현 대통령이 국민의 온정주의에 기대서 탄핵이 의결되도록 유도한 것이라고 의심하는 태도에서 여실히 확인된다. 아마도 그는 수구부패정당들의 작동원리와 위기돌파방식이 그러하였기에 노무현 대통령 역시 그럴 것이라는 사고의 감옥에 갇혀 있는 듯하다. 마지막으로 광범위하게 확산되고 있는 시민들의 자발적인 탄핵무효 촛불집회에서 변형된 개인숭배의 싹을 본다는 그의 혜안과 통찰력에 새삼 경의(?)를 표하지 않을 수 없다. 무릇 국민작가 정도 되면 이 정도의 문학적 상상력은 발휘할 수 있어야 하는 법이다.

돌이켜 보면 소설가 이문열은 동서고금의 해박한 지식과 빼어나게 아름다운 문체를 바탕으로 빛나는 '언어의 성채'를 쌓아올렸다. 정치한 논리와 이념에 대한 가치중립적 자세는 그의 소설들을 한결 값지게 했다. 그러나 그의 시대는 그가 꿈꾸고 지향했던 정치적 가치들과 더불어 시나브로 역사 속으로 사라져 가고 있다.

■ 그가 지은 '언어의 집'의 이중성

이제 한국사회의 구성원들은 소설가 이문열이 어느 작품에선가 썼던 것처럼, 논리적인 것이 반드시 합리적인 것은 아니라는 사실들을 그의 소설과 그의 언행을 통해서 확인하고 있다. 또한 작품 속에서 정치와 이념에 대해 중립적 자세를 취했던 소설가 이문열의 정치적 지향이, 역사 허무주의에 다름 아님도 속속 발견해 가고 있다.

역사 발전에 대한 믿음이 없기에, 그가 지은 '언어의 집'은 비록 빛나고 화려하지만, 모래성처럼 취약한 면이 있다. 한국사회를 실질적으로 지탱하는 구성원들에 대한 애정이 없기에 그의 소설에는 온기가 없다.

그의 소설들이 많은 미덕과 빛나는 성취에도 불구하고 지극히

관념적일 뿐만 아니라 결국에는 기존 질서와 가치들에 대한 승인
에 머무르고 마는 이유는 무엇일까?

영남 남인 출신이라는 자부심과 아버지의 월북이 남긴 심리적 외
상이 소설가 이문열의 정신세계를 대체로 규정하고 있기 때문이라
면 지나친 억측일까? 그의 소설과 정치적 발언들에서 일순 발견되곤
하는 과도한 엘리트 의식은 아직도 한국사회의 구성원들을 봉건시
대의 우매한 민초로 여기는 데서 기인한 것은 아닐지?

그러나 그의 인식과는 다르게 역사는 느리지만 전진하고 있고,
한국사회 구성원들의 의식은 깨어나고 있다. 앞으로도 오랜 시간이
필요하겠지만, 한국사회에서 진정한 참여민주주의와 효율성을 동반
한 경제정의는 반드시 실현될 것이다. 이번 의회쿠데타의 실패는
그 중요한 변곡점이 될 것이다. 소설가 이문열이 그간 한국사회를
주름잡았던 수구세력의 퇴장을 얼마나 안타까워하는지는 그의 최
근 정치적 행보를 보면 잘 알 수 있다.

하지만 그의 기대와는 다르게 그의 발언들은 이미 희화화되고
있다. 소설가 이문열이 지향하고 꿈꾸는 세상으로의 길 찾기는 앞
으로도 계속되겠지만, 그 행로는 험하고 고단하기만 할 뿐 아무런
소득도 그에게 가져다주지 않을 것이다. 그에게 가장 좋은 일들은
앞날에 있을 것이 아니고 이미 지나간 시간 속에 있다.

■ 후기

얼마 전 이문열 씨는 〈중앙일보〉와의 창간 41주년 특별인터뷰를 통해 '진보 우파'라는 새로운 개념을 선보였다. 이 씨 주장의 골자는, 진보는 좌파의 전유물이 아니고 보수와 진보는 이념의 내용이 아니라 태도와 관계에 있기 때문에 변화하는 세계에서 '진보 우파' 개념도 충분히 가능하다는 것이다.

부자연스런 조어(造語)를 새로운 개념이라고 우기는 것을 보니 이 씨의 길 찾기가 고되긴 고된가 보다.

🌵 수능 부정행위와 벌거벗은 대한민국

수능시험 부정행위가 전국 도처에서 일어났다는 증거가 속속 드러나고 있다. 물론 대학입시에서 부정행위가 저질러진 것이 이번이 처음은 아닐 것이다. 아마도 대학입시에서 저질러진 부정행위의 역사는 대학입시제도가 예비고사, 학력고사, 수능시험 등으로 변해온 세월만큼이나 오래되었을 것이 분명하다.

이번 부정행위를 둘러싸고 각계의 의견이 분분하다. 한국사회의 도덕성 타락을 개탄하는 유명 목사님의 격정토로에서부터 휴대폰을 통한 부정행위를 근절하기 위해서 전파차단기를 설치하자는 의견까지 다양한 견해와 입장들이 난무하는 중이다. 마치 백가쟁명(百家爭鳴)의 춘추전국시대로 돌아간 듯한 착각마저 일게 한다. 아쉬운 것은 이번 수능 부정행위를 바라보는 시선과 입장들이 지나치게 표피적이고 미시적이라는 사실이다. 물론 부정행위를 저지른 수험생들과 이에 가담한 사람들은 도덕적 비난을 감수해야 마땅하고 필요하다면 형사처벌까지 받아야 하겠지만, 모든 사태의 근본원인을 개인의 도덕적 결함으로 환원한다면 이번 사태가 주는 사회적, 정치적 교훈을 간과하는 어리석음을 범할 수도 있다.

그렇다면 이번 수능 부정행위의 본질은 과연 무엇인가? 이 질문에 답하기 위해서는 왜 일부 수험생들이 부정행위를 하면서까지 높은 점수를 받으려고 했는지를 이해해야 한다. 누구나 알다시피 이들이 높은 점수를 받으려고 한 까닭은 높은 점수가 세칭 명문대에 입학하는 것을 보장해 주기 때문이었다.

도대체 이들이 그토록 명문대에 집착하는 원인은 무엇인가? 더 나아가서 한국사회에서 교육이 갖는 의미는 무엇인가? 이런 질문들의 답을 찾아가는 과정은 이번 수능 부정행위의 본질을 파헤치는 작업과도 맥을 같이 한다. 사전적 의미에서 교육의 정의는 (1) 지식을 가르치고 품성과 체력을 기름 (2) 성숙하지 못한 사람의 심신을 발육시키기 위하여 일정한 기간 동안 계획적, 조직적으로 행하는 교수적(敎授的) 행동(가정교육, 학교교육, 사회교육 등이 있음)이다.

그러나 주지하다시피 한국사회에서 대학입시로 상징되는 교육은 사전적 의미와는 아주 거리가 멀고 심지어 그와는 반대말처럼 읽히기 일쑤다. 한국사회에서 교육이란 무엇보다 한 개인과 그 개인이 속한 가족이 머물 계급을 결정짓는 일종의 생존게임이다. 상황이 더 고약한 것은 이 게임에서 패배한 자들에게는 재기의 기회가 좀처럼 주어지지 않는다는 점이다. 잊지 마라! 이 게임은 단판 승부다!

한국사회에서 서울대학교를 나왔다는 것은 단순히 대한민국 최고 명문대학을 졸업했다는 사실만을 의미하지 않는다. 그것은 이 사회의 주류(main current)에 편입될 수 있는 든든한 발판을 마련했다는 의미임과 동시에 은폐된 카스트 제도의 맨 위 계급에 속할 자격이 부여되었다는 사실을 가리킨다.

오래전부터 한국사회는 이른바 'SKY'출신이 인적 네트워크를 형성하여 사회적 부와 권력과 담론 등을 그들 사이에 교환하는 구조로 고착되어 왔으며, 이런 경향은 근년 들어 더욱 공고해지고 있는 것처럼 보인다. 이른바 '학력 피라미드'의 정점에 서울대가 위치하고, 그 밑으로 많은 대학들이 서열화되어 있으며 '학력 피라미드'의 밑바닥에 대학을 졸업하지 못한 이 사회의 대다수 사람들이 위치하고 있다. 쉽게 말해서 출신학교가 어디냐에 따라서 한 개인과 그 개인이 속한 가족의 사회적 운명이 거의 결정되는 사회가 바로 대한민국인 것이다. 이런 사정을 모를 리 없는 수험생들과 학부모들은 고득점을 얻기 위해 고액과외를 마다하지 않는다. 이조차 효과가 없을 때 사용되는 최후의 방법이 최근 불거지고 있는 다양한 행태의 부정행위이다.

분명한 것은 대학입시에서 승리한 자에게 사회적 부와 권력이 독점되는 기급외 사회적 메커니즘이 그대로 작동하는 한, 명문대 입학을 위한 건곤일척(乾坤一擲)의 승부는 계속될 것이고 이를 둘러싼 추문들도 끊이지 않을 것이라는 점이다. 개인의 능력과 업적이 아니라 출신학교가 개인의 사회적 지위와 가치를 평가하는 척도가 되는 시스템을 바꾸지 못한다면 수능 부정행위는 더욱 진화된 행태로 탈바꿈을 거듭할 것이다.

이번 수능 부정행위는 교육이 본래의 기능에서 일탈하여 부와 권력을 합법적으로 세습하는 도구로 기능하고 있다는 점을 보여주고 있다는 점에서 대한민국의 알몸을 드러내주는 사건이라고 표현해도 지나침이 없을 듯하다. 그러나 한편으로 생각해보면 이번 사건이 불미스러운 일임에 틀림없지만, 위에서 살펴본 것처럼 한국교육이 직면하고 있는 구조적 문제를 성찰할 수 있는 기회를 제공하고 있다는 점에서 긍정적 측면도 있다 할 것이다.

한번 상상해보자! 만약 공장에서 육체노동에 종사하는 손 노동자들 – 물론 이들은 대학을 졸업하지 않았다 – 이 적정한 수준의 경제적 보상과 사회적 평가를 받는 사회가 도래한다면 대학 졸업장이 주는 매력은 한층 떨어질 것이고 당연히 대학입시와 관련된 여러 병폐들은 눈에 띄게 해소되지 않을까? 대학졸업장이 사람구실의 징표가 아니게 될 때 비로소 아이들은 공화국 시민으로서 응당 갖추어야 할 덕성을 배울 수 있을 것이고 자신들이 가진 소질과 개성에 따른 교육을 받게 되지 않을까?

결국 난마(亂麻)처럼 얽힌 '교육문제'를 해결할 수 있는 유일하고도 근본적인 해법은 대학입시에서 승리한 자가 사회의 모든 자원을 독식하는 지금의 시스템을 근본적으로 바꾸는 길 이외에는 없다. 그리고 이를 가능하게 하는 건 교육이 아니고 정치이다. 정치는 사회적 부와 권력을 권위적으로 분배하는 힘을 가지고 있기 때문이다. 오늘날 한국교육이 봉착한 문제의 근저에는 교육문제의 해법은 교육부문에서 찾아야 한다는 그릇된 인식이 자리잡고 있음을 지적하지 않을 수 없다. 교육은 교육 관료들과 교육가들에게만 맡겨두기에는 너무나 중요하다.

『*OhmyNews*』 2004. 12. 3.

🌵 '간첩규정'과 '밀양사건'이 던진 충격

최근 일어난 사건들 가운데 가장 충격적인 사건을 들자면 단연 '동료 국회의원을 간첩으로 규정한 사건'과 '밀양에서 자행된 집단윤 간사건'일 것이다. 평균의 분별력과 양식을 지닌 한국사회 구성원들에게 자신들이 가진 상상력의 한계가 얼마나 좁은 것이었는지를 뼈저리게 알려준 사건들이라는 데에 이 사건들의 공통점이 있다.

■ 한나라당의 현대판 마녀사냥

동료의원을 현재 암약(暗躍)하고 있는 간첩(!)이라고 규정한 한나라당 의원들의 색깔공세는 중세유럽에서 자행된 '마녀사냥'의 현대판 버전이라 할 수 있다. '간첩이 아님은 간첩으로 지목된 자가 입증해야 한다! 간첩으로 규정하면 간첩이 되고 이를 전제로 사상전향을 강요한다.'

적어도 한나라당 의원들과 지지자들의 뇌구조는 이런 식으로 작동한다. 아마도 국가보안법을 포함한 각종 법안들의 개정 및 입법을 앞에 두고 한국사회 구성원들의 무의식 깊은 곳에 잠재되어 있는 레드 콤플렉스를 자극해 보겠다는 셈법이 한나라당 내에 지배적인 듯한데, 이는 대다수 시민들을 '파블로프의 개' 정도로 취급하는 저열한 인식임이 분명하다.

게다가 이런 폭로를 실행하고 감수(監修)한 자들이 과거 군사정권의 버팀목 노릇을 하던 공안검사와 안기부 간부였던 것을 상기해 보면 역사의 시계바늘이 거꾸로 가는 착각마저 든다. 고문을 자행했다는 의혹을 받고 있는 전직 안기부 차장 출신의 정형근 의원은 만약 자신이 고문을 했다면 국민의 정부에서 고문의 증거가 드러나지 않았을 까닭이 없다고 강변하면서 자신의 고문혐의를 완강히 부인하고 있다. 그러나 정작 그는 문민정부 시절에 고문의 증거들이 인멸되었을 가능성에 대해서는 아무런 설명도 하지 않는다. 별다른 증거도 없이 애먼 사람을 간첩이나 빨갱이로 규정하는 한나라당식 논리를 그대로 사용하자면 정형근 의원은 자신이 고문을 하지 않았다는 사실을 스스로 입증해야 한다. 아마 정 의원에게 고문을 직접 당했다는 피해자가 있으니 그리 녹록한 일은 아닐 것이다. 피해자들이 허위로 주장하는 것이 아니냐고? 그 또한 정형근 의원이 입증해야 할 일이다. 불현듯 전직 국회의장 박관용 의원의 명언이 생각난다. 자업자득(自業自得)!

■ 짐승들의 시간

밀양에서 벌어진 집단윤간사건 앞에서 우리들이 가진 도덕성과 윤리의식은 설 자리를 잃어버린다. 그저 손발이 떨리고 숨이 막혀 온다. 인류가 저지른 극악한 범죄 가운데 하나가 전장에서 이민족(異民族) 여자들에게 행한 집단윤간이다. 오래전 일을 들출 것도 없이 몇 년 전 보스니아 내전에서 벌어진 예가 이를 잘 보여주며 일부에서 여전히 공창(公娼)이었다고 강변하는 일제하 정신대(挺身隊)도 그런 범주에 해당한다.

그런데 이번에 자행된 밀양집단윤간 사건은 동족을 상대로 평시에 그것도 1년여에 걸쳐 반복적으로 지속된 범죄라는 점에서 무릎이 꺾일 정도의 충격을 안겨준다. 이번 집단윤간사건의 가해자들은 피해자들의 정신과 육체에 지울 수 없는 상처를 입혔다. 피해자들을 한낱 성욕의 배설물로만 취급한 가해자들은 피해자들의 인격을 사실상 살해함으로써 자신들을 인간 이하의 지위로 떨어뜨렸다. 가해자들이 학생이라는 사실은 이런 평가에 아무런 영향도 미치지 못한다.

더욱이 반성의 기미가 전혀 없는 가해자들과 피해자들을 협박했다는 일부 가해자의 학부모들, 오히려 피해자를 나무랐다는 담당 경찰에 관한 소식을 접하고 있노라면 절망만이 마음을 채운다. 그들 앞에서는 염오(厭惡)의 감정마저 멀리 달아난다. 그저 인간이 지녔다는 원죄(原罪)에서 유래되었음직한 악마성에 전율할 뿐이다.

이번 사건의 원인을 둘러싸고 논의가 분분하다. 남성들의 왜곡된 성의식, 사회 일반에 만연한 남근우월주의, 공교육의 문제점, 가정교육 붕괴 등등…… 아마도 이런 요소들이 복합적으로 작용해 추악한 범죄를 낳았을 것이다. 그러나 정작 머릿속을 채우고 있는 것은 이 사건에 대한 원인과 처방이 아니다. 지금 머릿속을 온통 채

우고 있는 생각은 단 하나다! 우리 인간들은 앞으로 얼마나 더 진화해야 하는가. 진화가 가능하기나 할 것인가 하는 생각 말이다.

『*OhmyNews*』 2004. 12. 13.

대학마저 자본 앞에 무릎 꿇는가?

　이건희 삼성그룹 회장이 고려대학교에서 명예철학 박사학위를 받았다. 누구나 쉽게 짐작할 수 있는 것처럼, 이건희 회장이 받은 명예철학 박사학위는 그가 고려대학교에 기부한 4백억과 무관하지 않을 성싶다. 이렇게 쉬운 이치를 고려대학교 학생들이 모를 리가 없다. 학생들은 학교 내부의 의견 수렴과정도 없이 기업경영인인 이건희 회장이 명예직이긴 하지만 철학박사학위를 받는 것을 납득할 수 없어서 이에 대한 항의표시로 자발적인 집회를 조직하였다.

　돈으로 학위를 사고판다는 의혹에다 핸드폰 위치추적으로 상징되는 노동탄압의 이미지가 겹쳐지면서 이건희 회장의 학위수여식은 파행으로 치달았고, 이는 어찌 보면 예견된 결과이기도 했다. 손님을 그렇게 대접하는 법이 어디 있느냐는 비난도 일면 수긍할 만하지만, 이번 소동은 정의에 민감하고 진리에 목말라하는 대학생들의 결기를 보여준다는 측면에서 그리 나무랄 일은 아니다. 백보를 양보한다고 해도 이번 사건은 혈기 방장한 젊은이들이 벌인 일종의 해프닝으로 이해하면 될 일이다.

그런데 사정이 영 이상하게 전개되고 있다. 강의를 위해서 학교를 찾은 전직 대통령이 학생들의 저지에 막혀 하릴없이 기다리다 아무 소득 없이 돌아갔을 때도 별 다른 반응을 보이지 않던 고려대학교 측에서 과잉대응을 거듭하고 있는 것이다. 과잉대응의 양태는 보직교수 전원의 사표제출에 굴욕의 느낌마저 주는 사과, 그리고 집회에 참석한 학생들에 대한 징계 검토에 이르기까지 매우 다양하다. 이만한 일에 저렇듯 다채로운 대응책을 마련한 고려대학교 측의 정성이 자못 안쓰럽기도 하고 놀랍기도 하다.

하긴 고려대학교 측이 이번 사태의 진화에 전전긍긍(戰戰兢兢)하는 것도 이해가 된다. 서릿발 같은 위엄을 자랑하는 검찰과 법원, 금감원마저 삼성 앞에서는 부드러운 미풍으로 변하는 마당에 일개 사립대학교가 무슨 힘이 있어 태연할 수 있겠는가? 이번 사건은 세속권력 가운데 자본권력의 힘이 단연 으뜸이라는 사실에 대한 새삼스러운 깨달음을 우리에게 준다. 절차적 민주주의가 진전됨에 따라 초법적·탈법적 국가권력의 힘은 눈에 띄게 줄어들었고, 그 빈자리를 '자본'이 차지하는 현상이 최근 한국사회에 두드러지고 있는데 이번 사건은 그 단적인 예가 아닌가 싶다. 또한 비교적 자본과 권력으로부터 자유롭다고 하는 대학마저 이미 자본에 대한 의존 ― 나쁘게 말해서 예속 ― 이 돌이키기 힘든 지경에 달했다는 방증이라고 해석해도 그리 무리는 아닐 듯하다.

한편 요 며칠 새 고려대학교 게시판은 대형 사고(?)를 친 총학생회와 집회참여 학생들에 대한 찬반양론으로 뜨겁다고 한다. 비율로 따지자면 찬성의견보다는 반대의견이 훨씬 우세하다고 한다. 아마도 반대하는 학생들이 내세우는 명분이 어떤 것이건 그들의 마음속에서 내밀히 작동하고 있는 동기는 단연 삼성그룹에 취업하는데 불이익이 생길 가능성에 대한 염려일 것이다. 하긴 취업하기도 어려운 판에 공연히 평지풍파를 일으킨 동료들에 대한 원망이 생길 법도 하다. 더욱이 삼성그룹은 대한민국에 거주하는 취업 희망자들이 가장 가고 싶어 하는 직장이 아닌가!

하지만 그들의 걱정이 현실이 될 만큼 이건희 회장이 옹졸할 것으로는 생각되지 않으니 너무 마음 졸이지 않아도 좋을 듯하다. 더 나아가서 삼성으로 대표되는 재벌그룹에 입사해야 행복이 보장될 거라는 고정관념과 사회적 압력으로부터 자유로워졌으면 한다.

끝으로 재벌에 의한 지배를 날카롭게 비판하면서 재벌기업에 입사하지 못해 몸이 달아하는 이중성을 벗어나지 못한다면 한국사회의 미래는 암울할 뿐이라는 점을 고려대학생들이 반드시 기억했으면 좋겠다.

오월 광주가 이룬 것과 이룰 것

어느덧 광주민중항쟁 25주년이 되었다. 사반세기라는 세월의 흐름은 광주민중항쟁 원년에 태어난 아이들이 늠름한 청년으로 성장하기에 충분한 시간이고, 항쟁을 직간접으로 경험했던 많은 사람들이 항쟁을 자신들의 뇌리 속에서 잊기에도 그리 모자람이 없는 시간이다. 그래서일까? 90년대 말까지만 해도 제법 떠들썩하게 기념되던 광주민중항쟁이 얼마 전부터 매우 조용하게 지나간다는 느낌이 든다. 물론 광주민중항쟁이 법률로 민주화운동으로 규정되고 유족들과 부상자들에게 보상하는 등 제도화된 측면도 있지만 반드시 그 때문만은 아닌 듯하다.

오히려 광주민중항쟁 이후 눈에 띄게 진전된 민주화가 항쟁의 의미를 퇴색시키고 있다고 해석하는 것이 자연스러울 성싶다. 전두환과 노태우가 통치하던 시절에 그토록 애틋했고 일쑤 격앙되기까지 했던 추모의 념(念)은 문민정부가 들어선 이후부터 시나브로 옅어지기 시작했고 국민의 정부 출범 이후에는 그 옅어짐의 정도가 확연해진 사실이 이를 방증한다. 좋은 기억과 나쁜 기억을 가리지 않고 희미하게 만드는 세월의 공평함도 한몫을 하고 있음은 물론이다.

불법적인 국가폭력에 맞서 죽음을 무릅쓰고 궐기했던 오월 광주가 괄목할 만한 민주화의 성장에 반비례하여 사람들의 기억 속에서 잊혀져가는 것은 참으로 아이러니가 아닐 수 없다. 야만과 광기의 시절이 과거의 일이 되면서 이를 종식시키는 데 밑거름 역할을 했던 오월 광주도 자연스레 기억 속에서 사라져 가는 것이 당연한 일로 여겨지는 요즈음 오월 광주의 역사적 의미에 대해서 되짚어 보는 것은 적지 않은 의미가 있는 일일 것이다.

무엇보다 광주민중항쟁은 권위주의 정권의 철권통치를 종식시키고 절차적 민주주의를 진전시키는 데 결정적인 기폭제 역할을 하였다. 오월 광주가 시민혁명으로 평가되는 6월 항쟁의 밀알이 되었음을 부정할 사람은 지만원 등의 무리를 제외하고는 거의 없을 것이다. 또 광주민중항쟁은 한국전쟁이 종전된 이후 최초로 군으로 상징되는 국가권력과 시민사회가 정면 격돌한 사건이었고 한국사회 구성원들에게 국가와 시민사회의 관계에 대해 근본적으로 고민하게 만든 계기가 되었다. 한편 신군부가 항쟁을 진압할 동안 아무런 조치도 취하지 않은 미국의 존재와 역할에 대한 회의는 '반미의 무풍지대'라는 금기를 넘어설 만큼 깊은 것이어서 이후 한국사회에서 미국은 더 이상 '은인의 나라'로 대접받을 수만은 없게 되었다.

오월 광주는 이후 학생운동과 민중운동의 이념적 지형에도 커다란 영향을 미쳤다. 항쟁이 잔인하게 진압된 후 학살의 원흉은 화려하게 대관식을 치르고 권좌에 앉았고 민중운동 진영은 이를 저지할 아무런 힘이 없었다. 80년 오월 광주에서 벌어진 대량 학살을 경험한 세대에게 70년대 말까지 주류를 이루었던 지사적(志士的) 운동은 더 이상 현실변혁의 대안이 될 수 없었다. 야수적 폭력본능과 막강한 물리력을 갖춘 학살자에게 대항하기 위해서는 좀 더 강력한 이론적 무기가 필요했다. 따라서 한국전쟁 이후 사실상 절멸되다시피 했던 마르크스주의가 한국사회에 복권(復權)된 것은 어찌 보면 당연한 일이었을 것이다. 역사적으로 보면 파시스트들과 가장 비타협적으로 투쟁했던 것이 다름 아닌 마르크스주의자들이었으니 말이다.

아울러 살아남은 자로서의 도덕적 부채의식을 짊어진 많은 청년들이 학업을 중단한 채 공장 등으로 이른바 '위장취업'을 하여 자신들의 잘못(?)을 속죄하려는 이례적 현상도 나타났다.

비단 오월 광주의 의미는 국내에만 국한된 것이 아니다. 기실 광주민중항쟁은 해방과 대동, 자유와 평등을 향한 집단적 상상력의 원천으로 기능하며 이미 세계사적 의의를 획득했다고 해도 과언이 아니다. 오월 광주는 불의한 국가권력에 맞서 분연히 일어선 시민들이 만든 공동체가 얼마나 도덕적이고 아름다울 수 있는지를 유감없이 보여준 세계사적 감동의 드라마였다.

이와 같이 오월 광주가 한국사회 더 나아가서 세계에 미친 영향은 크고도 깊다. 그러나 심히 안타까운 것은 오월 광주의 정신과 사회적 상상력이 현재 한국사회에 이렇다 할 영향력을 행사하지 못하고 있는 것처럼 보인다는 사실이다. 오월 광주가 한국사회의 민주주의를 진전시키는 데 큰 기여를 했던 과거의 사건으로 평가

받으면서 역사책 속에만 머물러 있어도 좋은 것일까? 한국사회는 이제 더 이상 오월 광주에서 배울 것이 없는 것일까?

아니다! 아니다! 세 번 아니다! 한국사회에는 여전히 오월 광주가 필요하고 그런 의미에서 오월 광주는 과거형이 아닌 현재형인 것이다. 절차적 민주화가 완숙기에 접어든 지금 오월 광주의 정신과 사회적 상상력을 다시금 불러내야 할 이유는 우리가 지금 민주화 이후의 민주주의를 고민해야 할 시점에 도달했기 때문이다. 군부정권을 축출하고 정치적 민주화를 이루면 좋은 세상이 올 것이라는 예측은 보기 좋게 빗나갔고 군부정권이 쫓겨난 자리를 차지한 것은 경제적 불평등과 신자유주의의 그림자 그리고 물신숭배의 정신들이다.

이제 우리는 경제적 불평등을 바로잡고 신자유주의의 그림자를 쫓아내며 물신숭배의 문화를 극복하는 데 온 힘을 쏟아야 한다. 이를 위해서 '오월 광주'라는 마르지 않는 사회적 상상력의 수원(水源)에서 물을 길어 와야 한다. 이런 의미에서 보면 오월 광주는 현재진행형인 셈이다.

일찍이 어느 눈 밝은 시인은 바람에 지는 풀잎으로 오월을 노래하기 말라고 갈파한 바 있다. 혹시 지금 우리는 오월 광주를 바람에 지는 풀잎으로 여기고 있는 것은 아닌가? 자문해볼 일이다.

『*OhmyNews*』 2005. 5. 17.

🌵 이상경 재판관! 길게 끌면 더 추해집니다

임대소득 탈세의혹이 사실로 드러나 여론의 사퇴 압력이 거센 이상경 헌법재판관이 이번에는 부동산 투기의혹에 휩싸였다. 설상가상(雪上加霜)에 점입가경(漸入佳境)의 형국이다.

언론 보도에 따르면, 이상경 재판관이 연고도 없는 제주도에 17년 동안 임야 약 3260평을 소유하고 있었으며 이를 현 시가로 계산해 보면 최소 1억 6천만 원에서 최고 1억 9천만 원에 이른다는 것이다. 이는 이 재판관이 93년 재산공개 때 신고한 내역 및 지난해 2월 국회 인사청문회 때 국회에 제출한 평가 가액보다 거의 4배가 많은 금액이다. 이 재판관이 신고한 평가 가액은 심지어 현재 공시지가인 평당 3만 원에도 크게 미치지 못하는 수준에 불과하다. 이에 대해 이 재판관은 "제주도 땅은 돌아가신 집안 아저씨의 소개로 친구인 이 아무개 씨와 노후를 같이 하기 위해 공동으로 매입한 것"이라고 말했다는데, 이 항변은 탈세의혹에 대해 아내가 한 일이라 잘 모른다던 이 재판관의 궁색한 변명과 어딘가 모르게 많이 닮았다.

헌법재판관은 대법관과 함께 법관이 다다를 수 있는 최고의 위치라는 점, 헌법재판소의 권능과 역할이 과거와는 비교할 수 없을 만치 중요해졌다는 점, 국가의 명운을 결정할 수도 있는 결정을 내리는 헌법재판관은 최고위급의 공직자로서 마땅히 청렴성과 도덕성을 겸비하여 시민들의 모범이 되어야 한다는 점 등을 감안할 때 이상경 재판관이 더 이상 그 직을 수행할 수 없음은 자명하다.

정작 놀라운 것은 헌법재판소와 이 재판관의 반응이다. 아직까지 헌법재판소는 이번 사태에 대해서 아무런 유감표명도 하고 있지 않다. 또한 이 재판관 역시 헌법재판소와 동일한 반응을 보이고 있다. 설마 조세법 전문가라는 이 재판관이 자신의 잘못을 모를 리는 만무할 것이고, 헌법재판소의 윤영철 소장을 위시한 재판관들 역시 사정은 별반 다르지 않을 것이다. 그렇다면 이들의 침묵이 의미하는 것은 과연 무엇일까? 오랫동안 법관이나 헌법재판관으로 일하다 보니 혹시 자신들을 '인격화한 법' 혹은 '법 위에 있는 초월적 존재'로 오해하고 있는 것은 아닐까?

'관습헌법'이라는 경천동지(驚天動地)할 법리를 적용해 행정수도 이전을 좌초시킨 이들의 과거 행적을 보자면 그런 의심이 전혀 근거 없는 것도 아니다. 어떤 사회적 현상이나 사실이 관습헌법에 해당되는지 여부를 판단할 사람은 오직 헌법재판관들 뿐이고 관습헌법이 성문헌법보다 우월하다고 가정한다면 헌법재판관들은 말 그대로 '살아 있는 헌법'인 셈이니 말이다.

그러나 이처럼 개명한 세상에 우리의 헌법재판관들이 그처럼 고

루한 봉건적 사고에 갇혀 있지는 않을 것이니 그 부분에 대한 의심일랑 거두기로 하자! 그렇다면 혹시 이 재판관과 헌법재판소의 재판관들은 시민들에 대한 유감표명이 헌법재판소의 권위를 훼손할지도 모른다고 걱정한 나머지 사과에 인색한 것은 아닐까?

만약 위와 같은 가정이 사실이라면 이 재판관과 8인의 헌법재판관들은 부디 공연한 근심을 거두시기 바란다. 시민들은 자신의 과오를 솔직히 인정하고 그에 상응하는 책임을 지는 이상경 재판관의 모습과 겸허히 유감을 표시하는 헌법재판소의 태도를 보고 한결 헌법재판소를 미덥게 여길 것이다. 사정이 이와 같다면 이 재판관이 더 이상 공직 사퇴를 미룰 어떠한 이유도 없음이 자명하다. 모쪼록 이 재판관이 더 늦기 전에 솔직한 사과와 함께 사퇴하는 결단을 보이길 바란다. 아울러 헌법재판소도 진정성 넘치는 대국민 사과를 하는 것이 온당할 것이다.

세상사에는 길게 끌어서 추해지는 일들이 많다. 부디 이상경 재판관과 8인의 헌법재판관들이 이 이치를 밝게 깨달아 추문(醜聞)에서 벗어나길 바란다.

『*OhmyNews*』 2005. 5. 31.

삼성의 끝없는 오만, 국민들은 무죄인가?

　　드디어 삼성이 대국민 사과문을 발표했다. 대국민 사과 발표 직전까지의 등등한 기세를 생각해보면 다소 의외라고 할 정도의 신속한 반응이다. 아쉬운 것은 대국민 사과의 민첩함에 비해 사과의 내용이 매우 부실하다는 사실이다. 그리 길지 않은 사과문을 일별해보면 알겠지만, 97년 불법대선자금 제공관련 테이프에 대한 삼성의 입장은 "비록 알려진 내용이 사실과 다르거나 소문에 불과한 것도 있고 그 내용이 왜곡되거나 과장된 점도 있다"로 정리된다. 그러면서 삼성은 "금번 사태의 원인이 된 불법도청과 무책임한 공개 및 유포"를 "개인의 인권 확보와 우리 사회의 민주 발전을 위해 반드시 근절되어야 할" 주적(主敵)으로 못 박고 있다. 항용 그렇듯이 사과문의 대미를 장식하고 있는 것은 "우리 경제의 재도약과 국제경쟁력 강화에 더욱 힘을 쏟겠다"는 삼성그룹의 비장한(?) 다짐이다.

결국 삼성은 이른바 "이상호 X파일"로 불리는 테이프의 내용이 사실인지 아닌지에 대해서 명확한 답을 하지 않은 채, 그저 사회적 물의를 일으켜 송구하다는 식의 의례적 사과를 하는 데 그친 것이다. 또한 삼성은 자신들의 책임을 인정하는 데에는 인색한 반면, 불법도청과 이를 공개한 기관 및 개인들에 대해서는 서릿발 같은 기세로 매서운 비판을 서슴지 않고 있다.

지극히 상식적인 이야기지만, 사람이건 조직이건 잘못을 하게 마련이다. 물론 그 잘못이 과실이 아닌 고의라고 한다면 잘못을 범한 이에게 가해질 비난의 강도는 한층 높아질 것이다. 그러나 과실이건 고의이건 잘못을 범한 이가 자신의 잘못을 솔직히 시인하고 용서를 구한다면, 그에게 쏟아지는 사회적 비난의 강도가 눈에 띄게 약해지는 것이 보편적인 현상이다. 인류가 사법체계를 고안해서 운영한 이래 자수를 하거나 자신의 죄를 진정으로 뉘우치는 자―이러한 자들을 일컬어 개전(改悛)의 정(情)이 있다고 한다―들에 대한 처벌을 가볍게 한 데에는 위와 같은 이유가 자리하고 있는 것이다.

그러나 유감스럽게도 25일 발표한 사과문에서 잘 드러난 것처럼 삼성은 97년 불법대선자금 제공과 관련해서 진지한 반성도, 재발방지에 대한 약속도 전혀 하고 있지 않다. 오직 여론의 질타를 무마하려는 얄팍한 속내와 불법도청 및 유포에 대한 날 선 비난만이 사과문을 관통하고 있다. 도대체 국가의 기틀을 흔들 만한 정(政)·재(財)·언(言) 커넥션의 중심에 서 있다는 의혹을 짙게 받고 있는 삼성이 이토록 방약무인(傍若無人)의 고자세를 유지할 수 있는 까닭은 무엇일까? 우리가 정작 주목해야 하는 것은 삼성이 과연 불법대선자금을 제공하는 등 노골적으로 특정후보를 밀었는가 하는 점―

이런 사실을 의심하는 사람이 대한민국에 얼마나 되겠는가? — 보다는 엄청난 범법행위를 저질렀을 가능성이 큼에도 불구하고 삼성이 저토록 의연(?)할 수 있는 이유이다.

언제부터인가 삼성은 다른 사기업과는 다른 취급을 대다수 국민들로부터 은연중에 받아왔다. 이런 사정은 국가기관도 별반 다르지 않아 서슬 퍼런 위엄을 자랑하는 법원·금감원·검찰도 삼성 앞에만 서면 한없이 부드러운 미풍으로 변하곤 했다. 삼성이 부리는 마술(?)에 대한 해석도 다양하다. 삼성이 여느 기업보다 훨씬 막강한 인적 네트워크를 각계에 구축해 놓았기 때문이라는 설, 삼성의 경영 기법이나 상속방법 등이 도덕적 비난의 여지는 크지만 실정법상 처벌하기는 어렵기 때문이라는 설 등등이 그것이다. 그중에서도 가장 유력한 가설은 삼성이 국민경제에서 차지하는 비중이 너무나 크기 때문에 삼성을 건드리면(?) 국민경제 전체가 흔들릴 것이라는 생각이 정부와 국민들에게 광범위하게 퍼져 있기 때문이라는 설이다.

최근에 일어난 일련의 사태 — 고대 사태가 그 좋은 예이다 — 들을 보고 있노라면 여기서 여러 발 더 나아가고 있다는 확신이 든다. 지금 대부분의 대학생들은 무노조 경영을 하는 삼성을 비판하기보다는 삼성에 입사할 궁리를 하기에 여념이 없다. 이제 국민들은 더 이상 삼성을 욕하지 않는다. 오히려 삼성전자로 대표되는 세계 1등 기업을 보유하고 있는 삼성에 대해서 무한한 자긍심과 애틋한 정(?)마저 느끼고 있는 것이 현실이다. 사람들은 삼성 애니콜이 유럽에서 얼마나 많이 팔렸는지 삼성전자의 분기 순이익이 얼마나 되는지를 확인하며 뿌듯해 하곤 한다. 경제를 위해서 삼성과 같은 기업이 몇 개 더 있어야 한다는 공감대는 이미 확산될 대로 된 상태이다. 어느덧 많은 사람들은 삼성의 운명을 대한민국의 운명과 떼어 놓고 생각하는 것을 낯설어 한다.

바로 이것이다. 정부와 국민들이 삼성의 운명을 대한민국의 운명과 동일시하는 것. 삼성이 가지고 있는 비전을 대한민국의 그것과 일체화해서 생각하는 것. 이런 여론과 사회적 시선들이 한국사회에 만연해 있기에 삼성이 안하무인의 태도를 견지할 수 있는 것이다. 물론 삼성의 불법대선자금 제공 의혹에 대해서 검찰이 철저히 수사한 후 범죄에 연루된 사람들은 지위고하를 막론하고 처벌하는 것이 당연한 일일 것이다. 또한 일각에서 마치 이 사건의 본질인 것처럼 호도하고 있는 불법도청에 대해서도 철저한 수사가 필요하다.

그러나 국민들이 이 기회에 삼성이라는 주술(呪術)에서 벗어나 삼성의 실체와 공과를 정확히 직시하고 삼성이 가지고 있는 여러 폐단들을 스스로 척결할 수 있도록 강제하지 않는다면 미구에 불법대선자금 제공보다 훨씬 중대한 범죄가 삼성에 의해서 저질러지지 않으리라고 장담할 수 없다. 삼성의 추악한 면모가 드러나고 있는 지금이 어쩌면 삼성에 대해서 많은 사람들이 가지고 있는 잘못된 관념들을 타파할 수 있는 마지막 기회일지도 모른다. 삼성에 대한 국민들의 인식이 근본적으로 전환되지 않고는 이미 비대해질 대로 비대해진 삼성의 힘을 민주적으로 제어하기는 매우 어려운 일이다.

삼성이 그 누구보다 이건희 회장 개인을 위해 존재한다는 사실. 그리고 삼성이 대한민국 국민들을 먹여 살리는 것이 아니라 그 반대가 참이라는 사실을 깨닫는 것이 그리도 어려운 일일까?

『OhmyNews』 2005. 7. 26.

☝ 한번도 자유민주주의자들이 아니었던 자들의 외침

역전(歷戰)의 용사들이 다시 뭉쳤다. 백척간두의 위기에 놓인 조국의 처지를 보다 못해 자칭, 타칭의 보수원로들이 노구를 이끌고 거리로 나선 것이다.

언론 보도에 따르면 이들은 18일 오전 서울 프레스센터에서 '나라가 망하기 전에 대한민국을 살리자'라는 제목의 '제2 시국선언'을 발표했다고 한다. 제2 시국선언에 서명한 인사들의 면면도 화려하기 그지없어 김수한 · 박관용 전 국회의장, 이일규 전 대법원장, 강영훈 · 이회창 전 국무총리 등 전직 3부 요인과 전직 장관 76명, 전국회의원 205명, 전직 대사 48명 등 각계 인사 1만여 명에 이른다고 한다. 이쯤 되면 역대정권에서 힘깨나 썼다는 인사들 중 제2 시국선언에 서명을 권유받지 못한 인사들이 퍽이나 민망했을 성싶다.

이들에 따르면 "오늘 대한민국은 좌경화(左傾化)가 나라의 안방과 심장을 위협하고 있는 위험한 나라"이다. 뿐만 아니라 "전향 여부가 불투명한 386과 노무현 정부의 장막 뒤에 몸통을 숨기고 있는 정체불명의 배후세력 등 친북·좌경·반미 인맥(人脈)들이 청와대 등 국가기관과 KBS·MBC·SBS 등 공중파(公衆波) TV들을 장악하고" 있어 나라가 결딴(?)날 것만 같다. 물론 강 교수 사건에 대해서 수사지휘권을 행사한 천 장관도 이들의 날선 비판에서 무사할 수는 없어서 천 장관은 졸지에 "건국사상 처음으로 '수사지휘권'을 발동하여 국기(國基)를 흔든" 좌파정권의 법무장관이 되었다. 이들의 평가에 따르면 국민의 정부와 참여정부는 "대한민국을 비정상적인 나라"로 만들어 버린 "좌파정권"이다. 국민의 정부와 참여정부가 좌파정권씩이나 된다니 참으로 후한 평가가 아닐 수 없다.

우국충정(?)으로 똘똘 뭉친 노병들이 대통령에게 요구하는 것은 많기도 하다. 이들은 대통령에게 4대 입법과 연정추진을 단념하고 시장경제를 심각하게 왜곡시키는 '강남'과 '삼성' 때리기를 중단할 것을 요구하고 있다. 또한 이들은 "부정한 부의 형성은 처벌하되 정당한 부의 축적은 존중하는 사회, 그리고 분배가 성장 잠재력을 잠식하는 것이 아니라 성장이 분배의 여력을 창출하는 국가경제를 재건해야 한다"고 근엄하게 타이르고 있다. 대북관계에 관한 훈수도 빠질 수 없어서 이들은 대통령에게 6·15 공동선언을 폐기하고 대북 경제원조는 북한의 개혁, 개방 및 인권상황의 개선과 연계시킬 것을 주문하고 있다. 야성(野性)을 잃어버린 한나라당에 대한 보수원로들의 실망은 이런 식으로 할 거면 한나라당을 대안으로 선택할 수 없다는 자못 협박조에 가까운 경고로 끝을 맺는다.

기실 이들이 정작 하고 싶었던 말은 "退陣(퇴진) 요구는 不可(불가), 그러나 스스로 물러나는 대통령 막을 수 없다"라는 소제목에 함축되어 있다고 할 수 있는데 "노 대통령이 끝내 국민 여론을 외면하고 헌법을 무시·유린하며 나라를 오도하는 길을 고집한다면 국민에게 남겨지는 유일선택은 당연히 '국민저항권(國民抵抗權)'의 발동일 뿐"이라는 듣기에 따라서는 쿠데타나 국가변란을 선동하는 듯한 언사도 친절하게 부연되어 있다.

선언문 말미에 다음 대선에서는 "함량미달의 사이비 지도자"를 선출해서는 안 된다고 호소하는 이들의 피맺힌 절규(?)는, 그러나 불행히도 전혀 비장하거나 설득력이 없어 선언문을 읽는 이들을 무색하게 만든다.

이른바 보수원로들의 주장을 따라가다 보면 대한민국이 금방이라도 적화되거나 경제적 파국에 이를 것만 같은 격렬한 위기감을 느끼게 마련이다. 다행인 것은 이들의 주장이 사실(事實)에 기반을 둔 것이라기보다는 상상(想像)에 기대고 있다는 사실이다.

이들은 청와대 등을 위시한 국가기관과 방송국 등을 전향-이 무슨 살벌한 표현이란 말인가?-하지 않은 386세대와 정체불명의 세력 등의 친북·좌경·반미 세력이 장악하고 대한민국을 좌경화하고 있다고 멋대로 상상한다.

이분들은 자신들이 대한민국을 주류잡던 시대에 하던 버릇을 못 버리고 자신들과 조금이라도 생각이 다른 모든 사람들을 전(前) 빨갱이, 현(現) 빨갱이, 미래 빨갱이로 분류한다. 과거에 그랬던 것처럼 현재에도 빨갱이들은 보수원로들의 머릿속에서만 존재하는 관념적 존재이다. 보수원로들의 관점에서 보면 진성 빨갱이인 강정구 교수는 일단 구속해서 수사해야 한다. 헌법이나 형사소송법에서 보장하고 있는 신체의 자유나 인신구속의 엄격한 적용 등은 빨갱이에게는 해당되지 않는다. 이분들에게는 진성 빨갱이인 강정구 교수에 대해 불구속 수사를 지휘한 천 법무장관조차 사상적으로 의심의 대상이 되는 법이다.

그러니 이 글을 읽는 독자들도 가슴을 쓸어내릴 일이다. 누가 아는가? 이분들이 아직까지 대한민국을 좌지우지하고 있었다면 독자들 중 누군들 남산이나 서빙고동으로 끌려가 험한 꼴을 당하지 않는다고 장담할 수 없으니 말이다.

한편 원로보수들은 자유민주주의와 짝을 이루는 시장경제를 너무나 사랑하셔서 대통령에게 시장경제를 심각하게 왜곡시키는 '강남'과 '삼성' 때리기를 중단할 것을 요구하고 있다. 그런데 국가가 금융을 틀어쥐고 임의대로 자원을 배분하며 집중적으로 재벌을 육성했을 때 이분들은 무얼 하시고 계셨더라? 불로소득으로 피둥피둥 비대해지고 있는 강남에 감질 나는 수준의 세금을 부과하고 불법과 탈법을 자행하다 못해 헌법조차 우습게(?) 아는 삼성에 더 정확히 말해서 이건희 부자(父子)의 불법행위에 대해 적법한 수사를 하는 것이 어째서 '강남'과 '삼성' 때리기라는 말인가? 북한에 대한 보수원로들의 인식은 한국전쟁 때로부터 한 치도 변화하지 않은 듯해 언급할 가치조차 없다.

단 한 번도 자유민주주의와 시장경제의 옹호자가 아니었던 보수원로들에게 충고하고 싶은 말이 있다. 공공연히 국가변란을 선동하는 당신들에게 국가보안법이 적용되지 않을 만큼 세상이 좋아졌다는 사실에 감사하고 조용히 여생을 보내길 바란다.

과거 당신들이 비정상적으로 만들어 놓은 대한민국에 기여할 유일한 길은 그뿐이다.

『OhmyNews』 2005. 10. 19.

그 애국심, 위험하다

황우석 서울대 석좌교수가 진행하고 있는 줄기세포 연구의 윤리성을 둘러싼 파문이 쉽게 가라앉을 기미를 보이지 않고 있다. 정작 황 교수 본인은 자신의 잘못을 시인하고 모든 공직에서 물러나겠다는 의사를 표명했는데 오히려 네티즌들이 황 교수 연구의 비윤리성 문제를 공론화한 MBC〈PD수첩〉에 대해 테러 수준의 비난을 퍼붓고 있는 것이다.

사태가 오죽 심각했으면 심지어 대통령까지 나서서 현금의 사태를 걱정하는 지경에 이르렀겠는가? 확실히 일부 네티즌들의 태도는 위험수위를 넘어섰다.〈PD수첩〉에 광고하려는 회사를 상대로 불매운동을 전개하자고 선동해서 광고주들이 광고를 취소하게끔 압력을 행사하는 것은 차라리 애교로 봐줄 만하다. 일부 네티즌들은 이 프로그램 담당 프로듀서의 가족사진을 공개하고 "가족들을 다 죽여라"는 등의 글을 올렸다고 한다. 이쯤 되면 명백한 범죄이다.

■ 일그러진 '민족주의'

황 교수 연구를 둘러싸고 벌어지고 있는 윤리논쟁의 이면에 작동하고 있는 강력한 논리 중 하나는 역시 '일그러진 민족주의'라고 할 수 있겠다. 흔히 알고 있는 것처럼 '민족'이라는 존재는 이 민족으로부터 숱한 외침을 받은 데다 멀지 않은 과거에 일제식민통치를 경험한 한국사회에서 지고의 가치로 숭배되어 왔다.

기실 매우 추상적인 개념일 뿐더러 일부 학자들에 의해서 '근대의 발명품 가운데 하나'라고까지 평가받고 있는 '민족'이 머무는 거푸집은 '민족주의'라고 명명할 수 있을 것이다. 주지하다시피 근대 이후 인류는 '팽창적, 공격적 민족주의'에서 '저항적 민족주의'에 이르는 다양한 형태의 민족주의를 경험하였고, 여전히 세계 도처에서 '민족주의'는 건재를 과시하고 있는 중이다.

그렇다면 여전히 맹위를 떨치고 있는 '민족주의'가 인류에게 가져다준 것은 복음(福音)이었나? 아니면 재앙에 가까운 것이었나? 순기능이 있다고 평가되는 '저항적 민족주의'조차 사정이 호전되면, 즉 그 민족의 힘이 세지면 자주 팽창적 민족주의로 전화해온 역사적 경험을 보면 알 수 있는 것처럼 '민족주의'가 인류에 끼친 해악은 유익보다 오히려 커 보인다.

본디 민족주의가 타민족에 대한 배척을 천형처럼 안고 출생한다고 보면 '차별과 배제의 원리'는 민족주의 안에 생래적으로 내장되어 있다고 말해도 좋을 것이다. 그런 면에서 보면 '민족주의'는 사람들이 이성적으로는 혐오하지만 정서적으로는 쉽게 굴복하고 마는 '인종주의'와 그리 멀리 떨어져 있지 않다. 멀게는 나치에 의한 유태인 학살부터 가깝게는 유태인들에 의해 자행되고 있는 팔레스

타인 사람들에 대한 탄압에 이르기까지 '차별과 배제'의 원리를 바탕으로 한 '민족주의'가 인류의 정신과 육체에 아로새긴 상처는 깊고도 넓다.

황 교수 사태에서 '일그러진 민족주의'의 기미를 읽는 것은 불쾌하지만 피할 수 없는 일이다. 이번 사태를 '미국의 음모'로 보는 시선, 〈PD수첩〉에 대한 범죄 수준의 공격—아마도 친일부역자들에 대한 매도가 이보다 더하지는 않았을 성싶다—황 교수를 민족영웅화하고 더 나아가 이를 신성시하는 태도 등은 한국사회 구성원, 특히 젊은 네티즌들의 내면이 얼마나 '추악한 민족주의'에 감염되어 있는지를 방증한다.

거의 항상 지배계급의 이익을 위해 사용되었던 '민족주의'와 '국가주의', '국익'이라는 이데올로기가 여전히 한국사회 구성원들의 정신세계를 지배하고 있는 것은 불행하고도 위험한 일이다. 독일인들을 파멸로 이끌었던 히틀러가 표방했던 것이 '게르만 민족주의'였음을 생각해 볼 때 이번 황 교수 사태는 우리에게 '민족주의'의 위험성에 대해서 다시 한번 생각할 것을 요구하고 있다.

■ 아직도 박정희는 우리 안에 있다

이번 사태가 주는 또 다른 교훈은 한국사회가 여전히 박정희식 '결과 만능주의'의 자장(磁場) 안에 있다는 사실이다. 교수도, 보수 언론도, 여야정치인도, 네티즌도 예외 없이 이 자장 안에 갇혀있다. 결과만 좋으면 과정이야 상관없다는 사고방식은 결과를 도출하기 위해서 반드시 지켜야 하는 절차적 정당성이나 윤리적 기준 등을 지극히 하찮게 여기는 현상을 초래하기 일쑤다.

심지어 일부에서는 난자기증과 관련한 국제 윤리기준은 한국적 특수성을 감안할 때 받아들일 수 없다는 해괴한 논리까지 창안하고 있는데, 이는 마치 박정희가 유신을 선포하면서 이를 '한국적 민주주의'라고 칭한 것을 연상케 한다. 사람을 고문하고 투옥하고 사법 살인하는 것이 '한국적 특수성'을 감안하면 양해되어야 하는 것이기에 국제적으로 통용되는 '인권'은 지킬 필요가 없다고 강변하는 것과 황 교수의 연구는 국제 윤리기준에서 벗어나도 무방하다는 논리가 도대체 무엇이 다른가?

박정희가 남긴 여러 유산들을 끔찍이 혐오하는 사람들마저 박정희식 개발이 낳은 '결과 만능주의'에 깊숙이 침윤되어 있다는 사실을 황 교수 사태는 잘 말해주고 있다.

■ '민족주의'와 '결과 만능주의'를 넘어서

황 교수 사태는 '민족주의'와 '결과 만능주의'가 한국사회 구성원들의 정신세계를 대체로 점령하고 있음을 역설적으로 보여주고 있다. 그렇다면 어떻게 '민족주의'와 '결과 만능주의'를 극복할 수 있을까?

'민족주의'를 넘어설 확실한 대안을 제시하는 것은 어려운 일이다. 여러 가지 현실적인 고려들을 감안하면 더욱 그렇다. 아쉬운 대로 '개인주의'의 확산을 '민족주의'를 넘어설 방안으로 제시하면 어떨까 싶다. 무리를 아늑해 하지 않고 집단의 논리와 정서에서 벗어난 개인들이 한국사회에 늘어날수록 '민족주의'가 뿜어낼 독기는 중화될 수 있을 것이다.

한국사회에 만연한 '결과 만능주의'를 단기간에 극복하는 것 역

시 어렵기는 매한가지다. 이는 사회 구성원들의 이해관계와 맞물려
있는 것이라 특히 고치기가 어렵다. 결국 제도의 정상화를 통해 사
회 구성원들이 결과만큼이나 과정을 중요시하는 태도를 갖도록 만
드는 것이 유일한 해법인 듯싶다.

『*OhmyNews*』 2005. 11. 27.

결과만 좋으면 거짓말은 문제가 안 되나요?

■ '도구적 이성', 근대를 만들다

흔히 중세 유럽을 종교적 광신과 열정이 지배했던 시기로 기억하는 데 반해 근대 이후 유럽은 과학과 이성이 시대정신으로 군림하는 시대로 표현되곤 한다. 물론 중세라고 해서 뛰어난 발명이나 고안들 혹은 빛나는 지적 성취나 의식의 진보가 없었을 리 없지만, 확실히 중세 유럽은 이성보다는 신앙이 우위에 있었다고 평가하는 것이 정당할 것이다.

'암흑의 시대'라고 불리는 중세가 끝나고 르네상스를 거쳐 근대가 시작되었을 때 유럽의 지성들이 특히 주목했던 것은 자연과학의 눈부신 발전과 그에 기초한 생산력의 비약적 향상이었다. 익히 알고 있는 것처럼 근대 유럽에서 자연과학이 만개한 데에는 '도구적 이성'이라고 불리는 사유방식 혹은 능력의 역할이 결정적이었다. 흔히 "도구적 이성이란 목적의 타당성·가치를 중요시하는 것이 아니라 주어진 목표를 가장 효과적, 효율적으로 달성할 수 있는 방도를 모색하는 능력"이라고 정의되곤 한다. 수학이나 자연과학의 경우를 생각해 보면 '도구적 이성'이 어떻게 작동하는지 쉽게 이해할 수 있을 것이다.

문제는 과학기술의 발전이나 생산성 증진에 혁혁한 기여를 했던 '도구적 이성'이 '자연'이 아닌 인간마저 그 대상으로 삼기에 이르렀다는 사실이다. 기실 근대 이후 유럽이 쌓아올린 수다한 성취의 반대편에 있는 실패의 기록들 — 예컨대 파시즘의 형성과 그에 따른 세계대전 등 — 의 배후에는 어김없이 '도구적 이성'이 자리하고 있다고 해도 그리 무리한 말은 아닐 것이다. 분명 역사의 특정시기에 해방의 기능을 했던 '도구적 이성'은 시간이 지날수록 자연과 인간에게 유해한 존재로 변화되어 간 것이다.

■ 황우석 사태와 '도구적 이성'의 상관관계

추악한 실체를 드러내고 있는 황우석 사태의 원인 중 하나도 '도구적 이성'에서 비롯된 게 아닌가 싶다. 연구윤리 위반 — 매매난자 및 연구원 난자의 사용 — 에 대해서 '헬싱키 선언' 등의 서구(?)윤리는 한국적 상황과 맞지 않고 따라서 이를 따를 이유가 없다는 대다수 네티즌들의 반응이나 황 교수팀의 사소한(?) 잘못을 파헤쳐 국익을 해치는 MBC 'PD수첩'을 매국노로 정의하고 뭇매를 가했던 행태들에서 목적의 타당성은 불문한 채 효율성과 결과만을 추구하는 '도구적 이성'의 존재를 감지하는 것은 그리 어려운 일이 아니다.

〈사이언스〉에 기고한 2005년 논문이 위조(falsification)로 판명될 가능성이 매우 높아진, 아니 더 나아가서 2004년 논문마저 의심받고 있는 지금에도 "저희가 이미 2004년 논문이 있는데, 2005년 논문에 11개가 아니고 1개면 어떻습니까? 3개면 어떻겠습니까? 그리고 1년 뒤에 논문이 나오면 또 어떻습니까?"라고 기염을 토하는 황우석 교수의 내면을 점령하고 있는 것은 오직 결과만이 — 지금으로서는 그조차 지극히 회의적이다 — 중요하다는 '도구적 이성'의 섬뜩한 외침이 아니고 무엇이겠는가?

황 교수와 측근들이 숱하게 거듭하고 있는 식언들에 대해서는 더 말할 가치도 없다. 아마도 이들이 이러한 행태를 지속하고 있는 배경에는 나중에 연구결과만 좋으면 과정상의 오류나 절차상의 하자, 하찮은(?) 거짓말 따위는 하등 문제가 되지 않는다는 생각이 작동하고 있음에 틀림없어 보인다.

상황을 더 악화시키는 것은 아직도 한국사회 안에 황 교수 등에 대한 우호적 혹은 관용적 시선이 강하게 남아 있다는 점이다. 사실 관계가 백일하에 드러나고 있는 지금도 "원천기술을 보유하고 있다", "줄기세포는 분명히 존재했다"는 등의 황 교수 측 발언에 여론이 흔들리는 것은, 한국사회의 많은 구성원들이 여전히 목적이나 과정보다는 결과에 기울어 있음을 방증한다.

숱한 거짓말과 위조 논문의 제출 가능성 등으로만 따져도 이미 황우석 교수와 그 핵심 측근들의 과학자로서의 생명은 바람 앞의 촛불 처지라고 해야 옳을 것이다. 그럼에도 불구하고 끊임없이 상황반전을 시도하는 황 교수님과 이를 암묵적으로 지지하는 일부 여론의 존재는 한국사회 구성원들의 의식을 지배해 온 '도구적 이성'의 힘이 얼마나 강한지를 잘 보여준다 하겠다.

■ '도구적 이성'에서 '반성적 이성'으로

　혹독한 식민통치를 경험했고 한국전쟁과 군부독재를 겪어낸 한국사회가 지금과 같은 수준의 경제 발전을 이룩한 데에는 분명 '도구적 이성'이 기여한 바가 컸다. 자연을 인간이 지배하기 쉽도록 양화(量化)시키고 계산 가능하며 측정 가능하도록 만드는 '도구적 이성'의 존재가 없었다면 과학이나 기술의 발전을 기대하기 어려웠을 것이며, 효율성이나 효과성에 대한 집착이 없었다면 급속한 경제 발전도 요원한 일이었을 것이다.

　그러나 지금의 한국사회는 '도구적 이성'의 독재(?)로 인해 여기저기서 심각한 폐해가 나타나고 있는 중이다. 이를 극적으로 보여주는 것이 '성수대교'와 '삼풍백화점'이며 올 한해를 떠들썩하게 했던 이른바 '황우석 사태'도 그 범주 안에 위치한다. 목적이나 가치의 타당성을 묻지 않고 효율성만을 강조하는 사고방식이 얼마나 가공할 결과를 초래하는지를 이번 황우석 사태는 극명하게 보여주고 있다.

　따라서 이제는 결과와 효율성만을 추구하는 '도구적 이성'의 무한질주를 잠시 멈추고 숨을 고를 때다. 황우석 사태로 말미암아 '도구적 이성'이 지닌 독성이 얼마나 강한지가 밝혀진 지금이야말로 성찰과 비판을 덕목으로 하는 '반성적 이성'의 복원에 나설 시기이다. '반성적 이성'에 의해서 제어되지 못하는 '도구적 이성'의 존재는 흔히 재앙으로 변한다는 사실을 분명히 보여주고 있다는 점에서 황우석 사태는 유의미하다.

『OhmyNews』 2005. 12. 17.

경찰청장의 사퇴만으로는 부족하다

■ 그 인식(認識), 위험하다

드디어 허준영 경찰청장이 사퇴했다. 불과 이틀 전에 대국민 사과를 하면서 사퇴할 의사가 없음을 분명히 할 때의 기세로 보아서는 다소 뜻밖이라는 생각이 들 정도의 급격한 태도 변화다. 아마도 탄핵이 언급될 정도로 냉랭한 정치권의 분위기와 비등하는 여론의 사퇴압력이 그의 생각을 바꾸게 했을 것이다.

그러나 물러나는 마당에도 허 청장은 "(이번 농민사망이) 공권력의 상징인 경찰청장이 물러날 사안은 아니라는 판단에는 변함없다"며 기존의 소신을 유지했다. 더욱 심각한 것은 농민들의 사망을 바라보는 허 청장의 시선이다. "(이번 농민사망이) 성난 농민들의 불법 폭력시위에 대한 정당한 공권력 행사 중 우발적으로 발생한 불상사"라는 그의 발언을 보면 그가 진정 적법하고 정당한 공권력의 상징이 맞는지 의심스럽기조차 하다. 허 청장은 지난달 15일 여의도에서 열린 "성난 농민들의 불법 폭력시위에 대한 정당한 공권력 행사 중 우발적으로 발생한 불상사"로 농민사망을 규정하고 있는데 그런 사태 인식은 사실관계에 부합하지 않을 뿐 아니라 매우 왜곡된 것이다.

널리 알려진 것처럼 농민들이 경찰저지선을 돌파하고자 물리력을 행사하고 심지어 일부 경찰 버스를 불태운 것은 명백히 불법행위에 해당된다. 따라서 시위를 진압하는 과정에서 폭력행위자나 방화자들을 현행범으로 체포해서 수사를 하거나 시위가 종료된 후 이들에 대해 수사에 나서는 것은 정당한 법 집행이다. 또한 수사결과 이들의 혐의가 사실로 드러난다면 그에 따라 처벌하면 그뿐이다.

그러나 유감스럽게도 당시 현장에 있던 경찰 지휘부나 전·의경들은 그렇게 하지 않았다. 혈기방장(血氣方壯)한데다 고도의 훈련까지 받은 전·의경들은 자신들의 아버지, 할아버지뻘인 농민들에게 야수적 폭력을 행사했으며 경찰 간부들은 이를 방조했다. 심지어 이들은 농민들이 물러나 해산집회를 준비하고 있는 장소로 돌진을 감행해 무수히 많은 농민들을 초주검으로 만들었다. 노인도 여자도 예외가 아니었다. 집회에 참석했던 농민들 중 2명이 사망하고 수백 명이 중상을 입은 걸 보면 당시 전·의경들의 시위진압이 얼마나 무자비하고 잔인했었는지 금방 알 수 있다.

익히 알고 있는 것처럼 공권력의 행사, 그것도 사람의 신체나 생명에 위해를 가할 수 있는 공권력의 행사는 법률의 규정에 따라 최대한 엄격하게 행사되어야 한다. 군을 제외하고는 거의 유일하게 물리적 공권력을 행사하는 경찰의 공권력 행사에 대한 실정법의 규정이 매우 엄격한 것은 그래서다. 이에 관한 실정법상의 규정을 살펴보자!

경찰관직무집행법 제10조 (경찰장비의 사용 등) ③경찰장비를 임의로 개조하거나 임의의 장비를 부착하여 통상의 용법과 달리 사용함으로써 타인의 생명·신체에 위해를 주어서는 아니 된다.

제10조의 2(경찰장구의 사용 〈개정 1999.5.24.〉) ①경찰관은 현행범인인 경우와 사형·무기 또는 장기 3년 이상의 징역이나 금고에 해당하는 죄를 범한 범인의 체포·도주의 방지, 자기 또는 타인의 생명·신체에 대한 방호, 공무집행에 대한 항거의 억제를 위하여 필요하다고 인정되는 상당한 이유가 있을 때에는 그 사태를 합리적으로 판단하여 필요한 한도 내에서 경찰장구를 사용할 수 있다.〈개정 1991.3.8. 1999.5.24.〉

②제1항의 "경찰장구"라 함은 경찰관이 휴대하여 범인검거와 범죄진압 등 직무수행에 사용하는 수갑·포승·경찰봉·방패 등을 말한다.〈신설 1999.5.24.〉

제12조(벌칙) 이 법에 규정된 경찰관의 의무에 위반하거나 직권을 남용하여 다른 사람에게 해를 끼친 자는 1년 이하의 징역이나 금고에 처한다.〈전문개정 1988.12.31.〉

농민 2명이 사망한 농민대회 현장을 촬영한 동영상을 보면 쉽게 알 수 있듯이, 진압에 나선 전·의경들은 단순히 농민들을 해산하는 수준을 넘어서 농민들을 맹렬히 공격했을 뿐 아니라 끝을 날카롭게 만든 방패를 이용해서 농민들의 목이나 상체를 공격했다. 심지어 농민들을 상대로 투석하는 전·의경들도 부지기수였다. 즉 전·의경들은 필요한 한도를 넘어 경찰장구를 사용했을 뿐만 아니라 조악하게나마 경찰장비를 임의로 개조하여 농민들을 공격한 것이다. 이와 같은 이들의 행위가 경찰관직무집행법에 저촉됨은 당연하다 하겠다.

결국 "성난 농민들의 불법 폭력시위에 대한 정당한 공권력 행사 중 우발적으로 발생한 불상사"라는 허 청장의 사태인식은 절반만 맞는 셈이다. 농민들이 불법 폭력시위를 한 것은 사실일지 모르나 공권력의 행사는 정당하지 않았고 우발적으로 일어난 것은 더더욱 아니었다.

■ 폭력가담자들에 대한 수사와 처벌이 필수적

시민들의 마음이 더욱 암담한 것은 민주정부가 들어서고 절차적 민주주의가 높은 수준에 이른 오늘날에도 경찰의 시위진압 방식이 전혀 개선되고 있지 않다는 사실이 농민들의 죽음을 통해 확인되고 있기 때문이다. 폭력시위가 강경진압의 원인이라는 등, 아들 같은 전·의경들을 어떻게 공격할 수 있느냐는 등의 항변은 합법적이고 정당한 공권력의 담지자인 경찰이 할 소리가 아니다. 실정법을 넘어서 행사되는 공권력은 조직폭력배들이 행사하는 폭력과 별반 다르지 않다. 2명의 농민이 사망하고 수백 명이 중상을 입은 이번 사태가 단순히 경찰총수의 사퇴만으로 마무리되어서는 안 되는 이유가 바로 여기에 있다.

시위진압의 직접적이고도 실질적 주체인 전·의경들의 인식의 전환을 위해서 또한 향후 시위진압 과정에서 발생할 수 있는 참극을 미연에 예방하기 위해서 농민들에게 법이 허용하는 범위를 넘어서 폭력을 행사한 전·의경들에 대한 수사 및 처벌은 불가피하다. 익명과 집단의 방패 뒤에 숨어 불법적 폭력을 행사한 전·의경들에 대해서는 엄정한 수사를 거쳐 경찰관직무집행법에 의해 처벌하는 것이 마땅할 것이고 사망한 농민들을 상대로 ─ 그중 한 명은 60대의 노인이었다 ─ 폭력을 사용한 전·의경들에 대해서는 형법상 폭행치사죄나 과실치사죄의 적용을 심각하게 검토할 필요가 있다.

물론 동일한 복장을 하고 동일한 무장을 한 전·의경 가운데 폭행가담자들을 색출하는 일이 쉽지는 않겠지만 가능한 모든 자료를 동원해서 이들을 찾아내야 할 것이다. 그리고 차제에 시위진압 전·의경들을 익명의 무리가 아니라 낱낱의 개인으로 식별할 수 있도록 전·의경들이 착용하는 복장과 장비에 그들의 이름과 군번 등을 부착토록 하는 조치가 필요할 것으로 보인다.

자신들이 저지른 행위가 얼마나 큰 범죄인지도 모르고 알려고도 하지 않는 전투복 입은 젊은이들을 제어할 방법이라고는 자신들의 행위가 사법적 처벌의 대상이 될 수도 있다는 두려움뿐일 것이기 때문이다.

『OhmyNews』 2005. 12. 30.

🌵 정전 장관, 황 교수에게 기회를 주자고요?

■ 어처구니없는 정전 장관의 포용론

황우석 교수의 마지막 기자회견이 소동을 일으키고 있는 가운데 여당의 유력한 차기 대통령 후보 가운데 한 명인 정동영 전 장관이 황 교수에 대한 포용론(?)을 주장해 눈길을 끌고 있다. 언론 보도에 따르면, 정 전 장관은 13일 SBS 라디오 〈진중권의 SBS 전망대〉에 출연해 "황 교수가 머리 숙여 진지하게 사죄, 용서를 구했다."며 "좀 너그러운 마음으로 받아주시고 다시 일어설 수 있는 기회를 줬으면 한다."고 말했다고 한다.

정녕 귀를 의심할 만한 발언이 아닐 수 없다. 정 전 장관은 지금까지 저질러진 황 교수의 치명적 잘못들과 거듭된 거짓말들에 대해서 전혀 모른다는 말인가? 아니면 잘 알면서도 저런 소리를 한다는 말인가?

만약 정 전 장관이 황 교수의 치명적 전비(前非)들과 수많은 거짓말들에 대해서 과문하다면 지적 게으름이 심각한 상태라고 판단해도 무방한 일일 것이고, 황 교수의 잘못과 거짓말들에 대해서 잘 알면서도 저런 말을 한다면 정 전 장관의 정의(正義) 관념과 윤리의식을 다시 점검해보라고 충고하고 싶다.

주지하다시피 이미 황 교수는 연구과정의 윤리적 흠결과 논문조작에 대한 책임만으로도 과학자로서 사망선고를 받은 상태이다. 서울대 조사위에서 밝혔듯이 이는 너무나 명백한 사실이다. 최소한의 윤리의식과 분별력을 갖춘 사람이라면 이쯤에서 자신의 과오를 솔직히 시인하고 물러나 자숙하는 태도를 보여야 마땅할 것이다. 그러나 황 교수는 정반대로 행동했다. 진실이 속속 드러나고 있는데도 그는 '줄기세포가 바꿔치기 당했다', '원천기술이 있다' 등 치졸하기 짝이 없는 변명을 늘어놓으면서 사태의 본질을 호도하고 자신의 책임을 회피해 왔다.

황 교수는 12일 열린 기자회견에서도 종전과 다름없이 다른 사람에 대한 책임전가와 감성적 애국심 호소로 일관했다. 거기다 인간적 연민을 불러일으키는 연출─여기에는 젊은 연구원들이 소품으로 동원되었다─과 검증되지 않은 연구 성과에 대한 대언론 발표가 더해졌다.

"논문의 허위 데이터는 사실이며 책임을 지겠다."고 말한 후에 "논문조작의 기준이 뭔지 모르겠다."고 말하는 황 교수에게 뉘우침이나 반성을 기대하는 일은 참으로 부질없는 일이다.

사정이 이러함에도 정 전 장관은 "황 교수가 머리 숙여 진지하게 사죄, 용서를 구했다."고 평한다. 정 전 장관은 황 교수의 눈물과 언어마술에 현혹되어 그런 말을 하는지 모르겠지만, 지각 있는 사람치고 황 교수가 자신의 과오를 사죄하고 용서를 구했다고 생각하는 사람들이 있을까 싶다.

엄밀함과 객관성을 생명으로 하는 자연과학의 세계에서 논문을 조작하는 등의 치명적 잘못을 저지른 사람을 단지 그가 자신의 잘못을 시인했다는 이유만으로 너그럽게 용서하는 법이란 없다. 이는 불관용이나 무자비함이 아니고 절대로 훼손되어서는 안 되는 원칙의 문제다. 하물며 황 교수에게는 '개전의 정'조차 없지 않은가?

■ 황우석과 대한민국을 맞바꿀 것인가?

황우석 사태는 한국사회가 내장하고 있는 모순과 병폐들의 축소판이라 칭해도 전혀 모자람이 없다. 그 안에는 국익이라는 정체불명의 이데올로기, 광신적 민족주의, 결과 만능주의, 경제 지상주의 등이 넘실대고 있다. 한국사회 구성원 대부분은 위에서 열거한 이데올로기들에 중독된 채 반성과 성찰도 없이 질주를 거듭해 왔다. 황우석 사태는 이를 역설적으로 증명하고 있다.

진실이 대낮같이 환하게 드러난 지금에도 맹목적으로 황우석을 옹호하는 이들은 대개 애국이라는 전염병에 감염되었거나, 황우석을 지지했던 자신을 지키려 애쓰고 있다고 말해도 그리 박한 평가는 아닐 것이다.

국민들이 이렇듯 비이성에 미혹되고 있을 때 정치인들의 역할이 참으로 중요하다. 진실과 원칙에 기초해서 사태를 직시하고 국민들을 설득할 수 있는 정치인들의 존재는 사태를 진정시키는 데 적지 않은 효과를 발휘할 것이다. 그러나 대부분의 정치인들은 황우석

마케팅에 열중했던 자신들의 과거가 부끄러워서인지 반성에 무척 인색한 것이 사실이다. 유감스럽지만 정동영 전 장관도 이 대열에서 예외는 아니다.

황 교수를 용서하고 기회를 주자는 정 전 장관의 속내를 헤아리기는 어렵다. 정 전 장관의 발언은 지난 12월에 "황 교수는 앞서가는 사람이자 우리의 희망이므로 지킬 필요가 있다"라고 말한 자신의 기존 입장을 철회할 면목이 없어서 혹은 아직도 위세를 떨치고 있는 황 교수에 대한 지지 여론을 의식한 행보일 수도 있을 것이다. 그러나 황 교수에 대한 처리는 정치인들의 체면이나 정치적 셈법 혹은 온정주의, 국익 등에 의해 좌우되기에는 너무나 중대한 문제이다.

만약 그 알량한(?) 국익을 위해 황 교수를 용서해주고 기회를 준다면 한국사회 곳곳에 퍼져 있는 결과 만능주의와 경제 지상주의의 독소는 치유하기 어려운 지경에 이를 것이고, '진실'과 '윤리'라는 가치는 교과서에서나 찾을 수 있는 단어가 되고 말 것이다.

지금 우리에게 필요한 것은 국익과 온정에 이끌려 거짓과 화해하는 것이 아니라, 이에 결연히 맞서 싸울 의지를 벼리는 일이다. '국익'과 '군대의 명예'에 포획되어 있던 프랑스가 드레퓌스 사건을 통해 진정한 공화국으로 거듭난 것처럼 대한민국도 황우석 사태를 통해 진실과 윤리가 존중되는 사회로 탈바꿈해야 할 것이다.

『*OhmyNews*』 2006. 1. 13.

🌵 대추리, 프레임에 갇히다

평택 대추리에서 벌어진 유혈참극을 보면서 드는 느낌 중 단연 으뜸은 '공포'였다. 시위대의 10배가 넘는 군경이 벌판을 새까맣게 덮으면서 달려드는 장면부터 시작된 공포는 경찰이 시위대를 초주검으로 만들면서 절정에 다다랐다.

그러나 진정 우리들의 모골을 송연하게 만든 것은 경찰의 잔혹한 진압방식이나 광주민중항쟁 이후 최초라는 민(民)과 군(軍)의 충돌이 아니라, 이른바 '평택사태'를 바라보는 상당수 네티즌들의 인식이다. 전부는 아니지만 각종 포털이나 인터넷 매체에 실린 '평택사태' 관련 기사에 달린 댓글들은 살기등등하기 짝이 없다. 범대위와 대추리 주민들에 대한 증오로 무장한 채 정부에 단호한 조치 −심지어 일부 네티즌들은 '발포하라'는 극언을 하고 있다−를 요구하는 댓글을 쓴 이들은 대체로 범대위를 친북반미세력으로, 대추리 주민들을 토지보상을 더 받으려는 파렴치한으로 규정하며, 적법한(?) 공권력 행사를 방해하는 자들에 대해 가차 없는 응징을 요구한다.

■ '평택사태' 본질 외면하는 일부 네티즌

이들은 '평택사태'의 본질이 무엇인지에 대해서는 전혀 관심이 없다. 북한에 대한 전쟁억지력을 위해서라는데 왜 휴전선 근방이 아닌 평택에 대규모 미군기지가 들어서는지, 정작 주한미군은 줄어드는데 당초보다 훨씬 넓은 부지가 필요한 까닭은 무엇인지 등과 같은 기본적인 물음조차 이들에게는 존재하지 않는다. 적화야욕을 버리지 않고 있는 북한과 대치하고 있는 상황에서 미국의 비위를 상하게 하는 행동은 전부 친북, 반미주의에 물든 때문이고, 이는 국기(國基)를 위협하는 범죄이므로 엄단해야 한다는 논리만이 이들의 두뇌 속에서 작동하고 있을 뿐이다.

민주정부하에서 자행되는 야만적 국가폭력도, 대추리 주민들의 절규와 눈물도, 장차 평택이 미국과 중국 사이의 무력충돌의 장(場)이 될지도 모른다는 염려도, 이들의 안중에는 없다. 이들의 시야에는 오직 반미군들에게 매 맞는 군경들의 모습과 동요하는 한·미 동맹만이 들어올 따름이다.

평택사태가 한국사회에 던지는 함의는 다양하지만, 상당수의 한국사회 구성원들이 여전히 숭미(崇美), 반북(反北) 프레임에 포획되어 있다는 사실이 새삼 확인되었다는 점은 흔히 간과되곤 한다. 많은 사람들이 범대위와 대추리 주민들에 대해 쏟아내는 섬뜩한 증오와 저주의 배후에서 작동하는 중요한 기제가 바로 이 '친미, 반북 프레임'이다.

■ 숭미·반북 프레임에 포획된 대한민국

미국의 언어학자이자 인지과학자인 조지 레이코프는 그의 저서 〈코끼리는 생각하지 마〉에서 다음과 같이 말한 바 있다. 두고두고 음미할 만한 대목이다.

"진실이 사람들에게 받아들여지려면, 그것은 사람들이 가지고 있는 기존의 프레임에 부합해야 합니다. 만약 진실이 프레임과 맞지 않으면, 프레임은 남고 진실은 버려집니다."

숭미·반북 프레임에 갇힌 사람들은 위에서 조지 레이코프가 말한 것처럼 자신의 프레임과 충돌되는 사실은 배척하며 자신의 프레임과 부합하는 사실들만 흡수한다. 좀 과장해서 표현하면 '해가 동쪽에서 떠서 서쪽으로 진다'는 사실조차도 이들이 가지고 있는 기존의 프레임에 맞지 않으면 기각당하는 것이다.

이미 숭미·반북 프레임의 지배를 받고 있는－물론 본인은 그렇게 생각하지 않는다－사람의 생각을 바꾸는 일은 더딜 뿐만 아니라 노력에 비해 성과도 적다. 그러나 한국사회가 한 뼘이라도 나아지기를 원한다면 피할 수 없는 일이기도 하다. 숭미·반북 프레임의 허구성을 효과적으로 폭로하고 이를 대체할 수 있는 프레임을 새로운 언어로 구성하는 작업은 그래서 시급하다.

『OhmyNews』 2006. 5. 11.

추기경님! 이제 그만 침묵하세요

한국사회에 존경받을 만한 어른이 드물다는 건 새삼스러운 사실이 아니다. 애초부터 품었던 뜻과 소망이, 자신과 자신이 속한 가문의 부귀영화를 위한 것이었던 사람들이야 말할 나위도 없겠지만, 그 반대편에 있었던 사람들도 후배들이 본받을 만한 귀감으로 남은 예가 그리 많지 않다. 아니 많지 않은 게 아니라 거의 없다.

하긴 질곡의 한국 근현대사를 통과하면서 한 개인이 자신이 지닌 높은 이상과 굳은 신념을 끝까지 보존하기란 결코 녹록한 일이 아니었을 것이다. 인간이 진흙으로 만들어진, 따라서 연약하기 그지없는 존재임을 감안할 때 이런 사정은 충분히 이해할 수 있는 일이다.

그러나 근년 들어 부쩍 활발해진 이른바 사회원로들의 공적 언행에 생각이 미치면 미간이 찌푸려진다. 자칭, 타칭 사회원로들이 원로라는 일종의 상징 권력을 이용해 한국사회에 영향력을 행사하려는 시도는 그들 대부분이 일제와 군사독재정권에 협력했던 사람들이라는 점과 그들의 주장이 합리적인 근거를 결여하고 있다는 점에서 이중(二重)으로 부당하다.

한편 한국사회를 소란스럽게 만들고 있는 원로들의 우국충정(?)에 천주교의 큰 어른이라 할 김수환 추기경이 가세한 듯해 적잖이 걱정스럽다. 언론보도에 따르면 김수환 추기경이 26일 혜화동 성당을 찾은 한나라당 강재섭 대표에게 "한나라당에 대통령 후보가 여러 명 있어 불안하다. (차기 대선에서는) 누가 대통령이 되는 것보다 정권교체가 잘 되는 것이 중요할 수 있다."고 말했다고 한다. 또한 김 추기경은 강 대표에게 "국민들이 믿을 곳은 한나라당밖에 없다는 생각을 갖게 잘해 달라."는 덕담(?)도 건넸다고 한다.

김 추기경의 발언이 파문을 일으키자 천주교 측과 한나라당 측에서 각각 진화에 나선 모양이지만, 파문이 쉽게 가라앉기는 어려울 성싶다. 무어라 변명하건 김 추기경이 한나라당에 대한 확고한 지지를 공적 자리에서 표명했다는 사실 자체가 변하는 것은 아니다.

종교지도자라고 해서 선호하는 정당이나 애호하는 정치인이 없으란 법은 없지만, 이를 공적인 자리에서 발언하는 것은 전혀 다른 차원의 문제이다 이는 정교(政敎) 분리의 원칙을 김 추기경 스스로 허무는 행위이며, 자신이 지극히 애호하는 정당에 대한 지지를 공개적으로 표명함으로써 직간접으로 한국 정치지형에 영향을 끼치는 행위이기 때문이다. 한마디로 김 추기경의 26일 발언은 매우 부적절했다.

또한 김 추기경의 발언은 한국사회를 대표하는 원로이자 천주교의 정신적 수장이라는 평가를 듣는 분의 의식 현주소를 가감 없이 보여주고 있다. "미국 없이 통일을 할 수 있겠느냐. 우리끼리 할 수도 있지만 현실적으로 불가능하다."는 김 추기경의 발언에서 숭미(崇美)주의의 표징을 발견하기란 어려운 일이 아니다. 아울러 "(사학비리 등으로) 문제되는 사학도 있지만 수적으로 얼마 되지 않는다."면서 "그것은 그것대로 다스리되 그냥 둬도 되는 것을 왜 문제를 만드는지 이해하지 못하겠다."고 말하는 김 추기경의 발언에서 지적 게으름의 기미를 읽는 일도 비교적 손쉽다.

설화(舌禍)에 휘말린 김 추기경이 자숙해야 하는 것은 당연하겠지만, 한국사회에 어른다운 어른이 없다는 사실을 재삼 확인하는 심정은 씁쓸하기만 하다. 그나저나 한국사회 주류 언론들의 행태도 한심스럽기 짝이 없기는 매일반이다. 복덕방에 모여 앉은 노인들이 세상사에 참견하는 수준의 이야기를 대서특필하고 있으니 말이다.

『*OhmyNews*』 2006. 7. 27.

🌵 된장녀를 넘어서

이른바 '된장녀' 논쟁이 장안의 화제다. '된장녀' 논쟁의 불길은 급기야 재벌가의 남자와 결혼을 하겠다고 발표한 여자 아나운서에게까지 옮겨 붙었다. 그 어원조차 불분명한 '된장녀'는 흔히 명품이나 비싼 물건을 탐하고 다른 남자들에 기대 사치스런 생활을 즐기며 돈 많은 남자를 만나 신분상승을 꿈꾸는 여자로 규정된다.

'된장녀'를 둘러싼 네티즌들의 논쟁도 점입가경이다. '된장녀'를 공격하는 측에서는 ─ 물론 이들 대부분이 남자들이다 ─ 적지 않은 미혼여성들이 허영심에 빠져 명품소비에 탐닉하고, 남자들의 호주머니를 털어(?) 문화생활을 즐기며, 결혼을 신분상승의 수단으로 생각한다고 비판한다. 꽤 많은 미혼 여성들이 자신들에게 유리할 때는 봉건적 관습을 그대로 승인하고 불리할 때는 급진적 페미니스트가 된다는 비판도 빠지지 않는다. 반면 '된장녀'에 대한 공격이 부당하다는 진영에서는 만만치 않은 숫자의 남성들도 '된장남'의 범주에 해당된다며 반격을 시도하고 있다. 여기에 여성파워의 급격한 신장에 위기감과 질투심을 느낀 마초들의 지능적 공격이라는 해석이 더해지고 있다.

곰곰이 생각해 보면 쉽게 알 수 있는 일이지만 '된장녀'에 대한 공격이 부당하게 느껴지는 대목은 한두 군데가 아니다. 모든 미혼여성들이 '된장녀'는 아님에도 불구하고 미혼여성 전체를 '된장녀'로 일반화시키려는 징후가 강해지고 있는 것과 '된장녀'에 대한 비판의 잣대는 미혼남성들에게도 그대로 적용되어야 한다는 점이 그 부당함의 앞머리에 꼽힌다.

기실 비판받고 있는 '된장녀'의 악덕(惡德) ― 허영심, 물욕, 신분상승에의 욕구 등 ―은 여성만의 문제라기보다는 인간이라는 종(種)이 지닌 보편적 속성이라고 말하는 것이 정당한 평가일 성 싶다. '된장녀'에 버금가는 수효(數爻)의 '된장남'이 한국사회 곳곳에 도사리고 있는 데다 '된장녀'가 지녔다고 손가락질 받는 악덕이 따지고 보면 인류의 보편적 속성이라는 지적에 이르면 '된장녀' 논쟁에 발끈하는 여성들의 심정이 충분히 이해된다. 마초적 심성에 물든 남성들의 악의적 공격이라며 분기탱천하는 여성들의 태도가 터무니없게만 여기지지 않는 것도 사실이다.

그러나 '된장녀' 논쟁을 통해 젊은 미혼여성들도 반성하고 배워야 할 점이 적지 않다. 언제부터인가 우리 주변에는 자신이 속한 공동체와 세계에 대한 일체의 관심을 끊고, 자신의 육체를 꾸미고 소비하는 데에만 골몰하는 20~30대 미혼여성들이 흔해졌다. 이들이 자신을 치장하고 관리하는 데 사용하는 비용은 놀랄 만한 수준이며, 쇼핑에 관한 지식은 전문가를 부끄럽게 한다. 취미생활, 직업, 연애 등에 있어서 이들은 신인류라고 해도 좋을 만큼 자유롭고 다양한 모습을 보여주고 있다. 그러나 불행히도 이들의 관심은 거의 언제나 사적인 영역에만 머무른다. 또한 여전히 자신들의 권리를 주장할 때는 관습적 여성상에 기대고, 의무를 다해야 할 때는 급진적이고도 전투적인 페미니스트가 되는 여성들이 적지 않은 것이 현실이다.

'된장녀' 논쟁을 위와 같이 소비 지향적이고 사적인 영역에만 매몰된 여성들에 대한 질 낮은 비판으로 해석할 수는 없는 것일까? 독립된 정신을 소유한 채 자신의 의무를 다하고 공동체와 세계에 대한 관심의 끈을 놓지 않는 여성을 기대하는 것은 과욕일까?

위에서 말한 여성이 되는 게 그리 어려운 일은 아니다. 데이트 비용을 남성과 대등하게 분담하고, 직장에서 여성이 아닌 직장인이라는 사실을 잊지 말며, 작전통제권 환수와 레바논 사태의 본질이 무언지 알려고 노력하는 자세면 족한 것이다. 이런 태도를 지닌 미혼여성들이 많아진다면 '된장녀'라는 말은 어느새 흔적도 없이 사라지고 말 것이다. "너나 잘 하세요"라는 식의 반응은 여성 스스로를 위해서도 전혀 도움이 되지 않는다.

『*OhmyNews*』 2006. 8. 14.

04 세 계

🌵 부시 재선은 제국 몰락의 신호탄인가?

　시간의 자오선(子午線)을 거슬러 올라 역사 속에 명멸했던 숱한 제국들을 살펴볼 때 발견할 수 있는 공통점 가운데 가장 두드러진 것은 '모든 제국은 반드시 멸망한다'라는 사실이다. 팍스 로마나(Pax Romana)로 상징되는 로마제국도, 유라시아 전체를 호령했던 원(元)제국도, 해가 지지 않는 나라라고 불리던 영국도 예외가 아니어서 이런 제국들은 대부분 멸망해 기록 속에서만 찾을 수 있거나 고작 명맥만 유지하고 있을 따름이다.

　그렇다면 1945년 이후 소련과 함께 전 세계를 양분했고 지금은 유일초강국인 미국은 앞서 존재했던 제국들과는 달리 '영원한 제국'이 될 수 있을까? 불과 며칠 전에 끝난 44대 미국 대통령 선거 결과는 향후 미국의 치세(治世)가 어떠할지에 대한 중요한 시사점을 던져 주고 있다.

　누구나 알고 있다시피, 44대 미국 대통령 선거에서 현 대통령 부시가 케리 후보를 누르고 재선에 성공했다. 부시의 재선이 놀라운 것은 부시가 집권한 지난 4년 동안 대부분의 미국인들이 더 가난 해졌고, 더 위험해졌는데도 불구하고 승리를 거뒀다는 사실 때문이 다. 많은 미국인들은 천문학적으로 늘어나는 무역적자와 재정적자, 눈에 띄게 줄어드는 일자리에도 불구하고 부시를 지지했고, 이라크 가 대량살상무기를 보유하고 있다는 부시의 주장이 거짓으로 증명 되었는데도 아랑곳하지 않고 부시에게 표를 던졌다. 9·11 이후 미 국인들을 지배하고 있는 공포(恐怖)라는 감정이야말로 부시의 무 능과 거짓 그리고 독선을 모두 물리치고 부시에게 재선을 선사한 일등 공신이었다. '강을 건널 때는 말을 갈아타지 않는다'는 격언에 충실한 미국인들은 전쟁 중에 자신들의 장수를 교체하려고 하지 않았다.

공포와 분노에 사로잡힌 미국인들에게 테러와의 전쟁이 발생한 원인이나 전쟁의 이면에 도사린 추악한 진실은 알 수 없을 뿐더러, 알고 싶지도 않은 먼 나라의 이야기일 따름이다. 부시의 재선을 가 능케 한 요인들은 여러 가지가 있겠지만 9·11 테러 이후 미국을 휩쓸고 있는 호전적이고 때로는 광신적이기까지 한 애국주의가 가 장 크게 작용했음을 부인할 사람은 별로 없을 것이다. 이는 마치 1929년의 대공황이 있었기에 히틀러가 독일에서 집권할 수 있었던 것과 같은 이치라고 할 것이다.

특기할 점은 대통령 선거뿐만 아니라 상·하원 선거와 주지사 선거에서도 공화당이 사실상 승리함으로써 실질적으로 거의 모든 미국의 권력 기관을 장악하게 되었다는 사실이다. 연방대법원도 보 수적 색채가 짙은 인사들로 채워질 것이 명확하므로 행정·입법·

사법의 모든 권력이 공화당으로 대표되는 보수주의자들의 수중에 떨어졌다고 보아야 할 것이다. 미국인들의 보수화 경향을 감안해 보건대 이 같은 공화당 지배는 향후 더욱 공고해질 가능성이 크다. 그리고 이런 미국 내의 권력구조 내지 정치지형의 보수화는 대외 적으로는 일방적 패권주의의 지속적 추진과 그에 따른 대외 전쟁 의 일상화로 나타날 것이다. 또한 날로 쇠락해가고 있는 경제 부문 에 있어서도 일방적 통상 압력 등으로 인해 무역마찰을 야기할 가 능성이 다분하다.

불행하게도 미국이 위와 같은 방향으로 항해를 계속한다면 이미 시작된 미국의 몰락은 더욱 가속화될 것이고 이번 부시의 재선은 미국의 세계지배가 종식되었음을 알리는 조종(弔鐘)이 될 것이다. 이런 예측이 언뜻 터무니없는 소리처럼 들릴 수도 있을 것이다. 그 러면 이제부터 왜 그런 전망이 가능한지 차근차근 살펴보기로 하 겠다.

북아메리카 대륙에 살고 있던 인디언들에 대한 야만적인 학살과 축출에서부터 시작된 미국의 역사는 온통 피와 살육으로 얼룩졌다. 미국은 정복전쟁을 통해 끊임없이 영토를 확장했고, 자신들이 가진 방대한 자원과 앞선 과학기술, 엄청난 인구 등을 토대로 세계의 공 장이 되었다. 미국은 1차 세계대전 이후 세계 최대의 채권국이자 생산국으로 자리매김했고, 2차 세계대전을 거치면서 자신들의 힘을 전 세계에 과시했다. 2차 세계대전이 끝난 직후 미국은 세계 유이 (唯二)의 초강대국이었지만, 그의 라이벌은 오래지 않아 스스로 백 기를 던졌다.

그러나 유일 초강대국의 자리에 오른 미국의 몰락은 이미 시작되고 있었고 이제 그 몰락을 돌이키기에는 너무 멀리 와 버렸다. 추측불가의 힘을 가진 이 제국은 불가피한 내부의 모순으로 인해서 시나브로 쇠락해가고 있다. 너무나 많은 세계인들에게 비탄과 고통을 가져온 미국의 쇠락은 단순한 원망(願望)이 아니라 객관적으로 입증되는 사실이다.

미제국의 쇠락을 알리는 객관적인 증거들은 많지만 우선 경제적인 이유를 들어보자! 주지하다시피 이미 미국의 무역 및 재정수지의 쌍둥이 적자는 천문학적인 수준에 이르고 있는데 최근 그 적자폭이 더욱 커지고 있다. 미 의회 예산국(CBO)에 따르면 올해 미국의 재정 적자는 4220억 달러에 이를 것으로 예상되는데, 이는 사상 최대 규모로 GDP의 3.6%에 달하며 지난해보다 19%나 증가한 것이다. 또한 올해 무역 적자－5900억 달러－는 GDP의 5.15%에 해당하는데 이 또한 사상 최대 수준이다. 게다가 미국의 가계부채는 GDP의 85%에 육박하는 9조 7000억 달러로 가계 부실 문제를 염려해야 할 상황이다. 그뿐이 아니다. 부시 대통령 집권 4년 동안 주요 통화에 대한 달러화 가치는 21% 하락했는데, 사정이 한결 심각한 것은 그럼에도 불구하고 미국의 무역적자는 사상 최대 수준으로 확대되고 있다는 사실이다. 실업도 심각한 문제로 대두되고 있어서 부시 집권하에 82만 1000개의 일자리가 사라졌다.

사정이 이러한데도 미국인들은 여전히 저축을 하지 않고 소비에만 열중하고 있다. 미국의 천문학적 무역수지 적자는 미국인들의 왕성한 소비에, 재정수지 적자는 부시의 과감한 감세정책에 힘입은 바 크다. 물론 감세정책도 소비를 촉진하기 위함인데 이처럼 미국 경제에서 소비가 차지하는 비중은 절대적이다. 쉽게 말해서 미국인들은 자신들의 소득보다 많이 지출하고 있는 셈인데, 가계든 국가든 버는 것보다 쓰는 것이 많으면 파산하는 것이 정한 이치이다. 우리 주변의 많은 신용불량자들과 뉴스에 등장하는 많은 나라들을 생각해 보라!

여기서 이런 의문이 당연히 들 것이다. 버는 것보다 쓰는 것이 많은데 어째서 미국은 파산하지 않고 있는가? 그 이유는 미국이 기축통화인 달러를 발행할 수 있는 화폐주조권 — 일명 시뇨리지 seigniorage라고 한다 — 을 가지고 있다는 점과 미국이 발행하고 있는 국채를 외국 정부와 개인이 열심히 사주고 있는 덕분이라 할 수 있다.

눈 밝은 독자들은 금방 눈치 챘겠지만 위와 같은 요인들은 미국 경제에 치명적인 약점으로 작용할 수도 있다. 만약 미국이 발행한 국채를 보유하고 있는 외국 정부와 개인들이 대량으로 이의 환매를 미국 재무부에 요구하거나 더 이상 미국의 국채를 매수하지 않으면 미국 금융시장은 말 그대로 붕괴될 위기에 놓이는 것이다. 참고로 외국 정부와 개인이 보유하고 있는 미국 국채는 총 발행량인 3조 7천억 달러의 절반에 이른다. 또한 누적되고 있는 무역적자와 재정적자로 말미암아 달러화의 가치는 지속적으로 하락하고 있으며 유로화로 대표되는 강력한 경쟁자의 등장으로 예전의 독점적 지위를 보장받을 수 없는 상황이다.

미국의 누적 무역적자가 10년 내로 총 국민생산의 약 50%에 도달할 가능성마저 제기되고 있는 상황임을 감안하면 미국의 경제가 얼마나 취약한 토대 위에 서 있는지 금방 알 수 있을 것이다. 한층 심각한 문제는 현재 미국의 국내생산이 거의 대부분 소비에 의존

하고 있기에 이를 억제할 수 없는 상황인데다가 이는 그대로 무역
적자와 재정적자로 이어질 것이라는 점이다. 더욱이 군산복합체와
석유자본, 금융자본 등에 의존하는 미국의 경제구조는 소득양극화
를 심화시켰고 이런 경향은 더욱 고착되어가고 있다. 그 결과 미국
의 중산층은 갈수록 그 숫자와 소득이 줄어들고 있고 거의 남한
인구에 해당하는 빈민군(貧民群)이 형성되어 있는 실정이다. 이는
다시 소비의 위축과 사회불안으로 이어지고 있다. 미국이 처한 경
제부문에 있어서의 위기에 대한 분석은 이만하면 충분하리라 생각
된다.

미국의 몰락이 가시화되고 있는 또 다른 이유 중 하나는 바로
자신의 힘을 넘어선 확장전략이다. 과거 사멸했던 제국들에서 공통
적으로 발견되는 것이 바로 이 과잉 확장전략이다. 즉 지나친 확장
전략은 제국이 가진 자원과 힘의 배분을 왜곡시키고 낭비케 하며
종국에는 제국을 사멸케 한다.

최근 미국의 대중국견제전략 등에서 볼 수 있는 것처럼 미국은
전 세계를 자신들의 기지와 군대로 덮으려고 하고 있지만 이는 너
무나 불합리하고 어리석은 일이다. 이미 취약해질 대로 취약해진 미
국의 경제가 이러한 전략을 감당할 수 없음은 자명하다. 지나친 확
장전략을 추구하던 로마가 만족(蠻族)들의 저항 앞에 무너져 내렸
듯이 결국 확장일변도의 대외정책은 미국의 몰락을 재촉할 따름이
다. 이라크 전쟁은 이라크 내 석유자원의 독식과 군수자본 및 석유
자본의 이해를 보장해준다는 목적도 크지만, 이미 숨길 수 없을 만
큼 두드러진 제국의 조락(凋落)을 늦추려는 몸부림일지도 모른다.

위에서 미국의 세계 지배가 영속적일 수 없을 뿐만 아니라 오히

려 가까운 장래에 막을 내릴 가능성이 있음을 살펴보았다. 이제는 미국을 바라보는 우리들의 인식과 이에 기반을 둔 대응이 과연 합리적이고 객관적인지 자문할 차례이다.

우리들은 미국이라는 나라의 강점과 약점에 대해서 철저하게 연구한 적이 있는가? 우리들은 과연 미국의 세계전략과 동북아전략, 한반도전략에 대한 대응 전략을 갖추고 있는가? 우리들은 진정 냉철한 인식을 바탕으로 하여 대한민국의 국익과 한반도 평화를 위한 대미외교를 추구하고 있는가? 포스트 미국의 시대가 도래할 상황에 대한 전략과 전술은 마련되어 있는가? 혹시 일본 제국주의가 멸망할 줄은 상상도 할 수 없었기에 친일(親日)과 부일(附日)을 했다는 선조들의 어리석음을 되풀이하고 있는 것은 아닌가? 부시의 재선이 확정된 지금 곰곰이 따져볼 일이다.

『*OhmyNews*』 2004. 11. 8.

아우슈비츠 그리고 레바논

■ 레바논, 중동의 아우슈비츠

혹시 '쇼아'(Shoah, 1985)라는 영화를 본적이 있는지? 끌로드 란쯔만(Claude Lanzmann)이 만든 이 영화는 히틀러 독일에 의한 유태인 학살의 실상을 생생하게 담아낸 장편 다큐멘터리이다. 끌로드 란쯔만은 무려 8년간의 촬영기간을 거쳐 추출해 낸 350시간 분의 인터뷰를 편집을 통해 9시간짜리 '대작' 장편 다큐멘터리로 만들었다. 특이하게도 이 다큐멘터리는 뉴스 필름이나 당시의 기록 필름을 단 한 커트도 사용하지 않았다. 유태인 학살의 실상은 강제수용소의 생존자들, 나치협력자들, 그리고 학살 작업에 동원되었던 사람들의 고통스런 고백을 통해 폭로된다. 이들의 육성을 통해 히틀러 독일의 유태인 학살을 추체험(追體驗)한 사람들은 근대문명의 광기와 인간이 지닌 악마성 앞에 전율하지 않을 수 없다.

갑자기 '쇼아'라는 영화 생각이 난 것은 순전히 이스라엘 때문이
다. 더 정확히 말하면 레바논에 대한 이스라엘의 무차별 폭격과 민
간인에 대한 학살 때문이다. 포로가 된 자국 병사 2명을 구출하겠
다며 엄연한 주권국가를 침공한 이스라엘은 레바논의 기반 시설은
물론이거니와 민간인 주거지역에 대한 폭격과 포격을 계속하고 있
다. 이제 레바논이 석기시대로 되돌아갈 날도 멀지 않아 보인다.

살아 움직이는 모든 것이 이스라엘군의 표적이다. 구급차도, 구
호품 수송 트럭도 심지어 아이들조차 예외가 아니다. 이스라엘군이
발사한 미제(美製)미사일은 탐욕스럽게 사람들의 목숨을 노리고
있다. 보도에 따르면 이미 900명 이상의 레바논 국민이 숨지고 3천
여 명이 부상당했으며, 그중 1/3이 12세 이하의 어린이라고 한다.
레바논은 말 그대로 생지옥이 되었다.

앞서 레바논에 대한 이스라엘의 야만적 공격을 보면서 '쇼아'라
는 영화가 불현듯 떠올랐다고 말한 바 있다. 물론 레바논에 대한
이스라엘의 공격과 히틀러 독일에 의한 유태인 학살을 비교하는
것이 억지스럽다고 느껴질 수도 있을 것이다. 확실히 학살의 방법
이나 규모면에서 레바논과 아우슈비츠는 여러 모로 다르다. 그러나
양자를 관통하는 원리가 있으니 바로 '차별과 배제'의 원리가 그것
이다.

히틀러 독일의 유태인 학살은, 사회적 다위니즘(Social Darwinism) -
'인종주의'의 현대판 버전 - 이라는 사이비 과학이 근대적 과학기술
및 관료조직과 결합하였을 때 얼마나 무서운 결과를 초래할 수 있는
지를 극명하게 보여주었다. 유태인들은 우생법(優生法)에 근거해 아
우슈비츠 등의 강제수용소에 보내졌고, 그곳에서 가장 효율적으로 학

살당했다. 유태인들의 죽음은 마치 통조림 공장에서 통조림이 가공되어 나오는 것과 같은 방식으로 이뤄졌다. 근대의 과학기술과 관료조직 덕분에(?) 600만에 이르는 유태인들이 비교적 단기간에 매우 체계적으로 학살되었지만, 그 배면에 작동하고 있던 것이 '차별'과 '배제'의 원리였다는 사실을 잊어서는 안 될 것이다.

유태인들은 열등할 뿐만 아니라 인류를 타락시키기 때문에 이들에 대한 차별은 당연하고 더 나아가 이들을 멸종시키는 것이 인류 발전에 도움이 된다는 섬뜩한 생각이 과학기술의 도움을 받았을 때 '아우슈비츠'가 탄생할 수 있었던 것처럼, 열등한 무슬림들에 대한 차별은 당연하고 유태인들의 안전을 위해서라면 이들을 소거 (掃去)해도 된다는 생각이 첨단 병기와 만날 때 '레바논'이 만들어지는 것이다. '차별과 배제'라는 원리의 최대 피해자였던 유태인들이 그 원리의 가장 가혹한 가해자로 변신한 현실 앞에 인류가 지금까지 쌓아왔던 보편적 양식은 설 자리를 잃는다.

■ 레바논 이후에도 시를?

일찍이 아도르노는 "아우슈비츠 이후에도 시(詩)를 쓰는 것은 미친 짓이다"라고 말한 바 있다. 근대성과 인간성의 참혹한 파탄이라 할 아우슈비츠 앞에 던지는 지식인의 절망인 셈이다. 불행히도 인류는 아우슈비츠 이후 한 치도 진화하지 못한 듯싶다. 타 인종에 대한 증오로 무장한 채 레바논에 미사일과 포탄을 쏟아 붓고 있는 이스라엘 병사들과 이를 적극적으로 지지하는 이스라엘 국민들을 보면 그렇게 생각하지 않을 도리가 없다.

인류는 레바논 이후에도 시를 쓸 수 있을까? 시(詩)는 몰라도 기록은 반드시 남겨야 할 것이다. 이스라엘과 그 후견인인 미국이 전범이라는 사실을 기록으로 남기는 것은 양식 있는 세계시민이라면 응당 해야 할 일이다.

영화이야기로 마무리하자! '쇼아'(Shoah)는 히브리어로 '절멸'을 의미한다. 유태인들이 당할 뻔했고 지금 레바논 사람들이 당할 위기에 처해 있는 그 '절멸' 말이다.

· 저자 ·

이태경 씨는 30대 중반의 인터넷 칼럼리스트이자 시민활동가이다. 대학에서 법학을
공부했고, 오마이뉴스와 대자보 등에 칼럼을 기고하고 있다. 현재는 한겨레신문사에
법무팀장으로 재직 중이며, 토지정의시민연대 협동사무 처장으로도 활동하고 있다.

좋아하는 시인은 〈이성복〉과 〈황지우〉

한 아웃사이더의 세상읽기
한국사회의 속살

· 초판 인쇄	2007년 3월 10일
· 초판 발행	2007년 3월 10일
· 지 은 이	이태경
· 펴 낸 이	채종준
· 펴 낸 곳	한국학술정보㈜
	경기도 파주시 교하읍 문발리 526-2
	파주출판문화정보산업단지
	전화　031) 908-3181(대표) · 팩스　031) 908-3189
	홈페이지　http://www.kstudy.com
	e-mail(출판사업부)　publish@kstudy.com
· 등　　록	제일산-115호(2000. 6. 19)
· 가　　격	19,000원

ISBN　978-89-534-6452-0 93810 (Paper Book)
　　　　978-89-534-6453-7 98810 (e-Book)